DAS WIEGENLIED

THRILLER

CATHERINE SHEPHERD

Lektorat: Gisa Marehn
Korrektorat: SW Korrekturen e.U. /
Mirjam Samira Volgmann

Covergestaltung: Alex Saskalidis
Covermotiv: © AmVirusi / shutterstock.com

Druck: GGP Media GmbH,
Karl-Marx-Straße 24, 07381 Pößneck

www.catherine-shepherd.com
kontakt@catherine-shepherd.com

ISBN: 978-3-944676-47-0

TITEL VON CATHERINE SHEPHERD

ZONS-THRILLER:

1. DER PUZZLEMÖRDER VON ZONS (KAFEL VERLAG APRIL 2012)
2. ERNTEZEIT (FRÜHER: DER SICHELMÖRDER VON ZONS; KAFEL VERLAG MÄRZ 2013)
3. KALTER ZWILLING (KAFEL VERLAG DEZEMBER 2013)
4. AUF DEN FLÜGELN DER ANGST (KAFEL VERLAG AUGUST 2014)
5. TIEFSCHWARZE MELODIE (KAFEL VERLAG MAI 2015)
6. SEELENBLIND (KAFEL VERLAG APRIL 2016)
7. TRÄNENTOD (KAFEL VERLAG APRIL 2017)
8. KNOCHENSCHREI (KAFEL VERLAG APRIL 2018)
9. SÜNDENKAMMER (KAFEL VERLAG APRIL 2019)
10. TODGEWEIHT (KAFEL VERLAG APRIL 2020)
11. STUMMES OPFER (KAFEL VERLAG APRIL 2021)
12. DIE REZEPTUR (KAFEL VERLAG APRIL 2022)
13. DAS WIEGENLIED (KAFEL VERLAG APRIL 2023)

LAURA KERN-THRILLER:

1. KRÄHENMUTTER (PIPER VERLAG OKTOBER 2016)
2. ENGELSSCHLAF (KAFEL VERLAG JULI 2017)
3. DER FLÜSTERMANN (KAFEL VERLAG JULI 2018)
4. DER BLÜTENJÄGER (KAFEL VERLAG JULI 2019)
5. DER BEHÜTER (KAFEL VERLAG JULI 2020)
6. DER BÖSE MANN (KAFEL VERLAG JULI 2021)
7. DER BEWUNDERER (KAFEL VERLAG JULI 2022)

JULIA SCHWARZ-THRILLER:

1. MOORESSCHWÄRZE (KAFEL VERLAG OKTOBER 2016)
2. NACHTSPIEL (KAFEL VERLAG NOVEMBER 2017)
3. WINTERKALT (KAFEL VERLAG NOVEMBER 2018)
4. DUNKLE BOTSCHAFT (KAFEL VERLAG NOVEMBER 2019)
5. ARTIGES MÄDCHEN (KAFEL VERLAG NOVEMBER 2020)
6. VERLOSCHEN (KAFEL VERLAG NOVEMBER 2021)
7. DÜSTERES WASSER (KAFEL VERLAG NOVEMBER 2022)

Die Lieb ist wie ein Wiegenlied:
Es lullt dich lieblich ein.
Doch schläfst du kaum, so schweigt das Lied,
und du erwachst allein.

Theodor Storm

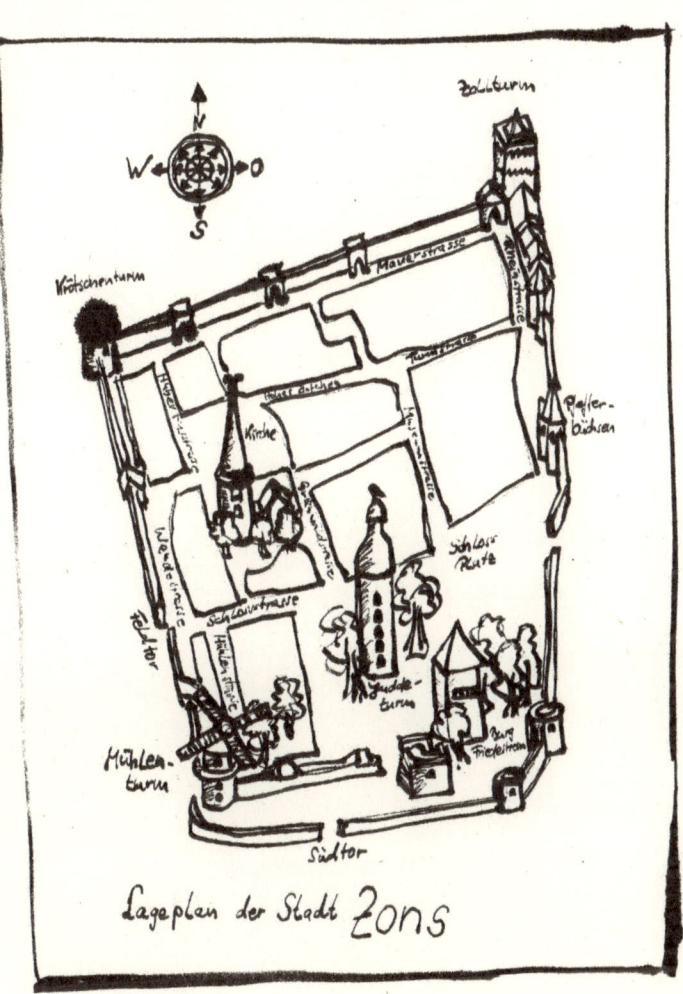

Lageplan der Stadt Zons

PROLOG

Ich halte die Luft an und wage keinen Atemzug. Seine schweren Schritte nähern sich unaufhörlich. Keuchend steigt er die Treppe hinauf. Er schnauft dabei wie eine Dampflokomotive. Ich ziehe den Kopf ein und mache mich hinter den Holzkisten so klein, wie es geht. Noch während ich hoffe, er könnte sich wieder abwenden und woanders nach mir suchen, betritt er den Dachboden. Ich schließe die Augen und schicke ein stummes Gebet zum Himmel.

»Christiane?«, knurrt er und steuert direkt auf mich zu.

Ich hocke mucksmäuschenstill in meinem Versteck.

»Verdammt, wo steckst du?«

Abermals halte ich die Luft an. Er stapft hin und her, durchsucht den Raum. Aber hinter dem Stapel alter Kisten sieht er mich nicht. Durch die Ritzen erkenne ich seine klobigen Stiefel und die schmutzigen Jeans. Seine Hände sind zu Fäusten geballt. Er ist wütend, wie immer, wenn er getrunken hat. Dann ist es am besten, ihm nicht über den Weg zu laufen. Heute werde ich nicht hervorkommen, bis er wieder nüchtern ist. Mein Arm schmerzt noch vom letzten Mal. Er hatte mir fast die Finger gebrochen, als er mich durchs Haus zerrte und auf mich einschlug wie ein Wahnsinniger. Wie lange ertrage ich das alles eigentlich schon? Inzwischen müssen es Jahre sein.

Zuerst habe ich seine Wutanfälle entschuldigt. Er hatte Stress bei der Arbeit. Es ging ihm nicht gut. Sein bester Kumpel hatte ihn betrogen. Seine Mutter war gestorben. Seine Schwester redete nicht mehr mit ihm. Er hatte immer einen Grund für seine Ausbrüche. Ich habe seine Erklärungen nur allzu gern hingenommen. Aber warum? Ich unterdrücke ein Seufzen, denn er steht höchstens zwei Meter entfernt und spitzt die Ohren. Ich habe ihn einmal geliebt. Ein bisschen tue ich das auch nach wie vor. Er war ein gut aussehender netter Kerl, als wir uns kennenlernten. Charmant, höflich. Nie zuvor hatte ich so viel für jemanden empfunden. Doch nachdem wir zusammengezogen waren, änderte sich alles. Oder fing es erst an, als die Kinder da waren? Ich erinnere mich nicht mehr, so lange ist das schon her. Es begann mit verbalen Erniedrigungen und steigerte sich immer weiter, bis zu jenem Augenblick, wo er mir zum ersten Mal die Faust ins Gesicht schmetterte und ich zu Boden ging. Es war dieser Moment, in dem etwas in mir zerbrach. Trotzdem wollte ich es einfach nicht wahrhaben. Ich konnte nicht glauben, dass er wirklich dieser Mann war. Bösartig und brutal, ja beinahe menschenverachtend. Und ich wollte unsere Familie nicht zerstören. Also klebte ich die Scherben immer wieder zusammen. Sie hielten und ich ertrug mein Schicksal.

»Christiane?«, knurrt er erneut.

Seine klobigen Stiefel quietschen, und ich atme erleichtert auf, weil er offenbar den Rückzug antritt. Er wird unten weitersuchen. An seinen schwankenden Schritten kann ich seinen Alkoholpegel ablesen. Morgen früh wird er sich an nichts erinnern können.

Wie jedes Mal.

Immer wenn er die Hand gegen mich erhebt, tut es ihm später leid. Ich bekomme Geschenke, Blumen und Entschuldigungen. Doch er hört trotzdem nicht auf zu schlagen. Die Wochenenden sind die Hölle. Dann ist er zu Hause und lässt seinen ganzen Frust an mir aus. Inzwischen bin ich klüger und verstecke mich, sobald er aus der Kneipe kommt.

»Christiane?«

Irgendwie ist es mir zuwider, wie er meinen Namen ausspricht. Ich ekele mich vor mir selbst. Weil ich all das ertrage, was heutzutage keine Frau mehr erdulden sollte. Aber woher soll ich die Kraft nehmen, dieser Situation zu entfliehen? Ich weiß es einfach nicht. Ich brauche ihn doch. Wie würde mein Leben denn ohne ihn aussehen? Ich wäre allein. Einsam bin ich allerdings jetzt schon.

»Du blödes Miststück, zeig dich endlich!«

Eine Tür knallt zu. Vermutlich die vom Schlafzimmer. Gleich wird er nach unten in die Küche gehen. Das ist die Gelegenheit, das Haus zu verlassen. Ich springe auf und jage auf Zehenspitzen zur Treppe. Stufe für Stufe schleiche ich hinunter. Ganz leise, damit er mich bloß nicht hört. Das wäre mein Ende.

»Christiane, komm her«, lallt er und schlurft über den knarrenden Dielenboden in der Küche.

Noch drei Stufen bis zum Flur. Gleich habe ich es geschafft. Ich setze den Fuß auf die unterste Stufe und plötzlich ist er hinter mir.

»Bleib stehen!«

Ich habe keine Erklärung dafür. Wie ist er so schnell zur Treppe gelangt? War er gar nicht in der Küche, sondern noch oben im Schlafzimmer? Entsetzt drehe ich mich zu ihm um und hebe abwehrend die Arme. Er starrt mich aus glasigen Augen an. Jede Güte ist aus ihnen gewichen. Abgrundtiefer Hass liegt in seinem Blick, als ob er nicht einen Hauch von Liebe für mich empfinden könnte. Als wäre ich lediglich Abschaum, der entsorgt werden müsste. Seine Faust schießt hervor, während er einen Schritt auf mich zu macht. Ich schließe die Lider in Erwartung des Schmerzes. Heute gibt es kein Entkommen. Das weiß ich, und nun ist es besser, mich einfach meinem Schicksal zu ergeben.

Doch der Schlag bleibt aus. Stattdessen höre ich ein pfeifendes Geräusch. So, als ob jemand den Stöpsel einer Luftmatratze zieht. Überrascht öffne ich die Augen und sehe, wie er vor mir zusammensackt, die Faust noch ausgestreckt.

»Christiane«, flüstert er erstickt.

Ich weiche einen Schritt zurück, denn ich traue ihm

nicht. Er ist stark, auch wenn er lallt oder schwankt. Aber er liegt nur reglos da und hebt den Kopf ein wenig.

»Chris...«, röchelt er. Dann sinkt sein Schädel zu Boden und er verstummt.

Schockiert starre ich auf ihn, unfähig, mich zu rühren. Plötzlich bemerke ich eine Bewegung auf der Treppe, die mir vorher offenbar entgangen ist. Jemand rast auf mich zu. Ich stolpere die letzte Stufe hinunter und versuche, die Haustür zu erreichen. Etwas schwingt durch die Luft, hoch über mir. Es senkt sich herab und dringt in mich ein, als bestände ich bloß aus butterweichem Wachs. Erstaunt öffne ich den Mund. Doch es kommen keine Worte heraus. Ein Pfeifen, ähnlich wie das Geräusch, das ich kurz zuvor vernommen habe, entweicht aus meinem Brustkorb. Ich gehe auf die Knie, und das Letzte, was ich sehe, ist die dunkle Gestalt eines Mannes, die sich auf dem goldenen Knauf der Haustür spiegelt.

·I·

VOR FÜNFHUNDERT JAHREN

Obwohl Agnes erbärmlich fror und ihre Hände schmerzten, putzte sie den Steinboden mit voller Inbrunst. Den Besen hatte sie beiseitegestellt und nun tauchte sie ein Tuch in das eisige Wasser, um die Flecken rund um den Altar zu entfernen. Wachsreste klebten fest auf dem Boden der Kapelle, weshalb sie zusätzlich die Fingernägel zu Hilfe nahm. Sie scheute keine Mühe und war stolz auf ihre Arbeit. Keine der Schwestern führte ihre Pflichten so sorgfältig aus wie sie. Agnes wusste, dass sie es manchmal übertrieb, aber es war ihr wichtig, dass der Altar makellos sauber wurde, und das galt auch für den Fußboden. Sie warf einen scheuen Blick hinauf zu dem glänzenden Kreuz und bemerkte, wie sich sogleich ihr Herz erwärmte. Seit sie sich erinnern konnte, lebte sie im Franziskanerinnenkloster von Zons. An diesem Ort fühlte sie sich zu Hause. Nur selten hatte sie das Kloster für ein paar Stunden verlassen und es jedes Mal sofort vermisst. Inmitten der Schwestern erlebte sie Glück und Geborgenheit. Sie liebte diese kleine Gemeinschaft, in der man sich gegenseitig half und füreinander einstand.

Draußen in der Stadt sah das Leben anders aus. Agnes war dort Menschen begegnet, die ein kümmerliches Dasein führten. Sie hatte Bettlerinnen und Tagelöhner getroffen, die lediglich von der Hand in den Mund lebten. Sie wusste, dass manche sogar ihren Körper anboten, um nicht zu verhungern. Diese Art von Leben ließ sie erschaudern. Sie wünschte sich, dass es überall so wäre wie in ihrem Kloster. Die Sünde, die außerhalb der dicken Klostermauern lauerte, wollte sie am liebsten vergessen. Sie komplett aus ihrem Bewusstsein streichen und einfach an eine heile Welt glauben. Natürlich war ihr bewusst, dass die Menschen Geld brauchten, um zu überleben. Und dass in diesem alltäglichen Kampf häufig jedes Mittel recht war, auch die Hingabe an einen Mann. Agnes hätte sich das nie vorstellen können. Sie hatte ihren Glauben und der trug sie durch ihr Leben. Lieber würde sie sterben, als ihre Jungfräulichkeit zu verlieren und dem Herrn untreu zu werden. Sie wollte Gutes tun und etwas zurückgeben für das Leben, das Gott ihr geschenkt hatte. Deshalb mühte sie sich täglich ab und hoffte, dafür eines Tages gesegnet zu werden.

Agnes lächelte und kratzte ein Stück Wachs aus der Ritze zwischen zwei Steinplatten. Sie wischte noch einmal mit dem Lappen darüber und musterte ihr Werk zufrieden. Der Boden glänzte, und zudem verströmte er jetzt einen Hauch von Lavendel, den sie zuvor in das

Putzwasser gegeben hatte. Morgen, wenn es Zeit für das erste Gebet war, würde der Herr sie womöglich erhören. Sie wünschte sich nichts sehnlicher, als dass er sah, wie sehr sie ihn verehrte und was sie alles für ihn tat.

Agnes erhob sich und schleppte den Wassereimer nach draußen. Sie leerte ihn hinter der Kapelle und ging zurück, um noch den Besen herauszuholen. Ein Geräusch ließ sie aufschrecken. Der Besen rutschte ihr aus der Hand. Stirnrunzelnd schaute sie sich um. Das Kloster lag in vollkommener Finsternis. Es war mitten in der Nacht. Doch Agnes hatte nicht schlafen können und war deshalb bereits jetzt ihren Pflichten nachgekommen. Sie blickte in den Nachthimmel, der sich über ihr mit funkelnden Sternen ausbreitete und schwaches silbernes Mondlicht zu ihr herabsandte. Das Klostergebäude, in dem sie schliefen, erhob sich schwarz und stumm in einiger Entfernung. Auch die Wiese dazwischen schien in einen tiefen Schlaf gefallen zu sein, ebenso wie die Bäume, die Sträucher und die Tiere. Trotzdem nahm sie eine Bewegung wahr und fragte sich, ob es vielleicht der Wind sein könnte, der durch die Äste der Bäume fuhr. Doch sie hörte kein Rauschen. Jedenfalls nicht so, wie Agnes es von den Baumkronen kannte. Das, was sie vernahm, klang mehr wie ein Stöhnen. Sie spitzte die Ohren, weil ihr nicht klar war, aus welcher Richtung das Geräusch überhaupt kam. Langsam machte sie zwei Schritte vorwärts.

Stille.

Agnes verharrte noch eine Weile regungslos und wunderte sich. Sie war sich sicher, etwas gehört zu haben. Aber vielleicht hatte ihr die Müdigkeit einen Streich gespielt. Sie bückte sich und hob den Besen auf. Erschöpft trottete sie über die Wiese auf das Hauptgebäude zu, als sie das Geräusch erneut vernahm. Angespannt blieb sie stehen und lauschte in die Dunkelheit. Hätte sie nur eine Fackel aus der Kapelle mitgenommen. Bis auf ein paar Umrisse sah sie rein gar nichts.

»Ist da wer?«, rief sie leise und schalt sich augenblicklich für ihre Dummheit.

Um diese Zeit schliefen alle ihre Mitschwestern. Die Klosterpforte war, wie immer nach Sonnenuntergang, fest verschlossen. Es konnte niemand hier sein – und falls doch, dann gehörte er oder vielleicht auch sie nicht hierher. In jedem Fall könnte ihr Rufen jemanden aufgeschreckt haben. Derjenige wusste nun, dass sie allein hier draußen herumschlich. Die Angst überkam sie so plötzlich, dass ihr ganz schwindlig wurde. Was, wenn ein Dieb über die Mauer geklettert war auf der Suche nach Beute? Ihr Herzschlag beschleunigte sich. Sie ließ den Eimer und den Besen fallen, raffte ihr Gewand zusammen und lief los. Das Klostergebäude war nur noch wenige Meter entfernt. Sobald sie das Innere erreicht hätte, wäre sie in Sicherheit. Doch sie stolperte und fiel der Länge nach hin. Wie benommen lag sie einen Moment da, unfähig, sich zu rühren. Dann hörte sie es erneut. Ein grauenvolles Stöhnen, vielleicht von einem Tier. Ein lang gezogener, verzweifelter Schmerzensschrei. Agnes rappelte sich hoch. Ängstlich schaute sie sich um und erblickte völlig unvermittelt eine riesige dunkle Gestalt, die auf sie zukam. Obwohl sie kaum etwas erkennen konnte, wusste sie sofort, dass es der Teufel sein musste. Er war gekommen, um sie zu holen. Agnes riss den Mund auf und schrie, so laut sie konnte.

* * *

Bastian Mühlenberg gähnte verschlafen und blinzelte ein paarmal. Von draußen schien der Mond zum Fenster herein. In seinem silbrigen Licht schimmerten Maries blonde Haare, als wäre sie nicht von dieser Welt. Sie schlief neben ihm auf dem Bett und hielt das schlafende Baby im Arm. Auf ihrem Gesicht lag ein heller Schimmer, der ihre Gesichtszüge noch weicher und sanfter erscheinen ließ. Bastian betrachtete sie einen Moment und strich ihr zärtlich eine Strähne aus der Stirn. Dann fuhr er mit der Fingerspitze behutsam über die Wange seines neugeborenen Sohnes. Sein drittes Kind. Er konnte sein Glück kaum fassen. Der kleine Ulrich bewegte die Lippen im Schlaf und lächelte. Selig sank Bastian zurück auf sein Lager. Er schloss die Lider und sofort tauchte eine andere Frau vor ihm auf. Anna. Obwohl er immer wieder versucht hatte, sie zu vergessen, schien dies offenbar unmöglich zu sein. Sein Herz begann laut zu pochen, als er ihre dunklen Locken und ihre großen grünen Augen sah. Eine tiefe Sehnsucht erfasste ihn wie jedes Mal, wenn er an Anna dachte. Er kannte sie nur aus seinen Träumen. Darin erschien sie ihm so real, dass er nicht glauben konnte, dass sie gar nicht existierte. Doch in der Traumwelt waren sie miteinander verbunden. Bastian seufzte und fuhr hoch, weil er ein Hämmern unten an der Haustür vernahm. Er sprang auf und eilte, vom Schlaf noch ein wenig benommen, die schmale Holztreppe hinunter. Kaum hatte er die Tür geöffnet, stürmte Wernhart herein.

»Bastian, du musst auf der Stelle mit mir ins Kloster kommen. Sie haben eine tote Nonne gefunden.« Sein Freund sah ihn mit weit aufgerissenen Augen an. »Sie ist wirklich schrecklich zugerichtet.«

»Jemand hat eine Nonne ermordet?«, fragte Bastian ungläubig und schlüpfte in seine Lederstiefel. »Wann denn? Jetzt, mitten in der Nacht?«

Wernhart nickte heftig. »Eine der Schwestern hat sie entdeckt. Die Oberin hat sofort nach der Stadtwache geschickt. Als ich die Tote erblickte, wusste ich nur eines: Du musst dir das ansehen. Es ist ...« Er sprach nicht direkt weiter, sondern atmete erst einmal tief durch, bevor er hinzufügte: »Es ist, als hätte der Teufel das Kloster heimgesucht.«

»Der Teufel?« Bastian starrte ihn ungläubig an. Was hätte der Teufel in einem Nonnenkloster zu suchen? Er verkniff sich die Frage, weil Wernhart vor allem graute, was auch nur annähernd mit der Hölle zu tun hatte. Bastian hatte in seinem Leben schon viel Leid gesehen, genug Tote, um zu wissen, dass der Mensch manchmal schlimmer agierte als der Leibhaftige selbst. Er glaubte an Gott und an das Gute, und er bezweifelte, dass der Teufel ausgerechnet das winzige Städtchen Zons aussuchen würde, um die wenigen Einwohner ins Verderben zu stürzen. Es gab größere Städte, in denen er weitaus mehr Unheil anrichten könnte als ausgerechnet in Zons.

»Wie kommst du auf den Teufel?«, fragte er und marschierte Wernhart hinterher. Die kühle Nachtluft fuhr unter sein Wams, und für einen Moment fröstelte es ihn, als hätten eisige Finger nach ihm gegriffen.

»Du wirst wissen, was ich meine, wenn du sie siehst«, antwortete Wernhart und schwieg den Rest des Weges. Bis zum Kloster war es von seinem Haus, das neben dem Mühlenturm lag, nur ein Katzensprung. Sie stapften an der dicken Stadtmauer entlang und pochten nach wenigen Schritten an die Klosterpforte, die beinahe im selben Moment aufgerissen wurde.

Das blasse Gesicht der Oberin erschien. Katharina von Weinfels winkte sie stumm mit sich. Kaum hatten sie sich in Bewegung gesetzt, drang ein tiefer Seufzer aus ihrem schmalen Körper. Sie bekreuzigte sich und warf Bastian einen durchdringenden Blick zu.

»Ich bin froh, dass Ihr so schnell gekommen seid, mein lieber Bastian Mühlenberg. Ich hoffe, Ihr seid gerüstet für diesen Anblick.« Sie zögerte und fügte hinzu: »Es ist das Böse, das uns heimgesucht hat. Die blinde Elvira hat es gestern schon vorhergesagt, nur ich ...« Katharina von Weinfels schüttelte kummervoll den Kopf. »Ich wollte es wohl nicht wahrhaben.« Sie wandte sich wieder nach vorn und schritt voraus.

Bastian folgte ihr mit einem unguten Gefühl in der Magengegend. Aus ihren Worten wurde er nicht schlau. Und Wernhart schwieg. Was um Himmels willen hatten die beiden nur gesehen?

Sie näherten sich der kleinen Kapelle, die unweit vom Hauptgebäude des Klosters lag. In den Boden gesteckte Fackeln erhellten den Brunnen, der sich vor der Kapelle befand. Ein paar Schwestern standen in einem Kreis versammelt daneben. Bastian konnte nicht erkennen, was sie in ihrer Mitte verbargen. Als sie die Nonnen erreichten, erblickte Bastian eine zusammengesunkene Gestalt am Boden, die erbärmlich schluchzte.

»Schwester Agnes«, sprach Katharina von Weinfels sie an. »Bastian Mühlenberg von der Stadtwache ist eingetroffen. Zeigt ihm bitte die arme Schwester Margaretha und erzählt, was geschehen ist.«

Die Nonne blickte mit rot verquollenen Augen auf. »Sie liegt da drüben. Neben dem Hauptgebäude. Sie ist schrecklich zugerichtet. Ich weiß nicht, ob ich den Anblick noch einmal verkraften kann.«

Die Oberin setzte einen strengen Blick auf, doch Bastian ergriff das Wort, bevor sie etwas erwidern konnte.

»Ist schon gut«, erklärte er und zog eine Fackel aus dem Boden. »Wir nehmen uns der Sache an.«

Die Wiese, über die sie gingen, war vom Regen der letzten Tage aufgeweicht. Bastian versank mit seinen schweren Stiefeln in dem matschigen Untergrund. Vor ein paar Büschen blieb er stehen.

»Wo soll die Tote denn nun sein?«, fragte er ungeduldig.

Wernhart deutete stumm auf die Sträucher. »Dahinter liegt sie. Die Fackel, die ich aufgestellt hatte, ist wohl ausgegangen.«

Bastian umrundete das Gebüsch und leuchtete mit seiner Fackel. Das Erste, was er erblickte, waren zwei klobige Stiefel, so wie alle Nonnen sie trugen. Darüber folgte ein dunkles Ordensgewand, das die Beine und den Körper vollständig bedeckte. Die tote Nonne lag auf dem Rücken. Bastian ging neben ihr in die Knie und erstarrte, als er das Blut sah, das den Stoff durchtränkt hatte. An mehreren Stellen war das Gewand zerstochen, wobei die Blutflecken sich inzwischen zu einer riesigen Lache vereint hatten. Bastian zählte vier Einstiche, doch vermutlich verbargen sich unter dem roten Blut noch weitere.

»Sieh dir ihre Hand an«, forderte Wernhart eindringlich.

Bastian leuchtete den linken Arm der Toten ab. Zunächst konnte er nichts Auffälliges sehen, als er jedoch die Handflächen in Augenschein nahm, begriff er, was Wernhart meinte.

»Ein Brandmal?«, stieß er überrascht aus und betrachtete den verkohlten Kreis in der Haut, aus dem rechts und links jeweils ein Horn ragte.

»Jemand hat ihr den Teufel ins Fleisch gebrannt?«, fragte er fassungslos.

Wernhart nickte zögerlich. »Ja, und das, obwohl sie eine Nonne ist.« Er bekreuzigte sich und murmelte ein Gebet.

Bastian musterte den ausgefransten Rand des Brandmals nachdenklich. Besonders gelungen schien es nicht. Vielleicht weil der Täter nicht ausreichend Zeit gehabt hatte, das Eisen lange genug ins Fleisch seines

Opfers zu drücken. Oder es war nicht richtig heiß gewesen. Er sah sich um.

»Wo könnte er das Eisen erhitzt haben? Soweit ich weiß, brennt im Kloster nur im Hauptgebäude Feuer in der Nacht.«

»Das stimmt«, bestätigte Katharina von Weinfels, die sich unbemerkt genähert hatte.

»Das heißt, jemand war im Gebäude?« Wernhart musterte die Oberin ungläubig. »Habt Ihr nachgesehen, ob es den anderen Schwestern gut geht oder ob er auch in den Schlafgemächern sein Unwesen getrieben hat?«

Die Oberin hob die Hände. »Natürlich. Das war meine erste Sorge. Aber alle anderen Schwestern sind bei bester Gesundheit und keine von ihnen hat etwas von der Gräueltat mitbekommen. Sie schliefen alle, bis auf Schwester Agnes.«

Bastian ließ die verunstaltete Hand der toten Nonne vorsichtig auf den Boden gleiten.

»Wenn Ihr nichts dagegen habt, würde ich gerne Josef Hesemann hinzuziehen. Der Arzt wird uns vielleicht ein wenig mehr zu den Umständen des Todes von Schwester Margaretha sagen können. Soweit ich es beurteilen kann, wurde sie erstochen. Der Mörder hat ihr mehrfach die Klinge in den Leib gerammt.« Bastian verzichtete darauf, die Einstichstellen mit der Fackel zu erleuchten. Katharina von Weinfels atmete schwer und war offenbar einer Ohnmacht nahe.

»Meinetwegen«, keuchte sie. »Aber der Arzt darf sie nicht entkleiden. Wir sind Nonnen!«

»Selbstverständlich«, versprach Bastian und erhob sich. »Dürfen wir mit Schwester Agnes sprechen?«

Die Oberin nickte, wobei ihr Blick abermals zu der Toten glitt.

»Hat sie sehr gelitten?«, fragte sie mit dünner Stimme.

»Ich denke nicht«, sagte Bastian, obwohl er es keinesfalls wusste. Sollte Schwester Margaretha das Brandmal bei lebendigem Leibe beigebracht worden sein, hatte sie jedenfalls Höllenqualen erlitten. Doch was nützte dieses Wissen? Die Nonne war tot, und alles, was sie jetzt noch tun konnten, war, ihren Mörder zu finden und zu bestrafen.

»Und das Brandmal?« Katharina von Weinfels deutete auf die Hand der Toten, als hätte sie seine Gedanken gelesen. »War sie bereits tot, als der Teufel in ihr Fleisch gebrannt wurde?« Sie bekreuzigte sich eilig. »Ich hoffe es aus tiefstem Herzen«, fügte sie leise hinzu.

»Bestimmt hat sie diesen brutalen Akt nicht mehr gespürt«, versuchte Bastian sie zu beruhigen und geleitete Katharina von Weinfels vom Fundort weg.

»Schwester Agnes, wir müssen Euch dringend sprechen«, sagte er, als sie die Nonnen am Brunnen erreichten. »Gewährt uns einen Augenblick Eurer Zeit.«

Schwester Agnes nickte, ohne aufzuschauen. Sie hockte immer noch bebend am Boden und presste ein Tuch an ihre Lippen.

»Warum habt Ihr nicht wie die anderen Nonnen zu dieser späten Stunde geschlafen?«, fragte Bastian sanft.

Schwester Agnes zuckte mit der Schulter. Sie blickte nicht zu ihnen auf.

»Hat Euch vielleicht ein Geräusch aufgeschreckt?«, wollte Wernhart wissen. Er ging in die Knie und setzte sich neben die Nonne. »Ihr müsst uns alles sagen, was Euch aufgefallen ist, auch wenn es Euch noch so unwichtig erscheint.«

»Nein«, stieß Agnes aus. »Ich kann des Öfteren in der Nacht nicht schlafen und dann erledige ich meine Pflichten. Ich war in der Kapelle, um sie zu säubern. Erst als ich fertig war und mich zurück zu meiner Schlaf-stätte begeben wollte, hörte ich dieses seltsame Geräusch.« Sie schlug die Hände vors Gesicht und begann heftig zu weinen.

»Es war Margaretha«, wimmerte sie verzweifelt. »Es waren ihre letzten Atemzüge und ich hatte ihre Stimme nicht deuten können.«

»Könnt Ihr das Geräusch näher beschreiben?« Bastian steckte die Fackel in den Boden und holte sein Notizbuch hervor. »War es ein Stöhnen?«

Schwester Agnes nickte. »Ja, ein Stöhnen oder ein Pfeifen. Es war schauerlich, und ich wusste sofort, dass etwas nicht stimmt. Ich habe mich umgeschaut, doch niemand war zu erkennen. Ich dachte schon, ich hätte mich getäuscht. Aber dann habe ich ihn gesehen.« Ein erneutes Beben ging durch ihren Körper. »Es war der Teufel. Er ist gekommen, um uns zu holen.«

Die Nonnen, die sie umringten, zuckten bei Agnes' Worten zusammen.

»Könnt Ihr ihn genauer beschreiben?«, fragte

Bastian und endlich blickte Schwester Agnes auf. In ihrem Gesicht spiegelte sich Unverständnis wider.

»Er sah aus wie der Teufel«, erklärte sie tonlos.

»Was hat er getragen?«, hakte Bastian nach.

Agnes öffnete den Mund, ohne dass ein einziger Ton herauskam. Bastian sah, wie es hinter ihrer Stirn arbeitete. Es dauerte eine ganze Weile, ehe sie sagte: »Stiefel.«

»Stiefel?«, fuhr Wernhart dazwischen. »Seid Ihr sicher? Ich rechnete offen gestanden eher mit zwei Hufen.«

Agnes zögerte, bevor sie erklärte: »Viel konnte ich nicht erkennen, weil es zu dunkel war. Dennoch glaube ich, er hatte Stiefel an.«

»Und trug er einen Mantel? Oder etwas anderes?«

»Ich weiß nicht«, erwiderte Agnes unsicher. »Ich erinnere mich aber an das, was ich gehört habe.«

»Er hat gesprochen?« Wernhart sprang auf und brachte ein wenig Abstand zwischen sich und Schwester Agnes. Ihre Worte beunruhigten ihn sichtlich.

»Satan hat zu ihr gesprochen«, zischte eine der Nonnen und zeigte mit dem Finger auf Agnes, während sie sich ebenfalls ein Stück entfernte und die anderen Schwestern mit sich zog.

Nur Bastian blieb neben Agnes stehen.

»Was hat er gesagt?«, fragte er.

Die Antwort ließ das Blut in seinen Adern gefrieren.

II

GEGENWART

Kriminalkommissar Oliver Bergmann schob das Handy in die Hosentasche und schaute seufzend auf die Uhr.

»Tut mir leid, Partner. Aber Sonja wird wohl noch eine Weile auf dich warten müssen.«

Klaus warf ihm einen verwunderten Blick zu und ließ den Mantel, den er gerade anziehen wollte, auf den Stuhl fallen.

»Ein Doppelmord in Zons«, erklärte Oliver und griff die Autoschlüssel. »Wir sollen uns sofort am Tatort umsehen.«

»Verdammt«, fluchte Klaus und sah ebenfalls zur Uhr. »Es ist gleich halb acht. Sonja wird ganz allein im Restaurant sitzen. Das kann ich nicht bringen.« Verzweifelt verzog er das Gesicht. »Okay, ich rufe sie an«, brummte er und warf sich den Mantel über.

Sie nahmen die Treppe in die Tiefgarage, während

Klaus seine Freundin anrief und eine Entschuldigung ins Telefon säuselte. Als er auflegte, wirkte er blass.

»Schöner Mist«, schimpfte er und schlüpfte durch die Tür, die Oliver ihm aufhielt. »Das kam nicht gut an. Ich muss das so schnell wie möglich geradebiegen. Heute ist unser Jahrestag.«

Oliver runzelte die Stirn und öffnete den Dienstwagen mit einem Knopfdruck. »Ihr seid doch erst seit wenigen Wochen wieder ein Paar.«

Klaus grinste und stieg auf der Beifahrerseite ein.

»Wir haben beschlossen, die kleine Auszeit zwischendurch nicht mitzuzählen. Und jetzt schau mich nicht so an. Wir kennen uns seit Jahren. Du erinnerst dich bestimmt noch an das kleine Eiscafé, wo es zwischen Sonja und mir gefunkt hat.«

Oliver nickte und startete den Wagen. »Ich erinnere mich. Aber zwischendurch, wie du so schön sagst, wart ihr mehrere Jahre auseinander. Ich meine ...« Er schluckte seine Worte hinunter. Es war Klaus' Angelegenheit, nicht seine. Im Grunde genommen spielte es keine Rolle, wie lange sein Partner mit Sonja liiert war. Hauptsache, die Beziehung funktionierte. Er dachte an Emily und daran, dass er sie die ganze Woche nicht sehen würde, weil sie mit ihrer besten Freundin Anna an die Ostsee gefahren war. Anna hatte gerade erst ihre Tochter Clara auf die Welt gebracht und brauchte eine kleine Auszeit. Ihr Mann Maximilian konnte sich nicht freinehmen, da auf der Kinderstation im Krankenhaus derzeit die Hölle los war und man keinen Arzt entbehren konnte.

Am frühen Morgen hatte er Emily verabschiedet. Er vermisste sie bereits. Die Vorstellung, den Abend in einer leeren Wohnung zu verbringen, verschlechterte seine Laune erheblich.

»Also ich verstehe, dass Sonja nicht begeistert ist«, erklärte er und tippte die Adresse in das Navigationssystem ein. »Vielleicht kaufst du ihr ein paar Blumen oder ein Schmuckstück.«

Klaus grinste und zog eine kleine Schachtel aus der Hosentasche. »Da habe ich bereits vorgesorgt.«

Oliver sah einen schmalen goldenen Ring aufblitzen und nahm überrascht den Fuß vom Gas.

»Das ist nicht dein Ernst«, brachte er mühsam hervor. »Mensch, Klaus. Das geht alles ganz schön schnell. Findest du nicht? Ihr seid doch gerade erst zusammengezogen. Was, wenn ihr in ein paar Wochen feststellt, dass es nicht funktioniert?«

»Quatsch!« Klaus klang beleidigt und steckte die Schachtel wieder ein. »Wir kennen uns schon so lange. Ich habe keinen Zweifel, und warum nicht offiziell machen, was wir ohnehin bereits leben?«

»Ihr könnt genauso gut ein wenig abwarten.« Oliver hielt an einer roten Ampel und musterte Klaus aus dem Augenwinkel.

»Hör zu, Oliver. Ich habe damals ziemlichen Mist gebaut, als ich Sonja betrogen habe, und dieses Mal will ich einfach alles richtig machen. Ich will mit ihr zusammen sein und das zeige ich ihr. Sie hegt ab und an Zweifel und die möchte ich gar nicht erst wieder aufkommen lassen.«

»Verstehe«, erwiderte Oliver wenig überzeugt und fragte sich plötzlich, was eigentlich Emily von ihm erwartete. Zweifelte sie womöglich an ihrer Beziehung? Unschlüssig trat er auf das Gaspedal, denn die Ampel sprang auf Grün. Nein, Emily zweifelte bestimmt nicht. Doch sie verlangte auch nichts von ihm. Es schien, als wäre sie zufrieden. Er dachte an Emilys beste Freundin Anna, während er über die zweispurige Straße brauste. Glücklicherweise war sie zu dieser Uhrzeit kaum befahren, sodass sie zügig vorankamen. Anna und Maximilian waren seit Kurzem verheiratet und nun zudem frisch gebackene Eltern. Oliver konnte sich ebenfalls eine Familie vorstellen, aber es lag ihm fern, Emily zu irgendetwas zu drängen. Trotzdem fühlte er sich von Klaus' Tempo überrollt. Er hatte das Gefühl, von allen Seiten überholt zu werden. Ging er es womöglich zu langsam an und vermasselte es am Ende noch?

»Da vorne ist es!« Klaus deutete auf ein paar Blaulichter, die in der Ferne auftauchten.

Ein Mann und eine Frau waren in ihrem Einfamilienhaus getötet worden. Oliver hielt am Straßenrand und ließ die Gegend auf sich wirken. Gepflegte Häuser mit grünen Vorgärten reihten sich aneinander. In der Einfahrt gegenüber parkte ein teurer Mercedes, und auch vor dem Haus der Opfer, das von der Straße ein wenig nach hinten versetzt lag, stand ein teurer SUV.

Eine junge Streifenpolizistin klopfte an die Seitenscheibe. Oliver öffnete sie.

»Sie können hier nicht parken«, erklärte sie mürrisch und bedeutete Oliver mit einem Wink, von hier zu verschwinden. Er zeigte ihr seinen Dienstausweis.

»Es dauert nicht lange«, sagte er, stellte den Motor ab und stieg aus dem Wagen.

»Tut mir leid«, murmelte die Beamtin. »Die Spurensicherung ist bereits hier. Sie werden erwartet.«

»Danke.« Oliver warf der Polizistin ein freundliches Lächeln zu, was ihr sichtlich unangenehm war.

»Blöde Zimtzicke«, flüsterte Klaus, nachdem sie außer Hörweite waren. »Wie alt ist die? Höchstens fünfundzwanzig. Lernen die eigentlich nicht mehr, was Höflichkeit bedeutet?«

Oliver grinste stumm in sich hinein. Sie näherten sich dem Einfamilienhaus. Es wirkte nicht sehr groß, jedoch gepflegt. Vor dem SUV neben dem Haus wartete ein weiterer Streifenpolizist. Oliver zückte seinen Dienstausweis, und der Mann trat schweigend zur Seite, damit sie passieren konnten.

»Haben Sie sich bereits ein Bild gemacht?«, fragte Oliver und betrachtete den blassen Polizisten, dessen Lippen zu einem schmalen Strich zusammengepresst waren.

»Es ist kein schöner Anblick«, krächzte dieser und räusperte sich. »Mir war sofort klar, dass dies ein Fall für die Kripo ist. Ich habe noch nie so viel Blut gesehen und dazu dieser Gestank.« Er schüttelte sich, und einen Moment lang befürchtete Oliver, der Mann könnte sich übergeben.

»Hallo? Sind Sie von der Kriminalpolizei?«, rief

plötzlich jemand hinter der Hecke, die an den Stellplatz grenzte, auf dem der SUV parkte.

»Sind Sie ein Nachbar?«, erkundigte sich Klaus und schob ein paar Zweige auseinander. Ein grauer Haarschopf und ein braun gebranntes, wettergegerbtes Gesicht kamen zum Vorschein.

»Hugo Meier. Ja, ich bin der Nachbar und ich habe auch den Notruf gewählt. Ich habe denen gleich gesagt, die sollen die Kripo schicken. Es war doch klar, dass da etwas nicht stimmt.« Hugo Meiers Stimme dröhnte so laut, dass Oliver dachte, die halbe Nachbarschaft könnte sie hören.

Klaus schien denselben Gedanken zu haben.

»Könnten Sie vielleicht herüberkommen, damit wir uns unterhalten können?«, bat er und ließ die Zweige los.

Es dauerte eine Weile, bis Hugo Meier es von seinem Grundstück um die Hecke herum bis zur Einfahrt geschafft hatte. Der grauhaarige Mann von ungefähr siebzig Jahren eilte schnaufend auf sie zu.

»Wollen Sie meinen Ausweis sehen?«, fragte er aufgeregt und kramte in seiner Hosentasche. »Wo ist er denn nur?«, brummte er und klopfte nervös die Hose ab.

»Ist schon gut. Wir überprüfen Ihre Angaben später«, sagte Oliver. »Können Sie uns erzählen, was Sie vorgefunden haben?«

Meier nickte eifrig. »Ich habe den toten Lutz in der Küche entdeckt«, erklärte er wieder extrem laut und in diesem Moment bemerkte Oliver das Hörgerät an seinem linken Ohr.

»Können wir hier irgendwo ungestört reden?«, fragte er den Streifenpolizisten neben dem SUV.

Der Beamte hob hilflos die Achseln. »Vielleicht im Einsatzfahrzeug vorn an der Straße?«

Oliver unterdrückte einen Seufzer. »Darf ich Sie bitten, ein wenig leiser zu sprechen, Herr Meier? Die anderen Nachbarn könnten mithören und möglicherweise auch der Täter. Deshalb wäre es wichtig, dass nur wir Sie verstehen.«

Hugo Meier riss die Augen auf und schaute sich ehrfürchtig um.

»In Ordnung«, flüsterte er. »Tut mir leid. Meine Ohren sind nicht mehr die besten. Also, jeden Donnerstagabend fahren Christiane und Lutz zu ihrer Tochter, um auf die Enkelkinder aufzupassen. Die sind, glaube ich, drei und fünf Jahre alt. Die Tochter arbeitet als Altenpflegerin und übernimmt regelmäßig Nachtschichten. Normalerweise verlassen Christiane und Lutz gegen halb sieben das Haus. Doch als ich heute ihren Wagen eine Stunde später immer noch in der Einfahrt sah, bin ich rüber, um nachzuschauen. Die Haustür stand sperrangelweit offen und überall im Flur war Blut.« Die Miene des Mannes verzog sich zu einer angsterfüllten Grimasse. »Dann habe ich die Füße von Lutz in der Küche gesehen. Das ganze Blut kam von dort und war in den Flur geflossen. Ich wusste gleich, dass er tot ist, und habe sofort den Notruf gewählt.«

»Haben Sie das Haus betreten?«, wollte Oliver wissen.

Hugo Meier hob abwehrend die Hände. »Nein. Natürlich nicht. Ich schaue mir jeden Sonntag den Tatort an und bin nicht von gestern. Nichts habe ich angerührt. Rein gar nichts. Weder die Tür noch die Klingel. Ich habe genau hier vor der Haustür gewartet, und als Ihre Kollegen ankamen, haben sie mich gebeten, nach Hause zu gehen und dort zu warten.« Plötzlich fuhr er sich über die Stirn, als hätte er etwas Wichtiges vergessen.

»Sagen Sie, wo ist eigentlich Christiane?«

Oliver wandte für einen kurzen Moment den Blick ab und holte tief Luft.

»Ich fürchte, sie lebt ebenfalls nicht mehr. Die Kollegen haben einen toten Mann und eine tote Frau in dem Haus gefunden.«

Hugo Meier presste die Hände an den Kopf und sah Oliver ungläubig an.

»Ich habe es befürchtet«, jammerte er und wollte gerade weitersprechen, als eine hochgewachsene dunkelhaarige Frau in die Einfahrt sprintete, dicht hinter ihr die Polizeibeamtin, die Oliver an der Straße in Empfang genommen hatte.

»Sie dürfen dort nicht parken!«, brüllte die Polizistin mit hochrotem Gesicht. Sie stellte sich der Frau in den Weg, doch diese rannte weiter auf das Haus zu. Vor Oliver blieb sie abrupt stehen.

»Was ist hier los? Wo sind meine Eltern?«, kreischte sie.

»Warte bitte«, brabbelte der Nachbar und schob sich zwischen die Frau und Oliver. »Hör zu, Annette. Es wäre besser, du gehst da nicht rein.« Er räusperte sich und warf Oliver und Klaus einen hilflosen Blick zu.

»Das ist die Tochter«, erklärte er tonlos.

»Frau Markowitz?«, fragte Oliver.

»Ja, die bin ich. Was ist passiert? Ich müsste eigentlich zur Arbeit, aber meine Eltern sind nicht gekommen, um auf die Kinder aufzupassen. Ans Telefon gehen sie auch nicht.« Sie stockte und musterte Oliver und Klaus aufgewühlt. »Es ist ihnen doch nichts geschehen, oder?«

»Frau Markowitz, vielleicht ist es besser, wir setzen uns irgendwo. Dann können wir reden.«

»Nein! Ich will mich nicht setzen. Sagen Sie mir sofort, was los ist! Ich möchte ins Haus. Jetzt!« Aus den Augen der Frau sprühten Funken. Sie wollte sich an ihnen vorbeischieben, aber Hugo Meier hielt sie am Oberarm fest.

»Nein, Annette! Bitte, beruhige dich. Du kannst da nicht rein. Diesen Anblick wirst du nie wieder vergessen.«

Doch Annette Markowitz interessierten die Worte ihres Nachbarn nicht. Sie kämpfte sich frei und stolperte auf den Hauseingang zu. Oliver stürzte hinterher. Vor der Haustür stoppte er sie.

»Frau Markowitz. Das Haus ist für die Spurensicherung gesperrt. Es tut mir leid, aber ich darf Sie nicht hineinlassen.«

»Was ist ihnen denn passiert?« Annette Markowitz

brach in Tränen aus und sank in Olivers Arme. »Bitte, sagen Sie mir doch, was mit meinen Eltern los ist.«

»Es tut mir wirklich sehr leid«, murmelte Oliver. »Ihre Eltern wurden tot aufgefunden. Ich weiß noch nicht, was geschehen ist. Wir sind gerade erst eingetroffen.«

Ein Beben ging durch Annette Markowitz' Körper. »Nein, nein!«, schluchzte sie. »Das ist nicht wahr. Sie können nicht tot sein, ich habe doch erst gestern mit ihnen telefoniert.« Sie löste sich von Oliver. »Ich muss zu meinen Kindern. Sie sitzen im Auto und warten.«

»Meine Kollegin hilft Ihnen, die Kinder zu holen, und wir informieren auch gerne Ihren Arbeitgeber. Wäre es möglich, dass Sie mit der Kollegin eine Weile zu Herrn Meier gehen, während wir uns im Haus Ihrer Eltern umsehen?« Oliver sah den Nachbarn an, der sofort nickte.

»Komm bitte mit, Annette. Das ist alles so schrecklich. Ich weiß gar nicht, was ich sagen soll. Versuch, dich etwas zu beruhigen. Ich werde dir einen Tee machen. Außerdem müssen wir die Kinder irgendwie ablenken, vielleicht mit einem Film.« Er legte ihr fürsorglich den Arm um die Schulter und führte sie mit sich. »Wo hast du denn den Autoschlüssel?«, fragte er behutsam und drückte ihn Oliver in die Hand, nachdem Annette Markowitz ihn aus ihrer Manteltasche gekramt hatte.

Oliver warf den Schlüssel der Polizistin zu. »Bringen Sie bitte die Kinder zu Herrn Meier und warten Sie dort auf uns.«

Die Polizistin nickte und verschwand mit Annette

Markowitz und dem Nachbarn aus der Einfahrt. Oliver seufzte gequält. Für ihn gab es nichts Schlimmeres, als das Leid der Angehörigen sehen zu müssen. Der Tod ihrer Eltern bedeutete für Annette Markowitz nicht nur, plötzlich ohne sie dazustehen. Er bedeutete auch einen tiefen Einschnitt in ihr Leben. Auch ihre Kinder mussten sich erst daran gewöhnen, keine Großeltern mehr zu haben.

»Dann lass uns mal reingehen, Kumpel«, brummte Klaus.

Oliver nickte. Gemeinsam betraten sie den schmalen Hausflur, in dem ihnen der typische Geruch von Blut entgegenschlug. Die metallische, leicht säuerliche Note verursachte augenblicklich ein Grummeln in Olivers Magen. Blut war auch das Erste, was ihm auffiel, als er die hellen Bodenfliesen betrachtete.

»Himmel«, stieß er aus. »Das ist eine Menge Blut.«

»Kann man wohl so sagen.« Die Stimme kam von der Holztreppe, die sich in einem Bogen nach oben wand. »Guten Abend, die Herren!«, sagte Ingrid Scholten, die Leiterin der Spurensicherung, und stieg ein paar Stufen hinab. »Passen Sie auf und treten Sie nicht in die Lache. Der Fotograf hat sich verspätet.« Sie deutete auf eine Box auf der Flurkommode. »Da sind Handschuhe und Schuhüberzüge drin. Schlüpfen Sie rein.«

Ingrid Scholten streckte ein Bein aus und hüpfte von der untersten Treppenstufe über die riesige Blutlache hinweg.

»Oben sieht es auch nicht besser aus«, warnte sie

und drehte sich um. »Der Mann liegt in der Küche und die Frau in der ersten Etage im Schlafzimmer auf dem Bett. Der Täter ist sehr brutal vorgegangen.«

Oliver zog sich die Schutzkleidung über und folgte der Blutspur zur Küche, die sich an den Flur anschloss. Vorsichtig tippte er die Küchentür an. Neben dem Esstisch lag ein Mann von kräftiger Statur und ungefähr sechzig Jahren auf dem Bauch. Der Kopf war zur Seite gedreht und die starren Augen blickten leer in ihre Richtung. Doch das war gar nicht das Schlimmste. Unterhalb der Schulterblätter klafften drei riesige, blut-verschmierte Wunden. Der Stoff des Hemdes war an den Einstichstellen zerfetzt. Das Blut verteilte sich auf dem Rücken, unter der Leiche und auf dem Fußboden, bis hinaus in den Flur.

»Ich habe keine Ahnung, was für ein Riesenmesser der Täter verwendet hat«, erklärte Ingrid Scholten. Sie schob sich an Oliver vorbei und deutete auf einen Messerblock auf der Anrichte. »Von hier stammt die Tatwaffe jedenfalls nicht. Zumindest nicht aus dieser Küche.«

»Entschuldigen Sie die Verspätung«, sagte plötzlich eine tiefe Stimme hinter ihnen und Oliver fuhr herum. Der Fotograf linste durch die Tür.

»Sie können gleich hier loslegen, damit die Herr-schaften von der Kripo anschließend ihre Arbeit machen können.« Ingrid Scholtens Tonfall duldete keinerlei Widerspruch. Der Fotograf nickte emsig und drängte sich an Oliver und Klaus vorbei in die Küche.

»Ist das die einzige Leiche?«, fragte er, während er

die ersten Blitze aus seiner Kamera jagte und die Aufnahmen auf dem kleinen Bildschirm an der Rückseite des Gerätes überprüfte.

»Nein. Oben im Schlafzimmer liegt noch eine Tote, die Ehefrau. Mit der können Sie danach weitermachen. Aber nehmen Sie bitte vorher die Blutlachen im Flur auf.«

Oliver und Klaus warteten, bis der Fotograf mit seiner Arbeit fertig war.

»Warten Sie«, sagte Oliver, als der Mann gerade zur Tür hinaus verschwinden wollte. »Die rechte Hand wirkt verdreht, könnten Sie davon bitte eine Nahaufnahme machen?« Oliver ging in die Hocke und musterte die kalkweiße Hand des Toten, aus der alles Blut entwichen schien. Ein merkwürdiger Geruch stieg ihm in die Nase.

»Moment mal«, murmelte er und hob die Hand ein kleines Stück an. »Was haben wir denn hier?«

Klaus stürzte sofort zu ihm, ebenso der Fotograf und Ingrid Scholten.

»Ein Brandmal«, stellte Oliver überrascht fest und versuchte, das Motiv zu erfassen. Doch als ihm klar wurde, was er da vor sich hatte, wollten ihm die Worte nicht über die Lippen kommen. Ungläubiges Schweigen breitete sich in der Küche aus.

Kurz darauf sprach Ingrid Scholten laut aus, was sie alle dachten.

»Das soll wohl der Teufel sein.«

Der Fotograf hielt die Kamera fest und stellte sie scharf. Er rümpfte die Nase.

»Verdammt! Das stinkt nach verkohltem Fleisch. Warum ist mir das eben überhaupt nicht aufgefallen?«

»Schon gut«, erwiderte Oliver und ließ den Blick über die Leiche schweifen. »Wir sind ja auch gerade erst angekommen. Können wir den Leichnam bewegen?«

Ingrid Scholten und der Fotograf nickten gleichzeitig. Oliver zog den linken Arm des Toten unter dessen Bauch hervor und musterte die Handinnenfläche.

»Hier ist kein Brandmal.« Er legte die Hand vorsichtig auf dem Boden ab und betrachtete die Stiefel von Lutz Markowitz.

Klaus schien seine Gedanken zu erraten. »Moment. Ich ziehe ihm die Stiefel aus.« Er untersuchte die Beine des Toten und schüttelte nach einer Weile den Kopf. »Füße und Waden sind unversehrt. Was ist mit seinen Taschen?«

»Wir haben noch nicht nachgesehen«, erklärte die Leiterin der Spurensicherung und überließ Oliver den Vortritt.

Oliver tastete die hinteren Hosentaschen ab.

»Die sind leer«, stellte er fest und glitt mit den Fingern um die Hüften des Mannes zu den vorderen Taschen. »Hier ist auch nichts.«

Plötzlich ertönten Kinderstimmen aus der oberen Etage des Hauses. Wenige Augenblicke später polterten schwere Schritte die Holztreppe herunter. Ein Mitarbeiter der Spurensicherung erschien mit hochrotem Gesicht in der Küche.

»Frau Scholten, Herr Bergmann! Kommen Sie bitte sofort einmal mit nach oben!«

III

VOR FÜNFHUNDERT JAHREN

»Er hat nicht gesprochen, sondern gesungen.« Die junge Nonne Agnes hatte die Arme um ihren schmalen Oberkörper geschlungen. Noch immer saß sie auf dem Klostergrund und summte leise vor sich hin.

»Schweigt still«, brüllte Wernhart plötzlich und zog sein Schwert. »Ihr seid es, die vom Teufel besessen ist. Ihr führt uns an der Nase herum!«

»Lass sie in Frieden, Wernhart«, sagte Bastian und nahm ihm die Waffe ab. »Sie ist verwirrt. Heute Nacht wird sie uns wohl nichts Sinnvolles mehr berichten. Wir alle sollten jetzt erst einmal zu Bett gehen.«

Agnes wiegte sich hin und her, als hielte sie ein schlafendes Kind in den Armen. Mit dünner Stimme begann sie erneut zu singen.

»Suse, liebe Suse, was raschelt im Stroh ...« Sie blickte zu ihnen auf und fügte hinzu: »Dieses Lied sang er, als er Schwester Margaretha tötete.«

»Haltet Euer Mundwerk! Auf der Stelle!«, brüllte Wernhart außer sich. »Bastian, sie wird uns alle verhexen. Sie ist eine verdammte Hexe!«

Katharina von Weinfels machte eine einzige Handbewegung und Agnes verstummte augenblicklich. Die Nonne senkte den Kopf und zog die Knie dicht an ihren Oberkörper.

»Kommt, Schwester Agnes. Die Nacht tut offenbar Eurem Gemüt nicht gut. Ihr geht jetzt schlafen. Ich will Euch bis Sonnenaufgang nicht mehr sehen.«

Agnes rappelte sich auf und huschte wie ein gehetztes Tier davon. Bastian sah ihr nachdenklich hinterher.

»Ob der Mörder wirklich dieses Lied gesungen hat?«, fragte er die Oberin.

»Ich weiß es nicht«, erklärte Katharina von Weinfels und scheuchte dabei auch die anderen Nonnen mit einer raschen Bewegung fort zu ihren Schlafplätzen. »Uns jedenfalls ist dieses Lied seit Jahren nicht über die Lippen gekommen. Ich glaube schon, dass dieser Mann oder gar der Teufel, den Schwester Agnes gesehen haben will, dieses Wiegenlied gesungen hat. Ich wüsste nicht, warum sie uns anlügen sollte.«

»Weil sie eine Hexe ist. Das ist doch offensichtlich. Wir sollten sie jemandem übergeben, der ihr den Teufel austreiben kann!«, gab Wernhart lautstark zurück.

Der dürre Zeigefinger der Oberin schoss vor Wernharts Nase in die Höhe.

»Ich bestimme, was mit den Schwestern dieses Ordens geschieht, und niemand wird mir vorschreiben, was ich zu tun oder zu lassen habe. Ich habe Euch hier-herbestellt, weil eine unserer Lieben aus dem Leben gerissen wurde. Ihr sollt herausfinden, wer der armen Schwester Margaretha so etwas Scheußliches angetan hat.« Sie wandte sich um und deutete in Richtung der toten Nonne. »Offen gesagt sieht mir das nicht wie das Werk eines Dämons aus. Eine irdische Klinge aus Eisen hat sich in Schwester Margarethas Leib gebohrt und ihrem Dasein ein Ende gesetzt.«

Wernhart kniff die Lippen zusammen und funkelte die Oberin verständnislos an. Bevor er den Mund zu einer Antwort öffnen konnte, fuhr Bastian dazwischen:

»Natürlich werden wir den Täter dingfest machen und ihn seiner gerechten Strafe zuführen. Seid unbesorgt. Kein Wort über das heute Nacht Gesprochene wird sich in Zons verbreiten.«

»Das will ich hoffen, lieber Bastian Mühlenberg«, erwiderte die Oberin. »Wir sind ein frommes Kloster und jede von uns verehrt den Herrn aus tiefstem und reinem Herzen. Der Teufel ist hier nicht willkommen.« Sie wandte sich mit einem finsteren Blick an Wernhart. »Und auch nicht die Inquisition.«

Bastian nickte und verabschiedete sich von Katharina von Weinfels. Sie brachten den Leichnam in die Kapelle und legten ihn vor dem Altar ab. Bastian betrachtete abermals die Einstiche, die den Körper der Nonne regelrecht durchlöchert hatten.

»Wer immer das getan hat, der trug eine Menge Wut in sich. Sie muss längst tot gewesen sein, während er fortwährend auf sie einstach.«

Wernhart schaute ihn durchdringend an. »Ich sagte ja gleich, wir haben es mit dem Satan persönlich zu tun. Wer sonst quält seine Opfer denn im Jenseits?«

* * *

Bei Tag sah Margarethas Leichnam noch viel schlimmer aus als in der Nacht zuvor.

»Ich zähle sieben Einstiche«, erklärte der Arzt Josef Hesemann und fuhr über jede einzelne Wunde, damit Bastian mitzählen konnte.

»Welche Art von Klinge hat der Täter benutzt?«, wollte Bastian wissen.

Der Arzt neigte den Kopf und sagte: »Ich denke, es war ein Schwert. Habt Ihr Eures dabei?«

»Ja, mein Kurzschwert.« Bastian zog es aus der Scheide und überreichte es Josef.

Der Arzt stocherte mit der Schwertspitze in einer der Wunden herum. Bastian spürte, wie ihm bei dem Anblick übel wurde. Ein dicker Kloß steckte plötzlich in seinem Hals.

»Und?«, fragte er und wandte den Blick von der Toten ab.

Josef brummte etwas Unverständliches und hantierte weiter mit dem Schwert herum. Erst nach einer Weile richtete er sich auf und antwortete:

»Ich denke, es war kein Kurzschwert wie Eures. Es hatte eine breitere Klinge. Vermutlich ein übliches Langschwert, dessen Schneide jedoch ebenso flach ist wie die Eure.« Josef wischte Margarethas Blut mit einem Leinentuch von Bastians Schwert.

Zögernd nahm Bastian seine Waffe wieder an sich. Er mochte den Gedanken nicht, dass es mit dem Blut einer ermordeten Nonne in Berührung gekommen war.

»Als Täter kommt somit nur jemand infrage, der die nötigen Mittel für die Anschaffung eines solchen Schwertes besitzt. Es sei denn, er wäre Soldat«, schlussfolgerte Bastian und dachte augenblicklich an seine eigenen Männer. Keinem von ihnen würde er eine derartige Gräueltat zutrauen. Trotzdem beschloss er, ihre Schwerter zu überprüfen. Der Mord an Margaretha hatte mit Sicherheit Blutspuren auf der Tatwaffe hinterlassen.

»Ihr sagtet vorhin, der Mörder hätte ein Wiegenlied gesungen?« Josef Hesemann entnahm etwas Blut aus einer Wunde und füllte es in einen kleinen Glaskolben ab.

»Suse, liebe Suse«, bestätigte Bastian, der die halbe Nacht über dieses Lied nachgedacht hatte, jedoch bisher keine vernünftige Erklärung dafür fand.

»Wollte er Schwester Agnes vielleicht auch umbringen?«, fragte Josef weiter und öffnete den Mund der Toten, um seine Nase tief in ihren Rachen zu stecken.

»Ich denke nicht. Anderenfalls wäre sie jetzt vermutlich tot.«

Josef Hesemann hielt inne und blickte zu Bastian auf. »Warum sollte er der Nonne ein Lied vorsingen und dann verschwinden? Agnes hat ihn gesehen, möglicherweise sogar erkannt. Meint Ihr nicht, er kehrt noch einmal zurück, um eine mögliche Zeugin zum Schweigen zu bringen?«

Bastian zuckte mit der Schulter. »Schwester Agnes war allein draußen. Mitten in der Nacht. Womöglich hat sie den Täter überrascht und er ist davongelaufen. Allerdings hat er ein Wiegenlied angestimmt. Nein, ich denke daher, er wollte Agnes nicht töten. Er hatte es bewusst auf Margaretha abgesehen. Es muss ja einen triftigen Grund für das Teufelsmal geben, das er ihr in die Hand gebrannt hat.«

»Da habt Ihr recht«, brummte Josef. »Die Nonne hat jedenfalls keinen Wein zu sich genommen und auch sonst nichts, was im Bauch gären würde.« Josef legte plötzlich zwei Finger auf die Lippen, während seine Augen unruhig in der Kapelle umherwanderten. »Meint Ihr, ich könnte einen kurzen Blick unter ihren Rock werfen? Nur um auszuschließen, dass ihr nicht noch ein anderes Leid zugefügt wurde?«

Bastian wurde blass. »Ihr meint, sie wurde geschändet?«

»Das kann ich bloß herausfinden, indem ich zwischen ihre Schenkel schaue.«

»Sie ist eine Nonne«, zischte Bastian leise und sah sich nervös um. Jeden Augenblick konnte eine Schwester die Kapelle betreten. Er verstand Josefs Anliegen. Doch es war riskant.

»Ich will davon nichts wissen«, erklärte er schließlich. »Geht so mit ihr um, wie es sich für eine gottesfürchtige Nonne gebührt. Ihrem Weg zu Gott darf nichts entgegenstehen. Also berührt sie nicht unsittlich. Ich warte vor der Tür, aber sobald ich wieder hereinkomme, möchte ich nichts von alledem auch nur ahnen.«

»Einverstanden.« Josef schob das Gewand der Toten hoch und Bastian stürmte aus der Kapelle.

Mit klopfendem Herzen blieb er vor der Tür stehen und zweifelte augenblicklich an seiner Entscheidung. Er wollte nicht, dass der Leichnam von Margaretha entweiht wurde. Andererseits war das vielleicht schon längst geschehen, sofern der Täter sie geschändet hatte. Der bloße Gedanke daran ließ ihn erschaudern. Welches Ungeheuer wagte sich des Nachts in ein Kloster, um eine Nonne niederzustechen?

Und warum hatte keine der anderen Nonnen etwas mitbekommen? Hätten sie nicht bemerken müssen, wenn ein Fremder in die Gemächer eindrang und eine der Ihren verschleppte? Oder war Margaretha freiwillig hinausgeeilt? Hatte der Mörder sie mit einem Versprechen gelockt?

»Bastian?«, rief Josef Hesemann und unterbrach seine Gedanken.

Zögerlich ging er zurück in die Kapelle.

»Ich hatte etwas Wichtiges übersehen«, erklärte Josef mit ernster Miene und zeigte ihm einen dünnen Faden. »Ich vermute, Margaretha wurde geknebelt. Der Stofffetzen muss ihr nach dem Mord entfernt worden sein. Anscheinend wollte der Täter keine Spuren hinterlassen.«

Da hatte Bastian eine mögliche Erklärung. Margaretha hatte sich demnach nicht freiwillig in die Nacht hinausbegeben, sondern war überwältigt und geknebelt worden. Trotzdem fragte er sich, ob sie sich nicht gewehrt hatte.

»Könnt Ihr Würgemale am Hals oder Blutergüsse an ihren Händen oder Armen erkennen?«

Josef Hesemann schüttelte den Kopf. »Hier sind ein paar blaue Flecke. Sie sind jedoch nicht sehr deutlich ausgeprägt, sodass ich mir kein Urteil dazu erlauben kann. Ich kann Euch jedenfalls sicher sagen, dass ihr niemand die Unschuld geraubt hat.«

»Sie wurde nicht geschändet?« Bastian fühlte sich erleichtert. Einer Nonne konnte wohl nichts Schlimmeres geschehen. Aber warum war Margaretha niedergestochen worden? Hatte sie um ein Geheimnis gewusst? Er beschloss, sich ihr Lager anzusehen.

»Eine Frage noch, Josef. Wurde ihr das Teufelsmal bei lebendigem Leib beigebracht?«

»Nein. Es floss kein Blut mehr durch ihre Adern, als sie gebrandmarkt wurde. Das erkenne ich gut an den fehlenden Schwellungen. In dieser Hinsicht hat sie also nicht gelitten.«

Bastian bedankte sich und ließ den Arzt mit der Toten allein. Er begab sich in das Hauptgebäude des Klosters. Die Schlafgemächer befanden sich im oberen Geschoss. Bis zu zwölf Nonnen schliefen in einem Saal. Bastian hatte sich noch in der Nacht von der Oberin erklären lassen, wo sich Margarethas Schlafstätte befand. Er erklomm die knarrende Holztreppe und ging links herum in das Gemach, das nach Norden hinaus lag. Sechs karge Strohlager erwarteten ihn, als er den dunklen Raum betrat, der nur ein kleines Fenster besaß.

Margaretha hatte gleich rechts neben der Tür geschlafen. Katharina von Weinfels hatte ihm versprochen, dass niemand Margarethas Habseligkeiten anrühren würde, bis er sie untersucht hatte.

Bastian betrachtete die spärliche Strohschicht, die kaum für ein weiches Nachtlager genügte, und das dünne Leinentuch, das zerknüllt am Fußende lag. Offenbar hatte Schwester Margaretha einen Teil der Nacht noch hier verbracht. Bastian versuchte sich vorzustellen, was passiert sein könnte. Ein wenig Stroh verteilte sich neben der Schlafstätte. Er inspizierte jeden einzelnen Halm. Doch er konnte nicht sagen, ob die Halme von Füßen oder von Margarethas Körpergewicht zerdrückt waren. Das Stroh schien alt und mürbe. Er nahm einige Halme in die Hand und zerbröselte sie mühelos zu Staub. Fußspuren waren auf den rauen Holzdielen nicht auszumachen. Er hob die Decke an und musterte das Stroh darunter. Langsam fuhr er durch die Halme, fand jedoch keine Hinweise oder persönlichen Gegenstände von Margaretha. Auch unter dem Kopfkissen hatte sie nichts versteckt. Erst als er das Kissen abtastete, fiel ihm eine Unebenheit auf. Er öffnete den Bezug und staunte, als mehrere zusammengefaltete Blätter aus vergilbtem Papier zum Vorschein kamen. Neugierig faltete er eines auseinander und studierte die darauf mit schwarzer Tinte geschriebenen Zeilen. Am Ende seufzte er enttäuscht. In den Händen hielt er ein altbekanntes Gebet. Er legte es beiseite und begutachtete das nächste Blatt. Zunächst las sich der zweite Text ebenfalls wie ein Gebet. Er wollte ihn gerade weglegen, als sich der Stil der Worte änderte. Das Geschriebene glich nun eher einem Tagebuch. Das Schriftstück enthielt weder ein Datum noch den Namen des Verfassers. Bastian überflog es stirnrunzelnd.

Der Teufel schleicht in der Dunkelheit in unsere heiligen Hallen. Alle meine Gebete haben nichts bewirkt. Ich habe keine Erklärung dafür, aber vielleicht ist es eine Prüfung, die der Herr uns auferlegt. Nur wer reinen Herzens ist und ein Leben ohne Sünde führt, kann nicht vom Teufel verführt werden. Heute Nacht, als ich aufwachte, weil ein Geräusch mich aus dem Schlaf riss, da sah ich seine großen Hörner als Schatten an der Wand. Er huschte durch den Raum und blieb vor jedem Schlaflager stehen. Mit glühend roten Augen starrte er auf jede Einzelne von uns herab. Auch auf mich. Der Herr testet uns, und ich bin zutiefst erleichtert, dass der schwarze Dämon mich nicht auserwählte. Er hat sich ein Mädchen genommen, das kaum zu einer Frau herange-wachsen war. Ich werde ihre Schreie nicht vergessen. Aber die Oberin hat mich zur Verschwiegenheit ermahnt. Also wird kein Wort über meine Lippen kommen.

Der Text endete ohne weitere Erklärung. Bastian betrachtete die Tinte, die bereits in Teilen verblichen war. Das zerknitterte Papier deutete darauf hin, dass der Text oft gelesen und nicht erst in den letzten Tagen geschrieben worden war. Doch er konnte nicht einschätzen, ob es Monate oder Jahre zurücklag. Und ob Margaretha dieses Schriftstück selbst verfasst hatte. Er faltete das nächste Blatt auseinander. Es handelte sich wieder um ein Gebet. Die Handschrift auf allen drei Blättern stimmte überein. Er steckte sie ein und warf einen letzten Blick auf Margarethas Nachtlager. Die Nonne hatte offenbar nichts weiter als das Papier in ihrem Kissen besessen. Er wandte sich zur Tür und stellte sich vor, wie der Eindringling hereingeschlichen war. Er schloss die schwere Holztür und öffnete sie langsam wieder. Nur ein kaum vernehmbares Knarren ertönte. Bastian machte ein paar Schritte auf das Strohlager zu. Die alten Dielen bogen sich unter seinem Gewicht und ächzten leise. Zu leise. Vermutlich wachte niemand aus dem Tiefschlaf von diesem Geräusch auf. Er kniete sich neben das Lager und überlegte, auf welche Weise der Täter Margaretha überwältigt haben könnte. Höchstwahrscheinlich hatte er ihr zuerst den Mund zugehalten, damit sie nicht schrie. Dann hatte er Margaretha den Knebel in den Rachen gestopft. Da an ihren Handgelenken keine Abwehrspuren waren, hatte der Täter sie wahrscheinlich mit seinem Schwert bedroht und sie gezwungen, mitzukommen. Draußen auf dem einsamen Klostergelände hatte er dann leichtes Spiel gehabt. Er hatte ihr sein Schwert in den Leib gestoßen, und als sie tot war, hatte er sie mit dem Kopf des Teufels gebrandmarkt.

Bastian schauderte bei der Vorstellung. Warum nur hatte der Mörder mehr als einmal zugestochen? Ein Schwert tötete normalerweise beim ersten Hieb in den Bauch. Selbst ein ungeübter Kämpfer bräuchte zwei, höchstens drei Versuche. Doch Josef hatte ganze sieben tiefe Stichwunden gezählt. Welch ungeheure Wut musste der Täter auf Margaretha gehabt haben? Und wie passten diese Wut, das Teufelsmal und das Wiegenlied zusammen? Bastian rieb sich nachdenklich das Kinn. Das alles ergab irgendwie keinen Sinn. Er erhob sich und überlegte, wo der Täter das Brandeisen erhitzt haben könnte. Die Oberin hatte ein Feuer erwähnt, das Tag und Nacht brannte. Bastian stieg die Treppe hinunter und folgte seiner Nase. Er stieß eine schwere Holztür auf und landete in der Küche, wo sich die Feuerstelle befand.

»Hilfe! Zu Hilfe! Ein Eindringling!«

Die schrille Stimme blockierte Bastians Denkvermögen. Ebenso die weißen Augäpfel, die starr auf ihn gerichtet waren. Vor ihm stand eine schreiende alte Nonne, die offenkundig blind war.

»Ich bin kein Eindringling«, sagte er ruhig.

Die Alte hielt augenblicklich inne.

»Elvira, ist alles in Ordnung?«

Hinter Bastian stürmte eine junge Nonne zur Tür herein. Mit hochroten Wangen baute sie sich vor ihm auf und hob die Hände, als müsste sie sich vor ihm in Acht nehmen.

»Tretet ihr nicht zu nahe, Stadtsoldat!«, rief sie.

»Das hatte ich nicht vor«, erklärte Bastian immer noch ruhig. »Ich war auf der Suche nach der Feuerstelle. Dürfte ich mir diese einmal anschauen?«

Die junge Nonne zögerte und blickte prüfend zwischen ihm und Elvira hin und her.

»Schon gut, Kindchen. Ich wusste nicht, dass dieser Mann offenbar die Erlaubnis hat, in unserem Kloster herumzustöbern. Er ist nur so schnell hereingestürmt, dass ich dachte, er wäre ein Dieb.«

Bastian fragte sich, warum die blinde Nonne ihn nicht für eine Ordensschwester gehalten hatte. Als ob Elvira seine Gedanken lesen könnte, fügte sie hinzu: »Ich kann Männer riechen, sobald sie in meine Nähe kommen.« Sie rümpfte die Nase, als würde er meilenweit stinken. »Und Ihr seid ein Mann. Stadtsoldat.« Ihre blinden Augen durchleuchteten ihn auf unheimliche Weise. Für einen Moment überkam ihn das Gefühl, dass Elvira keinesfalls erblindet war.

»Seid Ihr Mühlenberg oder der andere? Wie hieß er gleich noch einmal? Wernhart Tillmanns?«

»Das ist Bastian Mühlenberg«, flüsterte die junge Nonne und tupfte sich mit dem Ärmel ihres Gewandes eine Schweißperle von der Stirn. »Die Oberin hat ihm erlaubt, Margarethas Schlafstätte in Augenschein zu nehmen. Wir haben alle das obere Geschoss verlassen, damit er sich in Ruhe dort umsehen kann.«

»Und warum hat mir niemand Bescheid gesagt?«, fragte Elvira beleidigt. »Glaubt ihr, nur weil ich blind bin, macht mir die Anwesenheit eines Mannes nichts aus?«

Die junge Nonne schüttelte heftig den Kopf. »Nein, nein. Die Oberin hat es vor dem Morgengebet erklärt. Ihr wart spät dran.«

»Ja, richtig.« Elvira zog die Augenbrauen zusammen, wobei ihre dumpfen Augen immer noch auf Bastian gerichtet waren. »Und jetzt wollt Ihr die Feuerstelle ansehen? Wieso? Margaretha wurde vom Teufel geholt. Ich habe es doch vor Tagen bereits angekündigt.«

»Katharina von Weinfels hat in der Tat erwähnt,

dass Ihr etwas Schreckliches vorhergesehen habt. Wusstet Ihr, dass es Schwester Margaretha treffen würde?«

Elvira grinste breit. »Der Herr schickt mir Träume, und in diesen sehe ich die Dinge, die geschehen werden, wie durch einen milchigen Schleier. Ich erblickte einen großen, dunklen Mann. Und ich sah eine von uns, gefangen in seinen mächtigen Armen. Ich sah sie sterben. Aber ich erkannte nicht, welche von uns es sein würde.«

Bastian verkniff sich einen Seufzer. Alles, was Elvira mitzuteilen hatte, erschien ihm reichlich oberflächlich. Vermutlich träumte jede Nonne ab und an vom Teufel, sobald sie ein Albtraum ereilte.

Elvira hob die Arme. »Es ist noch nicht vorbei«, erklärte sie mit finsterer Stimme. »Der Herr prüft uns, und ich befürchte, Margaretha ist nicht die Einzige aus unseren Reihen, die ein böses Schicksal ereilen wird.«

Bastian sah die blinde Nonne erschrocken an. Am liebsten hätte er ihre Worte als völlig unnütz abgetan, aber dann überlief ihn eine Gänsehaut.

»Ich sehe mir jetzt die Feuerstelle an«, sagte er und drängte sich an der jungen Nonne vorbei. Er wusste nicht, ob Elvira den Luftzug spürte, den seine Bewegung verursachte, oder ob sie ihre Blindheit nur vortäuschte. Die Alte wich ihm aus, sodass er ungehindert ans Feuer treten konnte. Rund um die Feuerstelle hatte sich gräuliche Asche auf dem Boden verteilt. Was er in der Asche erblickte, erweckte sofort seine Aufmerksamkeit.

* * *

Agnes wälzte sich unruhig auf ihrem Strohlager umher. Die furchtbaren Bilder gingen ihr einfach nicht aus dem Kopf. Die dunkle Gestalt näherte sich und öffnete den Mund. Sie schrie auf, doch im selben Augenblick begann der Fremde, das Wiegenlied zu singen. Eine Mischung aus Erstaunen und Entsetzen übermannte sie. Agnes schloss den Mund, unfähig, auch nur einen einzigen Ton hervorzubringen. Der Mann starrte sie an, während er weitersang, und verschwand kurz darauf in der Dunkelheit. Das Lied konnte sie noch immer hören.

Sie fuhr hoch und blickte sich panisch um. An den Wänden des Schlafgemachs tanzten die Schatten der Blätter der großen Eiche, die vor dem Fenster wuchs. Agnes kniff die Augen zusammen und musterte die dunklen Umrisse, die wie lebendige Wesen aussahen und keinen Augenblick stillstanden. Sie bildete sich ein, zwischen ihnen zwei riesige schwarze Hörner zu erkennen. Doch sobald sie genauer hinsah, waren die Symbole des Teufels verschwunden. Die Oberin hatte sie vorgewarnt. Es war klar gewesen, dass sie Albträume plagen würden. Agnes hatte versprochen, im Haus zu bleiben und sich keinesfalls nach draußen zu begeben. Schließlich wusste bisher niemand, wie der Fremde – wer immer er war – ins Kloster gelangt sein konnte. Eine Schwester hielt heute seit Einbruch der Dunkelheit an der Eingangspforte Wache. Wenn dort jemand über die Klostermauer kletterte oder sich anderweitig Zutritt verschaffen wollte, würde sie das bemerken und

Alarm schlagen. Trotz ihres Versprechens erhob Agnes sich und tapste auf Zehenspitzen an ihren schlafenden Mitschwestern vorbei zum Fenster. Der Mond schien herein und seine silbrigen Strahlen zogen sie auf unheimliche Art an. Sie hob eine Hand, die in dem kalten Licht wie durchsichtig wirkte. Beinahe so, als wäre sie ein Geist. Sofort ließ sie den Arm sinken. Unruhig blickte sie hinaus. Der Klosterhof lag verschlafen da. Nichts bewegte sich. Nur die Äste der Bäume bogen sich langsam im Wind. Sie verharrte noch eine Weile, und als sich nichts rührte, schlich sie zu ihrem Schlaflager zurück. Mit klopfendem Herzen legte sie sich auf das spärliche Stroh und versuchte, die Kälte des zugigen Dielenbodens zu ignorieren. Sie wickelte die dünne Decke enger um sich und drehte sich auf die Seite. Ihre Hand landete auf etwas Hartem. Agnes ertastete einen kühlen Gegenstand, vermutlich aus Metall, der ihr vorher gar nicht aufgefallen war. Sie kreiste mit der Fingerspitze über die glatte Oberfläche. Dann richtete sie sich auf und ging mit dem Gegenstand zum Fenster, wo sie ihn in das Mondlicht hielt. Sie konnte nicht glauben, was in ihrer Hand lag.

IV

GEGENWART

Oliver lief mit Ingrid Scholten hinter dem Mitarbeiter der Spurensicherung die Treppe ins Obergeschoss hinauf. Klaus folgte ihnen schnaufend.

»Wir müssen ins Schlafzimmer«, erklärte der Mann und rückte die Schutzbrille zurecht, die fast die Hälfte seines kantigen Gesichts verdeckte.

Sie gingen durch den Flur und stoppten vor der ersten Tür.

»Hier herein!« Der Mann deutete auf seine Kollegin, die sich gerade an einem Bettvorleger zu schaffen machte.

»Da sind Sie ja«, bemerkte sie und erhob sich. Sie umrundete das breite Bett, auf dem die Tote lag, und blieb rechts neben dem Nachttisch stehen. Durch Olivers Herz ging ein Stich, die ermordete Frau hätte seine Mutter sein können.

»Ich weiß, Sie wollen sich die Tote anschauen. Aber

lassen Sie mich Ihnen das hier zuerst zeigen. Ich habe die Schublade extra wieder geschlossen«, sagte die Mitarbeiterin der Spurensicherung und wartete, bis Klaus sich zu ihnen gesellt hatte. Dann blickte sie Oliver durchdringend an. »So etwas ist mir in meiner ganzen Zeit bei der Spurensicherung noch nicht untergekommen und ich bin schon ein paar Jahre dabei. Da war jemand offenbar nicht nur besonders brutal, sondern scheint uns auch in die Irre führen zu wollen.«

Sie zog die oberste Schublade langsam auf. Ein neongelber Zettel fiel Oliver ins Auge.

»Spiel mich ab«, las er vor, ohne eine Ahnung zu haben, was sie erwartete.

Ingrid Scholten trat einen Schritt vor und nahm das flache Gerät, auf dem der Zettel klebte, aus der Schublade. Sie drückte eine Taste. Sofort ertönten die leiernden Kinderstimmen, die sie bereits von der Küche aus gehört hatten. Das Lied weckte in Oliver ferne Erinnerungen.

»Suse, liebe Suse, was raschelt im Stroh ...«

Ingrid Scholten betätigte die Pausentaste, nachdem das Lied zu Ende war, und sah Oliver fragend an.

»Was um Himmels willen hat das denn jetzt zu bedeuten?«

»Keine Ahnung. Aber ich kenne das Lied. Ein uraltes Kinderlied.« Oliver wandte sich an die Mitarbeiterin neben dem Nachttisch. »Denken Sie, dass der Täter das Abspielgerät hier platziert hat?«

Die Frau nickte und deutete auf das Bett.

»Das ist ziemlich sicher. In der linken Hand der

Toten befindet sich ein Zettel, auf dem steht: *Schau in die Schublade rechts am Bett.*«

Oliver schluckte überrascht und betrachtete die leblose Frau. Die Tote, ebenfalls um die sechzig Jahre alt, lag im Gegensatz zu ihrem Ehemann in der Küche auf dem Rücken im Bett. Ihre Arme ruhten dicht am Oberkörper. Die Bluse und die Hose wirkten bis auf ein paar Flecke unversehrt, aber das Laken unter ihr leuchtete rot von ihrem Blut. Oliver musterte die Tote von Kopf bis Fuß. Sie trug noch ihre Hausschuhe, was ihn vermuten ließ, dass der oder die Täter sie erst nachträglich aufs Bett gelegt hatten. Dafür sprach auch das Blut, das sich unter ihrem Körper gesammelt hatte. Zudem gab es an den Wänden keinerlei Spritzer. Der Unterkiefer der Frau hing in einem merkwürdig schiefen Winkel herab. Die stumpfen Augen starrten an die Decke und wirkten übergroß. Das Haar stand ihr wirr in sämtliche Richtungen ab.

Oliver beugte sich hinunter. »Darf ich?«, fragte er und deutete auf den neongelben Zettel, den die Mitarbeiterin der Spurensicherung offenbar in die linke Hand der Toten zurückgeschoben hatte.

»Nur zu. Ich habe alles wieder so arrangiert, wie wir es vorgefunden haben.«

Oliver zog den Zettel hervor und seufzte. Die Worte waren mit Druckbuchstaben geschrieben, was eine Analyse der Handschrift vermutlich unmöglich machte.

»Da hat aber jemand sehr darauf geachtet, keine Spuren zu hinterlassen«, bemerkte Klaus zutreffend.

Sein Partner kniete sich auf der anderen Seite neben das Bett und ergriff die rechte Hand der Toten.

»Verdammt«, stieß Klaus aus, nachdem er die Innenseite der Handfläche nach oben gedreht hatte. »Sie hat dasselbe Brandmal wie ihr Mann.«

Oliver starrte auf das Mal. Der schwarze Kreis, aus dem rechts und links jeweils ein Horn ragte, brachte seinen Magen aus dem Gleichgewicht. Vielleicht lag das aber auch an dem Geruch, den das verbrannte Fleisch verströmte und den er jetzt, wo er sich darauf konzentrierte, wesentlich stärker wahrnahm als zuvor. Die Augen in dem Kreis waren nicht mehr als zwei dunkle Flecke und der Mund ein dünner Strich. Oliver überlegte. Er konnte zunächst nicht erkennen, was an diesem Brandmal anders war. Doch dann sah er, dass das Mal sehr viel tiefer in die Handfläche der Frau eingebrannt war als bei ihrem Mann. Er rümpfte angewidert die Nase und versuchte, die Gedanken in seinem Kopf zu ordnen. Sie hatten es mit einem ermordeten Ehepaar zu tun. Beide waren mit einem Teufelssymbol gebrandmarkt worden. Den Mann hatte der Täter mit einer großen Klinge erstochen. Bei der Frau wussten sie es noch nicht. Hinzu kam dieses fürchterliche Kinderlied, das der Mörder in der Schublade des Nachttisches hinterlassen hatte. Er wollte offenbar, dass sie es hörten. Deshalb hatte er eine Nachricht in der unversehrten Hand des weiblichen Opfers platziert. Was verdammt hatte das alles zu bedeuten? Oliver atmete tief durch, wobei er versuchte, den Geruch nach verbranntem Fleisch zu ignorieren.

»Okay«, sagte er und rieb sich grübelnd die Stirn. »Wir müssen mehrere Dinge herausfinden. Erstens: Wie ist der Täter ins Haus gekommen? Ich habe keine Einbruchspuren gesehen, aber vielleicht überprüfen Sie das noch einmal. Zweitens: Von welchem Kinderchor stammt die Aufnahme und woher das Gerät? Und irgendwo muss der Mörder das Brandeisen erhitzt haben. Hat er womöglich ein Feuer angezündet oder Strom benutzt?«

Ingrid Scholten zuckte mit der Schulter. »Was das Brandmal anbelangt, haben wir im Haus bisher nichts gefunden. Zwei von meinen Leuten durchforsten gerade den Garten.«

Klaus schniefte und wischte sich mit einem Taschentuch die Nase ab. »Verdammt! Sieht so aus, als hätte mich eine Erkältung erwischt«, schimpfte er und stopfte das Tuch wieder in die Hosentasche. »Also, falls der Mörder ein Feuer im Garten angezündet hat, könnten die Nachbarn vielleicht davon etwas mitbekommen haben.«

Oliver nickte und schaute auf die Uhr. Es war spät, schon fast zweiundzwanzig Uhr. »Wir stellen gleich einen Trupp zusammen, der morgen früh die Nachbarn befragen soll.« Er winkte Klaus zu sich. »Könnten wir den Leichnam umdrehen? Ich würde mir gerne den Rücken ansehen.«

»Einen Moment noch«, erwiderte Ingrid Scholten. »So weit waren wir noch nicht. Ich hole den Fotografen, damit er alles festhalten kann.«

Eine Minute später zuckte ein Blitzlichtgewitter

durch den Raum. Als der Fotograf fertig war und sie die Tote umgedreht hatten, zählte Oliver sieben tiefe Einstiche in ihrem Rücken. Sie verteilten sich ungleichmäßig und schienen keiner Systematik zu folgen. Nach Olivers Schätzung musste die Klinge der Tatwaffe mindestens sechs Zentimeter breit gewesen sein. Er kannte kein Küchenmesser dieser Größe.

»Die Wunden könnten von einem Jagdmesser stammen«, mutmaßte Klaus, doch Ingrid Scholten widersprach ihm sofort.

»Ehrlich gesagt dachte ich eher an ein Schwert.« Sie deutete auf einen Einstich im oberen Rückenbereich neben der Wirbelsäule. »Wir werden es herausfinden, aber wenn Sie mich fragen, gibt es solche breiten Jagdmesser nicht. Hinzu kommt, dass die Klinge nicht besonders scharf war, weshalb sie den Körper offenbar nicht durchbohrt hat.«

Oliver presste die Lippen aufeinander. Die Vorstellung, dass ein Schwert von hinten in den Brustkorb eindrang und vorn wieder hervorkam, ließ ihn erschaudern.

»Ich kann nur hoffen, dass sie nach dem ersten Stich sofort tot war«, murmelte er.

Der Blick von Ingrid Scholten sagte etwas anderes. Sie schüttelte resigniert den Kopf. »Der Blutverlust ist enorm. Aus jedem der Einstiche hat es massiv geblutet. Das spricht leider dafür, dass das Herz des Opfers noch lange geschlagen hat.«

»Wie schrecklich«, entfuhr es Klaus. »Warum ist sie

nicht weggerannt? Ich sehe keine Fesselmale an ihren Händen.«

»Das muss nicht unbedingt etwas zu bedeuten haben«, erwiderte Scholten. »Ich denke, sie wollte weglaufen, und gerade deshalb befinden sich die Stiche im Rücken. Der Mörder hat sie von hinten erwischt.«

Oliver nickte. »Sie ist jedenfalls nicht auf diesem Bett erstochen worden. Es sind kaum Blutspritzer vorhanden.« Er sprach nicht weiter, sondern schaute sich um. Der Fußboden wirkte sauber, nicht ein einziger Blutstropfen klebte darauf. Doch irgendwo im Haus mussten Blutspuren von der Toten sein. Oliver inspizierte den Türrahmen und lief die Treppe hinunter. Unten machte er einen großen Schritt über die Blutlache, die sich von der Küche aus auf dem Dielenboden ausgebreitet hatte. Zahlreiche Blutspritzer verunstalteten die weißen Wände mit einem bizarren Muster. Die Forensiker würden es später analysieren, um herauszufinden, wo Lutz Markowitz ermordet worden war. Vielleicht hatte der Täter auch Christiane Markowitz im Flur angegriffen. Oliver ging zur Haustür und fand einen blutigen Fingerabdruck am Rahmen unter der Türklinke. Bevor er Ingrid Scholten fragen konnte, ob sie dieses Detail bemerkt hatte, schoss ein Blitzlicht aus der Kamera des Fotografen, der ihm offenbar gefolgt war.

»Ich halte das mal lieber fest«, murmelte der Fotograf und machte mehrere Aufnahmen.

Oliver nickte und musterte den Boden vor der Haustür. Weder dort noch am Türblatt fanden sich Blutspuren. Erneut sah er zu dem blutigen Fingerabdruck und dann schweifte sein Blick hinüber zu einem dunkelblauen Mantel an der Garderobe. Einem plötzlichen Instinkt folgend nahm er ihn vom Haken.

»Dachte ich es mir doch«, brummte er und rief nach seinem Partner.

* * *

Annette saß zitternd auf der Couch von Hugo Meier und versuchte, ihre Gesichtszüge unter Kontrolle zu bringen, als sich Frederik zu ihr umdrehte. Er hockte auf dem Teppich vor einem Flachbildschirm.

»Du darfst noch weiter fernsehen«, brachte sie mit einer fremd klingenden Stimme hervor.

Ihr Sohn starrte sie aus seinen großen blauen Augen an. Fast kam es ihr vor, als merkte er, dass ein schreckliches Unglück über sie hereingebrochen war. Doch dann lächelte er und wandte sich wieder dem Zeichentrickfilm zu. Im Gegensatz zu ihm schien seiner großen Schwester nicht das Geringste aufzufallen. Maja saß im Schneidersitz vor dem Bildschirm und nahm nichts um sich herum wahr. Seit Hugo den Fernseher eingeschaltet hatte, rührte sie sich nicht vom Fleck. Annette seufzte leise. Sie musste die Kinder wegbringen, irgendwohin, wo sie von der Katastrophe nichts mitbekamen. Jedenfalls jetzt noch nicht. Sie hatte ohnehin keine Ahnung, wie sie ihnen erklären sollte, dass ihre Großeltern tot waren. Bisher hatte sie ihnen nur erzählt, dass sie verreist wären. Annette stand auf und verzog sich zum Telefonieren in den Flur. Die Tochter ihrer besten Freundin ging mit Maja in dieselbe Kindergarten-gruppe. Sie spielten häufig zusammen. Bestimmt könnte Katja die Kinder für eine Weile nehmen. Annette erklärte ihr aufgewühlt, was passiert war. Am anderen Ende der Leitung herrschte Stille. Annette spürte regelrecht die Schockwelle, die ihre Freundin überrollt hatte.

»Ich weiß gar nicht, was ich sagen soll. Das ist ja schrecklich«, brachte Katja schließlich heraus. »Du liebe Güte. Weißt du was? Ich schicke Gerold. Der ist sowieso gerade unterwegs und kann die beiden abholen. Du darfst jetzt auf keinen Fall ins Auto steigen. Gib mir die Adresse.«

Annette fiel ein Stein vom Herzen. Sie bedankte sich und gab Katja die Anschrift durch. Katja versprach, ihren Lebensgefährten sofort anzurufen, damit er so schnell wie möglich da wäre.

»Versuch mal, etwas Tee zu trinken.« Hugo hielt ihr eine dampfende Tasse hin und schaute sie traurig an, als sie sich wieder zu ihm ins Wohnzimmer gesetzt hatte.

»Danke«, sagte Annette gequält und konnte ihre Tränen nicht aufhalten. Ihr Leben hatte sich in einen Albtraum verwandelt. Sie konnte es nicht fassen, dass ihre Eltern nicht mehr am Leben sein sollten. Sie hatte doch gestern noch mit ihnen gesprochen, sie hatten für das Wochenende Pläne geschmiedet, die Kinder wollten unbedingt mit ihnen in den Zoo. Tausend unerledigte

Dinge schwirrten ihr durch den Kopf. Dinge, die nun für immer unerledigt blieben.

»Ich kann es einfach nicht glauben«, flüsterte sie und stellte die heiße Tasse ab, weil sie sich nicht die Lippen verbrennen wollte. »Ist dir denn gar nichts aufgefallen?«

Hugo zuckte mit der Schulter. »Ich hab sofort den Notruf gewählt«, erwiderte er und musterte sie sorgenvoll.

Annette versuchte es erneut. »Ich meinte in der Nacht oder tagsüber. War da bei meinen Eltern noch alles in Ordnung?«

Hugo nickte und deutete in Richtung Obergeschoss. »Aus dem Schlafzimmer kann ich die Einfahrt sehen. Ihr Auto stand den ganzen Tag dort, wie sonst. Erst als es um halb acht Uhr immer noch da stand, kam es mir komisch vor.«

»Und du hast nichts gehört?« Annette trank jetzt doch einen Schluck Tee und hustete, als die brühend heiße Flüssigkeit ihre Zunge berührte. »Müssten sie nicht um Hilfe gerufen haben?«

Hugo zog die Augenbrauen hoch. »In letzter Zeit gab es öfter mal Streit drüben. Ich kann mich ehrlich gesagt nicht erinnern.«

Annette seufzte erneut. *Klar*, dachte sie. Ihre Eltern stritten sich eigentlich ständig. Sie hatte sich schon häufig gefragt, warum sie überhaupt noch zusammen waren. Annette pustete in die Tasse und sah zu, wie sich auf der Oberfläche der heißen Flüssigkeit kreisförmige

Wellen ausbreiteten. Dann nahm sie einen weiteren Schluck.

»Und du hast auch niemanden gesehen, der ins Haus eingedrungen ist?«, fragte sie.

»Ich hätte sofort die Polizei alarmiert, wenn mir etwas aufgefallen wäre. Ich frage mich die ganze Zeit, ob ich irgendetwas verpasst habe, ob ich es irgendwie hätte verhindern können.« Seine Stimme versagte kurz. Er räusperte sich und fuhr fort: »Tut mir leid, Annette. Aber ich habe nichts bemerkt, bis ich mich gewundert habe, warum deine Eltern nicht zu dir unterwegs waren.«

In Annette arbeitete es. Ihre Eltern waren überfallen worden und keiner hatte es mitbekommen. Mühsam versuchte sie, ein paar Schlucke vom Tee zu trinken. Sie musterte Hugo, der seit ihrer letzten Begegnung erheblich gealtert schien. Graue Haare hatte er schon lange gehabt, aber die Falten in seinem Gesicht wirkten heute so tief wie Gräben. Seine Augen blickten stumpf. Sie fragte sich, ob er noch gut hören konnte. War es möglich, dass Hugo, der eigentlich über alles in der Nachbarschaft Bescheid wusste, die Fremden im Haus ihrer Eltern entgangen waren? Sie spürte die Verzweiflung in sich hochsteigen. Warum hatte Hugo ausgerechnet diesen Überfall nicht mitbekommen? Oder hatte er doch etwas bemerkt und die Situation möglicherweise falsch eingeschätzt?

»War vielleicht ein Paketbote vor dem Haus oder jemand anderes?«, hakte sie nach und beobachtete, wie Hugo langsam die Stirn runzelte. Seine Mimik veränderte sich beinahe wie in Zeitlupe. Schlagartig wurde ihr klar, dass er einfach nicht mehr der Jüngste war.

»Ich achte doch nicht auf jedes Paket«, erwiderte er und räusperte sich. »Glaub mir, wäre mir irgendetwas merkwürdig vorgekommen, ich hätte sofort nachgeschaut und Alarm geschlagen.«

Annette spürte plötzlich einen schmerzhaften Stich hinter der Stirn. Das alles war zu viel für sie. Der Stich verwandelte sich in ein dumpfes Pochen, das ihr Hirn von innen heraus zu zerstören schien. Sie brauchte unbedingt eine Kopfschmerztablette. Sie stellte die Teetasse ab und schaute sich nach ihrer Handtasche um. Aber die lag nirgendwo. Vermutlich hatte Annette sie im Auto vergessen. Als sie bei ihrer Ankunft die Blaulichter vor der Einfahrt ihrer Eltern gesehen hatte, war sie sofort aus dem Fahrzeug gesprungen und vor der Polizistin geflüchtet, die nicht wollte, dass sie am Straßenrand parkte.

»Hast du eine Schmerztablette da?«, fragte sie Hugo, doch der schüttelte den Kopf.

Annette erhob sich von der Couch und sagte: »Ich hole meine Tasche aus dem Wagen, dort sind welche drin. Bin gleich zurück.« Sie nahm die Autoschlüssel, die auf dem Couchtisch lagen, und eilte nach draußen. Der Polizistin vor dem Haus nickte sie knapp zu. Hinter ihrer Stirn hämmerte es inzwischen. Sie rannte die letzten Meter zu ihrem Auto und riss die Tür auf. Die Handtasche befand sich auf dem Beifahrersitz, genau an der Stelle, wo Annette sie liegen gelassen hatte. Sie griff hinein und seufzte erleichtert, als sie die Packung mit dem Schmerzmittel ertastete. Sie holte die Tasche heraus, schlug die Autotür zu und wollte sich auf den Rückweg machen, als ihr ein Zettel an der Windschutzscheibe auffiel. Das Hämmern in ihrem Kopf hatte mittlerweile ein gewaltiges Ausmaß angenommen. Sie blinzelte zwei oder drei Mal, weil sie glaubte, einem Irrtum zu unterliegen. Doch der Zettel klemmte tatsächlich unter dem Scheibenwischer auf der Beifahrerseite. Ob diese Polizistin ihr etwa einen Strafzettel verpasst hatte? Und das, obwohl sie vor dem Haus ihrer ermordeten Eltern parkte?

Wütend riss Annette den Zettel an sich und wollte ihn zerknüllen, als sie sich über die Farbe des Papiers wunderte. Neongelb. Augenblicklich zögerte sie. Verwendete die Polizei mittlerweile neongelbe Strafzettel? Verunsichert drehte sie den Zettel um und las:

Unternimm nichts! Kein Wort. Sonst bist du die Nächste!

Annette blickte sich hektisch um. Was zum Teufel hatte das zu bedeuten? Die Straße war menschenleer. Nur die Blaulichter drehten sich nach wie vor im Kreis. Die Polizistin hatte vor Hugos Haustür gestanden. Der Streifenwagen war leer und die Scheiben des Einsatzfahrzeuges verdunkelt. Vermutlich tummelte sich die ganze Truppe im Haus ihrer Eltern. Der Gedanke ließ sie mindestens genauso erschaudern wie der Zettel in ihrer Hand. Annette warf nochmals einen Blick darauf und stopfte ihn in die Hosentasche.

Sie marschierte zurück zu Hugos Haus, während die Wörter auf dem Zettel im Rhythmus mit ihrem Kopfschmerz durch ihre Gedanken hämmerten.

Unternimm nichts! Kein Wort. Sonst bist du die Nächste!

Bedeutete dieser Satz wirklich, was sie dachte, oder spielten ihre Nerven verrückt? Was sollte sie denn tun oder ausplaudern? Sie hatte schließlich gar nichts gesehen. Oder etwa doch? Und was hieß, sie wäre die Nächste? War jemand hinter ihr her, der sie ebenfalls ermorden wollte? Aber warum? Annette stürmte die Einfahrt zu Hugos Haus hinauf. Die Polizistin warf ihr einen mitleidigen Blick zu. Annette wusste nicht, was sie sagen sollte, und hastete einfach an ihr vorbei. Nachdem sie die Haustür hinter sich zugeschlagen hatte, lehnte sie sich schwer atmend dagegen. Ihr Kopf würde gleich zerplatzen. Bevor sie auch nur irgendeinen Gedanken fassen konnte, stand Hugo vor ihr und bot ihr den Arm an. Sie ließ sich von ihm zum Sofa führen und wartete auf das Glas Wasser, das er aus der Küche holte, damit sie endlich eine Tablette einnehmen konnte.

»Bitte schön«, sagte Hugo und übergab ihr ein randvolles Glas.

Annette schluckte die Tablette hinunter, trank Wasser hinterher und lehnte sich stöhnend zurück. Es verging eine gefühlte Ewigkeit, bis das Hämmern hinter ihrer Stirn ein wenig nachließ. Kaum dass es ihr etwas besser ging, tauchte die Drohung auf dem neongelben Zettel wieder in ihren Gedanken auf. Das Papier in ihrer Hosentasche fühlte sich plötzlich hart an wie Beton. Sie wollte es gerade herausziehen, als es an der Haustür klingelte.

»Ich mache auf«, brummte Hugo und schlurfte zum Eingang.

Kurz darauf erschien der hochgewachsene dunkelhaarige Kriminalbeamte mit seinem Partner in Hugos Wohnzimmer und musterte sie besorgt.

»Geht es?«, flüsterte er, damit die Kinder es nicht mitbekamen.

Annette ließ den Zettel in der Hosentasche stecken und richtete sich kerzengerade auf.

»Was haben Sie vorgefunden?«, wollte sie mit bebender Stimme wissen.

Der Kriminalkommissar blickte sorgenvoll zu den Kindern.

»Können wir uns woanders unterhalten?«, fragte er an Hugo gerichtet.

»In der Küche«, erwiderte ihr Nachbar und griff ihr hilfsbereit unter die Arme. Er zog sie vom Sofa hoch und bugsierte sie in die Küche.

Als Annette auf einem Holzstuhl am Esstisch Platz genommen hatte, klingelte es abermals an der Tür.

»Ich gehe. Das ist wahrscheinlich Gerold Seybold, der Mann meiner Freundin. Er holt die Kinder ab. Unsere Töchter gehen in dieselbe Kindergartengruppe.« Sie sprang auf, doch Hugo eilte bereits zur Haustür und winkte Gerold herein. Annette führte ihn ins Wohnzimmer.

»Schaut mal, Kinder, wer da ist. Der Papa von Frieda. Ihr dürft heute mit ihm fahren und bei Frieda spielen.« Die Worte kamen ihr nur schwer über die Lippen. Genauso wie das Lächeln, das sich anfühlte, als wäre es in ihrem Gesicht festgefroren. Gerold legte ihr mitfühlend eine Hand auf die Schulter. Er nickte den beiden

Kriminalbeamten kurz zu und murmelte einen Gruß. Dann marschierte er schnurstracks auf die Kinder zu und nahm sie bei der Hand.

»Sagt eurer Mama auf Wiedersehen.«

Maja und Frederik strahlten und winkten ihr zu. Sie ließen sich ohne jeglichen Widerstand von Gerold hinausführen. Als die Haustür hinter ihnen ins Schloss fiel, atmete Annette auf. Wenigstens kamen die Kinder nun auf andere Gedanken. Sie würde ihnen die schreckliche Nachricht vom Tod ihrer Großeltern noch früh genug beibringen müssen. Hugo trat aus der Küche und hatte ihre Tasse erneut mit dampfendem Tee gefüllt.

»Für dich«, sagte er und stellte sie vor ihr auf dem Couchtisch ab. »Jetzt können Sie ja hier sprechen, wo die Kinder weg sind.«

Die beiden Kriminalbeamten setzten sich auf das Sofa. Annette hatte sich in den Sessel gesetzt, nippte kurz an ihrem Tee und richtete ihre Aufmerksamkeit auf die Polizisten.

Der Dunkelhaarige wiederholte noch einmal ihre Namen, die sie bei dem ganzen Durcheinander längst wieder vergessen hatte.

»Wir müssen Ihnen leider mitteilen, dass wir Ihre Eltern tot aufgefunden haben«, erklärte Oliver Bergmann mit ruhiger Stimme. »Wir konnten keine Einbruchspuren feststellen, sodass wir momentan davon ausgehen, dass Ihre Eltern den oder die Täter selbst hereingelassen haben.« Er machte eine Pause und blickte sie durchdringend an. »Ich weiß, es fällt Ihnen ganz sicher nicht leicht. Aber vielleicht fühlen

Sie sich bereits in der Lage, uns einige Fragen zu beantworten.«

Annette war überhaupt nicht danach zumute, trotzdem nickte sie wie von selbst.

»Hatten Ihre Eltern in letzter Zeit Probleme oder Streit?«

Streit.

Das Wort hallte in ihrem Kopf. »Sie stritten sich hin und wieder«, erwiderte Annette ausweichend. »Aber mein Vater würde meiner Mutter nie wirklich wehtun«, fügte sie rasch hinzu. Eine düstere Vision stieg in ihr auf. Eine, in der ihr Vater mit einer Pistole auf ihre Mutter zielte, während er sie unablässig anschrie. Annette verschränkte die Arme und versuchte, das Bild zu verdrängen. Ihr Vater war kein Mörder, da war sie sicher, und wie zur Bestätigung nickte Oliver Bergmann.

»Ich meinte auch eher Streit mit Bekannten, vielleicht mit Geschäftspartnern, Kollegen oder Nachbarn.«

Annette hatte keine Ahnung. Sie besuchte ihre Eltern nicht so oft, weil sie meistens zu ihr nach Hause kamen, um auf die Kinder aufzupassen.

»Also was meine Nachbarn anbelangt, ist mir kein Streit bekannt«, fuhr Hugo dazwischen. »Familie Markowitz ist sehr beliebt. Einmal im Jahr haben sie sogar ein großes Grillfest ausgerichtet. Es gibt niemanden, der ein Problem mit ihnen hatte.«

Oliver Bergmann nickte knapp und richtete seine Aufmerksamkeit wieder auf Annette. Er musterte sie von oben bis unten, und als sein Blick kurz auf ihren

Oberschenkeln zu verharren schien, wurde sie das Gefühl nicht los, dass er etwas von dem Zettel wusste.

Annette räusperte sich und strich sich fahrig eine Strähne aus der Stirn.

»Ich kann Hugo nur zustimmen«, sagte sie. »Ich kenne auch niemanden, der meine Eltern nicht mochte. Und Geschäftspartner hatten sie keine. Zumindest nicht mehr. Meine Mutter war Lehrerin und seit einigen Jahren im vorzeitigen Ruhestand und mein Vater hat früher auf dem Bau gearbeitet. Er hatte ein paar Mitarbeiter. Von denen würde ich es jedoch keinem zutrauen.«

»Und sonst? Gab es Probleme, zum Beispiel finanzieller Art?«, fragte der andere Polizist, der mit den ergrauten Haaren. Der Name war ihr abermals entfallen.

»Nicht, dass ich wüsste«, erwiderte sie, und gleichzeitig fiel ihr ein, was die Nachricht auf dem Zettel bedeuten könnte. Annette spürte, wie ihr die Hitze ins Gesicht schoss. Sie schlug die Lider nieder und hoffte, dass es keiner der Anwesenden bemerkte.

Als sie wieder aufschaute, klebten Oliver Bergmanns Augen auf ihr. Sie fühlte sich splitternackt vor ihm. Doch er sagte nichts. Stattdessen lächelte er unvermittelt und drückte ihr seine Visitenkarte in die Hand.

»Falls Ihnen etwas einfällt, rufen Sie mich an. Tag und Nacht.«

Annette nickte und atmete auf, nachdem die beiden Polizisten das Haus verlassen hatten. Das Bild eines Mannes kam in ihr hoch. Ein Mann, mit dem sie schon viel Ärger gehabt hatte. Der bloße Gedanke an ihn reichte, um ihren Puls in die Höhe zu treiben. *Nicht ein Wort.*

Na klar. Warum war sie nicht gleich daraufgekommen? Wer sonst würde ihr einen so dämlichen Zettel an die Autoscheibe kleben, statt sie anzurufen? Jemand, der ihre neue Handynummer nicht besaß. Jemand, der kein Gewissen hatte. Jemand, der selbst bei ihren Eltern nicht mehr willkommen war.

Annettes großer Bruder!

V

VOR FÜNFHUNDERT JAHREN

Agnes faltete die Hände zum Gebet, doch sie blickte nicht hinauf zu dem Kreuz, unter dem sie kniete. Sie sah auf den Gegenstand, den ihr jemand aufs Schlaflager gelegt hatte. Wer hatte das getan? Sie stellte sich die Frage zum tausendsten Male. Die halbe Nacht hatte sie darüber nachgedacht und auch den ganzen Morgen, den sie vor dem Jesuskreuz in der Kapelle verbrachte. Dabei hatte sie bisher nicht ein einziges Gebet gesprochen. Ihre Klosterschwestern bemerkten nicht, wie durcheinander sie war. Sie ließen sie in Ruhe und übernahmen ihre heutigen Aufgaben, weil die Oberin wollte, dass Agnes sich von dem schrecklichen Vorfall erholte.

Doch wie sollte ihr das gelingen? Jemand hatte ihr ein eisernes Teufelssymbol unter das Kopfkissen gelegt, und Agnes wusste, dass es Margarethas Mörder gewesen sein musste. Sie zerbrach sich den Kopf darüber, wie er ausgesehen hatte. Aber je länger sie versuchte, sich seine riesige dunkle Gestalt ins Gedächtnis zu rufen, desto verschwommener erschien ihr sein Antlitz. Mal beschwor sie sein Gesicht mit glühend roten Augen herauf und dann verwandelten sie sich plötzlich in ein tiefes Blau. Eben noch hatte Agnes geglaubt, dass Margarethas Mörder ein Mann war. Doch seit ein paar Augenblicken sah sie eine Frau durch ihre Erinnerungen huschen. Eine hochgewachsene Frau in einer schwarzen Kutte.

Agnes warf unauffällig einen Blick zur Seite und betrachtete Clementia, eine ihrer Mitschwestern. Die große, grauhaarige Nonne hielt eine lange Kerze in den Händen. Das Bild eines Schwertes tauchte vor ihrem inneren Auge auf. Sie dachte scharf nach. Wer auch immer das Teufelssymbol auf ihrem Nachtlager abgelegt hatte, musste Zutritt zum Kloster haben. Seit dem Mord an Margaretha hatten drei Männer das Kloster betreten: Bastian Mühlenberg, sein Freund Wernhart Tillmanns und der Arzt Josef Hesemann. Von diesen dreien war niemand ein Mörder, da gab es keinerlei Zweifel. Blieben also nur noch ihre Ordensschwestern übrig. Abermals musterte sie Schwester Clementia aus dem Augenwinkel. Sollte sich tatsächlich eine von ihnen gegen den Herrn erhoben haben? Agnes wollte es nicht glauben. Doch irgendwie musste dieses Teufelssymbol den Weg zu ihr gefunden haben, und zwar, ohne dass es jemand von ihnen bemerkt hatte. Der Teufel ist ein listiger Geselle. Er verbarg die Lüge derartig, dass sie wie die Wahrheit erschien. Hatte man ihr deshalb dieses Symbol gegeben? Damit sie nicht mehr wusste, was wahr oder falsch war?

Schwester Clementia befestigte die Kerze auf dem Altar und warf ihr ein aufmunterndes Lächeln zu. Konnte der Teufel ein so freundliches Äußeres annehmen?

Agnes blickte wieder nach unten. Sie betrachtete die hässlichen runden Augen, die Hörner und den Mund, der nur ein schmaler Strich war. Wer hatte ihr das eiserne Teufelssymbol aufs Stroh gelegt und vor allem warum? Hatte sie gesündigt?

Sie grübelte minutenlang, ohne zu einer Erkenntnis zu gelangen. Vielleicht hätte sie die Oberin oder wenigstens Schwester Rosalinde einweihen sollen. Was nützte es ihr, dieses schreckliche Geheimnis mit sich herumzutragen? Sie sprang auf und wollte zu Katharina von Weinfels eilen, als ihr etwas einfiel. Bisher hatte sie diesen Gedanken nicht zugelassen, aber nun erschien er ihr so einleuchtend, dass sie ihm nachgehen musste. Agnes teilte ihr Schlafgemach mit fünf Nonnen. Für jede von ihnen wäre es ein Leichtes gewesen, ihr das Teufelssymbol unterzuschieben. Sie wandte sich zum Ausgang der Kapelle um. Clementia, die im selben Raum unter dem Fenster schlief, schien ihren Blick zu spüren. Bevor die Nonne eine weitere Kerze anzündete, hielt sie inne und drehte sich zu Agnes um. Ein erneutes Lächeln umspielte ihre Lippen.

* * *

»Nicht bewegen!«, sagte Bastian und hockte sich neben die Feuerstelle. Er wagte kaum zu atmen, weil er die Asche nicht aufwirbeln wollte, die sich wie feiner Staub auf dem Boden verteilt hatte.

»Was habt Ihr denn?«, fragte die blinde Elvira, ohne sich zu rühren.

»Hier ist der Abdruck eines Stiefels«, erklärte Bastian und versuchte, die Größe abzuschätzen. Er zerrte sein Notizbuch aus der Tasche, schlug es auf und hielt es daneben. Es passte beinahe zweimal in die Länge des Abdrucks. Wer auch immer diesen hinterlassen hatte, war keine Nonne. Solche großen Stiefel gehörten einem Mann. Jemandem, der größere Füße hatte als er selbst. Bastian richtete sich auf.

»Habt Ihr einen Mann zu Besuch gehabt?«, fragte er Elvira, doch diese schüttelte entrüstet das Haupt.

»Seid Ihr von Sinnen? Wir sind ein Frauenkloster. Männer sind hier nicht erwünscht.« Sie starrte Bastian mit ihren blinden Augen an. »Außer natürlich Ihr und Eure Männer. Manchmal ist auch Pfarrer Johannes zugegen. Und der ein oder andere Ratsuchende.«

»Ratsuchende?«, wiederholte Bastian ungläubig. »Wen meint Ihr damit?«

Die junge Nonne baute sich schützend vor Elvira auf. »Jeden Freitag versucht Elvira, Menschen aus nah und fern mit dem Wort Gottes und praktischen Ratschlägen Hilfestellung zu leisten.«

Bastian sah sich um. »Aber diese Ratsuchenden, wie Ihr sie nennt, betreten bestimmt nicht diese Küche, oder doch?«

»Nein! Natürlich nicht.« Elvira drängte die junge Nonne unwirsch beiseite. »Dorothea, liebes Kind. Ich komme allein zurecht. Geht und erledigt Eure Pflichten, bis die Oberin Euch rufen lässt.«

Dorothea schob beleidigt die Unterlippe vor und verließ die Küche. Bevor sie hinausging, warf sie Bastian noch einen verächtlichen Blick zu.

»Die Besucher kommen zur Klosterpforte, von dort werden sie zu dem Gebäude neben der Kapelle geführt. Ich kann besser in die Zukunft schauen, wenn ich dem Altar unseres Herrn näher bin als in dieser Küche.«

Bastian beugte sich wieder über den Stiefelabdruck. »Ein Mann war hier in Eurer Küche, liebe Elvira. Jemand, der ein wenig größer sein muss als ich. Weder auf den Arzt noch auf Wernhart trifft dies zu.«

Elvira zuckte mit den Achseln. »Und wenn Ihr Euch irrt?«

»Ich irre mich nicht«, erwiderte Bastian und versuchte, sich nicht über die störrische Nonne zu ärgern. Offenbar hatte sie kein sonderliches Interesse daran, dass er den Mörder von Schwester Margaretha ausfindig machte.

»Wann wart Ihr zuletzt an diesem Feuer?«, hakte er nach.

»Heute Morgen«, krächzte Elvira und schenkte sich etwas Wein in einen hölzernen Becher. »Wollt Ihr auch ein wenig?«

Bastian schüttelte den Kopf. Als Elvira nicht reagierte, fiel ihm wieder ein, dass sie blind war, und er fügte hinzu: »Nein, danke.«

»Ich vermute, dass der Täter die Feuerstelle benutzt hat, um das Eisen zu erhitzen. Von dieser Küche bis zur Fundstelle der armen Margaretha ist es nicht sehr weit.«

»Da mögt Ihr recht haben. Ich hatte heute Morgen die Aufgabe, das Frühstück für das Kloster zuzubereiten. Es gab Suppe. Offenbar habe ich keine Abdrücke hinterlassen.« Elvira hob den linken Fuß an.

»Das stimmt nicht. Ihr seid anscheinend von vorn an die Feuerstelle herangetreten und habt den Kessel von dort an den Haken gehängt.« Bastian tat so, als würde er einen Kessel voll Wasser über das Feuer heben. »Die Asche an dieser Seite ist völlig verwischt. Ihr seid also des Öfteren hin und her gegangen. Der Mörder jedoch ist um das Feuer herumgelaufen und hat nur einen Abdruck hinterlassen.«

Elvira hob grübelnd die Augenbrauen. »Ergibt das einen Sinn?«

Bastian antwortete nicht sofort. Er stellte sich vor, wie der Mörder das Eisen mit dem Teufelsgesicht ins Feuer legte. Es brauchte Zeit, bis das Metall zu glühen anfing und somit die richtige Temperatur erreichte, um ein Mal in menschliches Fleisch brennen zu können. Da Margaretha zu diesem Zeitpunkt offenbar bereits tot gewesen war, hatte der Täter keine Eile gehabt. Er hatte einfach vor der Feuerstelle gestanden und gewartet.

»Er hat geprüft, ob das Eisen heiß genug war«, stieß Bastian plötzlich aus. »Wenn er das Brandeisen mit dem Griff nach vorne ins Feuer gelegt hat, dann musste er herumgehen, um zu schauen, ob das Teufelsgesicht rot glühte. Dabei hat er wohl den Abdruck hinterlassen.«

Elvira pfiff anerkennend durch die Zähne. »Ihr seid ein kluger Mann, Bastian Mühlenberg. Euch kann offenbar niemand so schnell hinters Licht führen. Doch wer ist denn nun der Mörder?«

»Jemand, der es unbemerkt in das Kloster geschafft hat. Und vermutlich jemand, den Margaretha kannte.«

Die blinde Nonne schien nachzudenken. Sie hatte die Augen geschlossen und das Kinn Richtung Decke gestreckt.

»Nun, am besten begleitet Ihr mich gleich. Heute ist Freitag und die Ratsuchenden versammeln sich bereits vor der Klosterpforte. Haltet Ausschau nach einem großen Mann. Mir fallen mehrere ein, die sich in letzter Zeit von mir Rat geholt haben. Allerdings traue ich keinem von ihnen solch eine Untat zu.«

»Einverstanden«, erklärte Bastian und folgte der Alten aus der Küche und über den Klostergrund in Richtung Kapelle.

* * *

Agnes zitterte am ganzen Körper. Sie hielt ein Stück Pergament in der Hand, das sie nicht hätte lesen dürfen. Schon die Berührung allein fühlte sich wie Sünde an. Der Inhalt der Botschaft war Sünde, und sie wusste nicht, wie viele Geheimnisse sie noch auf sich laden konnte. Sie bereute ihren Alleingang und die Tatsache, dass sie die Oberin bisher nicht eingeweiht hatte. Was bildete sie sich bloß ein, in den Sachen der anderen zu schnüffeln? Hätte sie Vertrauen in ihre Mitschwestern, wäre das nicht passiert. Sie hätte nicht diese Nachricht unter dem Kopfkissen von Schwester Clementia gefunden, weil sie auch nicht ihr Nachtlager durchwühlt hätte. Nicht ihres und nicht das der anderen Nonnen. Was hatte sie sich nur dabei gedacht? Dass Margarethas Mörder unter einer der Decken lauerte? Oder sein Name oder das Brandeisen? Stattdessen hatte sie etwas vielleicht noch viel Schlimmeres entdeckt. Mit bebendem Herzen überflog sie abermals die Botschaft auf dem Pergament.

Triff mich bei Vollmond am Hafen beim letzten Boot.

Zuerst hatte Agnes gar nicht begriffen, was sie da las. Aber plötzlich fiel es ihr wie Schuppen von den Augen. Schwester Clementia traf sich mit einem Mann. Sie war dem Herrn untreu geworden und hatte sich in einen anderen verliebt. Doch war Clementia nicht ein wenig zu alt dafür? Aber warum sonst sollte sie sich des Nachts mit jemandem treffen?

Agnes steckte die Botschaft ein. Sie konnte sie nicht zurück unter Clementias Kopfkissen schieben. Dann würde sie sich mitschuldig machen. Sie durfte doch nicht zulassen, dass Sünde in ihrer Mitte waltete und dass Clementia sich heimlich aus dem Kloster schlich.

* * *

Bastian betrachtete den zahnlosen Kerl, dessen Augen tief in den Höhlen lagen. Der abgemagerte Mann war zwar groß, jedoch kaum bei Kräften. Die Muskeln seiner dürren Arme dürften nicht mal zum Tragen eines halben Mehlsacks ausreichen, geschweige denn zum Überwältigen einer verängstigten Nonne. Bastian riss einen Grashalm aus der Erde und drehte ihn gelangweilt zwischen Daumen und Zeigefinger. Wenn das so weiterging, verschwendete er den Rest des Tages mit den Ratschlägen der alten Elvira, die sich fortwährend ähnelten, egal wen sie vor sich hatte.

»Denkt daran, Euch in Euren Gebeten dem Herrn hinzugeben, und legt dieses Kraut bei Vollmond unter Euer Kopfkissen. Wenn Ihr Euch demütig zeigt und der Herr will, werden Eure Beschwerden dahinschwinden«, versprach sie bereits zum zwölften Mal und drückte dem dünnen Mann ein paar Lavendelzweige in die Hand.

Der Mann lächelte dankbar und schwankte von dannen. Die nächste hilfesuchende Person war eine Frau mit einer dicken Narbe quer über dem Gesicht. Bastian musterte sie keinen Wimpernschlag lang, sondern erhob sich, um die Reihe der Wartenden abzuschreiten. Vor einem hochgewachsenen kräftigen Mann blieb er stehen.

»Was ist Euer Anliegen?«, fragte er ihn.

»Ich habe mir die Hand verbrannt und hoffe, dass die weise Elvira mir helfen kann. Ich habe Angst, dass der Schmied mich davonjagt und sich einen anderen Gehilfen statt meiner nimmt.« Der Mann hielt ihm die rechte Hand entgegen und Bastian zuckte entsetzt zurück.

»Habt Ihr direkt ins Feuer gegriffen?«

Der Mann verzog die Miene zu einer wehleidigen Grimasse. »Ich bin gestolpert und mit der Hand auf der glühenden Kohle gelandet. Eigentlich sollte ich ein Schwert schmieden, aber ich kann den Hammer nicht mehr halten.«

»Ich habe Euch noch nie hier gesehen. Wie lautet Euer Name?« Bastian beäugte den Fremden misstrauisch.

»Ich bin Wilfried und helfe seit letzter Woche beim Schmied aus. Vorher habe ich in Köln mein Glück versucht, aber das Leben ist hart dort und ich bin nicht mehr der Jüngste.«

Zugegeben, allzu jung erschien er Bastian tatsächlich nicht, jedoch auch noch nicht alt. Sein Blick wanderte hinunter zu Wilfrieds Füßen. Der Kerl trug kaum mehr als Lumpen an den Beinen.

»Geht zu Josef Hesemann, er wird Eure Wunden versorgen und die Hand richten, damit ihr wieder Euren Lebensunterhalt verdienen könnt«, riet Bastian ihm und ignorierte das versteinerte Gesicht der blinden Nonne, die ihre Unterhaltung offenbar mitverfolgt hatte.

»Zeigt mir Eure Hand«, rief Elvira und winkte den Mann zu sich heran.

Wilfried drängte sich an den murrenden Wartenden vorbei und streckte seine verletzte Hand aus.

Elvira richtete ihre blinden Augen auf die Wunde und rümpfte die Nase. »Lasst mich Eure Zukunft vorhersehen.« Sie atmete tief durch, schloss die Augen und schwieg eine Weile, bis sie sagte: »Ihr werdet Eure Hand wieder gebrauchen können. Doch Ihr müsst sie mindestens eine Woche lang schonen. Ansonsten, fürchte ich, könnt Ihr sie nie wieder gebrauchen, guter Mann.«

»Aber ich muss doch von irgendetwas leben. Wenn ich eine Woche lang nicht arbeiten kann, sucht der Schmied sich einen neuen Gehilfen. Bitte helft mir doch. Ich werde sonst verhungern.«

Elvira setzte ein sanftmütiges Lächeln auf. »Sorgt Euch nicht. Der Herr wird sich um seine Schafe kümmern, wenn sie ihm ihre Gottesliebe aufrichtig zeigen. Schickt auch gern den Schmied zu mir. Er wird Euch nicht vor die Tür setzen.«

»Habt Dank, gute Frau«, erwiderte Wilfried überglücklich. Er verabschiedete sich, ohne Bastian noch eines Blickes zu würdigen. Er hatte gehört, was er hören wollte. Bastian konnte es gut verstehen, trotzdem sorgte er sich um die Hand des Mannes.

Elvira rief Bastian zu sich.

»Ich denke, für heute habt Ihr mich genug begleitet«, flüsterte sie.

»Verzeiht«, sagte Bastian zweifelnd. »Aber ich bin nicht sicher, ob die Hand dieses Burschen ohne ärztliche Hilfe heilen kann. Er braucht doch bestimmt eine Salbe oder einen kühlenden Verband.«

Elviras Miene verfinsterte sich. Sie hob die Arme. »Nun denn, Bastian Mühlenberg. Ihr scheint ja über einiges Wissen zu verfügen. Trotzdem solltet Ihr nicht vergessen, weshalb Ihr hier seid. Sucht die Reihe nach großen, kräftigen Männern ab. Und nun lasst mich mit meiner Aufgabe wieder allein.« Sie widmete sich der nächsten Ratsuchenden und beachtete ihn nicht weiter.

Er schritt an den Wartenden entlang, entdeckte jedoch keinen weiteren Mann, der kräftig und groß genug gewesen wäre, um Margarethas Mörder zu sein. Missmutig verließ er das Kloster. Er musste nachdenken. Margaretha war durch das Schwert eines Mannes gestorben, und wer immer der armen Nonne das Leben genommen hatte, Bastian musste ihn ausfindig machen.

Agnes schlug das Herz bis zum Hals. Sie lag unter ihrer Decke und rührte sich nicht. Durch das Fenster schaute sie in den Nachthimmel. Der runde Mond hing wie eine übergroße Laterne am Himmel. Seine sonst strahlend gelbe Farbe hatte sich in ein sattes Orange verwandelt. Fast wirkte er wie ein Blutmond. Eine Gänsehaut überlief sie. Schwester Rosalinde hatte ihr einmal erzählt, dass bei diesem Mond die Toten aus ihren Gräbern krochen. Es war sicherlich keine gute Idee, heute Nacht das Kloster zu verlassen. Doch trotz der schlechten Vorzeichen konnte Agnes nicht vergessen, was sie auf Clementias Nachtlager gefunden hatte.

Triff mich bei Vollmond am Hafen beim letzten Boot.

Agnes musste Clementia daran hindern, sich mit diesem Mann zu treffen. Sie hatte ihr Leben dem Herrn gewidmet und sie musste sich an ihr Versprechen halten. Sonst würde sie in der Hölle landen. Vielleicht würde der Teufel sie als Nächste holen, so wie er auch Margaretha geholt hatte. Ob Clementia ihr das metallische Teufelssymbol untergeschoben hatte?

Sie hob leicht den Kopf und blickte zu ihrer Mitschwester hinüber. Das Mondlicht streifte Clementias blasses Gesicht. Sie hatte die Augen geschlossen und wirkte so, als schliefe sie tief. Doch Agnes traute diesem Anblick nicht. Sie kannte das finstere Geheimnis, das Schwester Clementia mit sich trug, und aus diesem Grund lag es nur nahe, dass auch dieses Teufelssymbol von ihr stammte. Aber das war natürlich bloß eine Vermutung. Es könnte genauso gut jede andere Schwester dahinterstecken. Neben Clementia unter dem Fenster ruhte Schwester Gertrud. Die grauhaarige Nonne verbrachte die Tage hauptsächlich in der Bibliothek. Agnes kannte niemanden, der wie sie sämtliche Fragen zu allen möglichen Rätseln des Lebens beantworten konnte. Gertrud gehörte für sie zu den weisen Frauen. In der Reihe davor schliefen Schwester Theodora und Schwester Anika. Sie halfen Schwester Rosalinde im Kräutergarten. Neben ihr lag Schwester Helena, die erst seit knapp einem Jahr im Kloster lebte und die meistens schwieg. Die Oberin Katharina von Weinfels hatte nicht viel über Helena preisgegeben. Agnes wusste nur, dass sie einsam und beinahe verhungert auf einem Feld aufgelesen worden war und man ihr aus Barmherzigkeit einen Platz im Kloster angeboten hatte. Einmal hatte Agnes versucht, näher mit ihr ins Gespräch zu kommen. Doch als sie Helena nach dem

Feld befragte und den Ort ihrer Geburt erfahren wollte, war die merkwürdige junge Frau einfach verstummt und hatte mit entrücktem Blick dagestanden, ohne sich zu rühren. Agnes war verschreckt davongelaufen, und als sie ungefähr eine halbe Stunde später zu Helena zurückkehrte, verharrte diese noch immer wie zur Salzsäule erstarrt auf derselben Stelle. Nach diesem Vorfall hatte Agnes es nicht mehr gewagt, mit ihr zu sprechen. Etwas tief in ihrem Inneren sagte ihr, dass Helena ebenfalls hinter dem Teufelssymbol stecken könnte. Denn Helena war mit der Welt da draußen vertraut, sie kannte Männer und möglicherweise auch einen heimlichen Weg in das Kloster.

Trotz aller quälenden Gedanken überkam Agnes die Müdigkeit. Sie spürte, wie die Lider ihr zufielen, doch genau in dem Moment, als sie kurz davor war einzuschlafen, erhob sich ein großer schwarzer Schatten im Raum. Agnes riss ängstlich die Augen auf. Das Böse hatte sich vor dem Fenster aufgebaut und sein grässlicher Schatten fiel direkt auf ihr Lager und ihr Gesicht. Sie hätte am liebsten laut geschrien, aber die Gestalt kam auf sie zu. Ihr Herzschlag setzte aus. Schwindel überkam sie. Alles drehte sich in einem rasenden Strudel, der sie in die Dunkelheit zog.

Irgendwann kam Agnes wieder zu sich. Ihre Kehle fühlte sich trocken und ausgedörrt an. Ihre Lider brannten. Immerhin lebte sie noch. Sie fuhr hoch und starrte zum Fenster, durch das nach wie vor der Vollmond leuchtete. Sofort bemerkte sie das leere Lager von Schwester Clementia. Entsetzt sprang sie auf und huschte zum Fenster. Sie berührte Clementias Schlaf-stätte. Das Stroh war kalt. Agnes fluchte leise. Wie lange war sie bloß ohnmächtig gewesen? Sie schaute durch das Fenster hinaus, aber von Clementia war auch draußen nichts zu sehen. Das Kloster lag tief im Schlaf. Nur die Schatten der Bäume tanzten wild im frischen Wind. Agnes zögerte einen Moment, doch dann verließ sie fest entschlossen das Schlafgemach und schlich auf Zehenspitzen die Holztreppe hinunter. Sie hatte in ihrer Klostertracht geschlafen, trotzdem griff sie zu einem Mantel, der sie vor der Nachtkälte schützen sollte. Agnes wusste genau, wohin ihr Weg sie führen würde. Sie rannte über die Wiese zur Klosterpforte. Schwester Bertha, die heute die Nachtwache übernommen hatte, saß gegen die Mauer gelehnt neben der Pforte und schnarchte so laut, dass man es meilenweit hören musste. Agnes stieg über ihre ausgestreckten Beine und erstarrte, als Schwester Bertha plötzlich aufhörte zu schnarchen. Sie wagte kaum zu atmen und warf prüfend einen Blick zurück. Schwester Bertha hatte die Augen geschlossen. Sie leckte sich im Schlaf über die Lippen, rekelte sich und schnarchte weiter. Erleichtert hob Agnes den Riegel der Klosterpforte an und huschte hinaus.

Bei Nacht wirkte das kleine Städtchen Zons alles andere als freundlich. Die hohen Stadtmauern warfen lange Schatten. Der Wind pfiff durch die schmalen Gassen und Fensterläden schlugen klappernd auf und zu. Agnes zog den Mantel enger um die Schultern und ging die Schloßstraße entlang in Richtung des Hafens, der hinter dem weiten Schlossgelände lag. Keine Menschenseele begegnete ihr. Nicht einmal der Nacht- wächter lief um diese Zeit noch durch die Straßen. Agnes stolperte ein paarmal über ihr langes Gewand, doch sie ließ sich nicht aufhalten. Sie musste Schwester Clementia vor der schlimmsten Sünde ihres Lebens bewahren, sie zur Rede stellen und sie fragen, ob sie ihr das Teufelssymbol aufs Nachtlager gelegt hatte. Schon von Weitem hörte sie das laut schmatzende Wasser des Rheins, das an der östlichen Stadtmauer vorbeifloss und in dem kleinen Hafen endete. Ein paar Schiffe schwankten auf der schwarzen Wasseroberfläche. Agnes blieb stehen, um sich einen Überblick zu verschaffen.

Triff mich bei Vollmond am Hafen beim letzten Boot.

Ihr Blick wanderte zu dem Treffpunkt. Doch dort war niemand. Plötzlich wehte ein eisiger Wind zu ihr horüber. Sie fröstelte. Etwas in ihr beschwor sie, umzu- kehren, aber Agnes konnte sich nicht von der Stelle rühren. Sie starrte auf das letzte Boot oder vielmehr auf den düsteren Umriss am Ende des Hafenbeckens. Ein Mast erhob sich drohend in den Himmel wie ein hoch- gestreckter Zeigefinger. Ohne es zu wollen, setzte sie einen Fuß vor den anderen und näherte sich dem Schiff. Dabei hielt sie sich dicht bei den anderen Booten, um nicht entdeckt zu werden.

Agnes wusste selbst nicht, woher ihr plötzlicher Mut auf einmal kam. Sie hatte das Kloster noch nie in ihrem Leben bei Nacht verlassen. Vermutlich wollte der Herr sie prüfen. Wollte sehen, ob sie für ihn durch diese dämonische Vollmondnacht jagte, um sein Schäfchen von einer großen Sünde abzuhalten. Vielleicht lenkte er ihre Schritte auch weiter und weiter, weil er ihr damit zeigen wollte, wer dieses gruselige Teufelsgesicht auf ihrem Lager versteckt hatte. Als Agnes am vorletzten Boot ankam, zögerte sie. Dann bildete sie sich ein, die Stimme Gottes zu hören. Zumindest war da ein Summen in ihren Ohren. Etwas, das sich von der Mitte ihres Herzens aus im ganzen Körper verbreitete. Sie nahm all ihren Mut zusammen und ging auf das letzte Boot zu. An dem Seil, mit dem es am Hafen festgemacht war, blieb sie stehen und lauschte. Bestimmt befand sich Clementia mit dem fremden Mann an Bord. Doch sie hörte nichts außer dem Schmatzen der kleinen Wellen, die vom Wind getrieben gegen die Hafenmauer schlugen. Irgendwo in der Ferne heulte ein Hund oder ein Wolf. Der Hafen und seine Schiffe schienen verlassen zu sein oder die Bootsleute schliefen allesamt in ihren Kojen. Bei dem Gedanken, Clementia in den Armen eines Mannes vorzufinden, wurden ihre Wangen trotz der Kälte ganz heiß.

Agnes holte tief Luft, stieß ein kurzes Gebet in Richtung Himmel aus und kletterte auf das wankende Boot. Sofort neigte es sich zur Seite. Sie rutschte aus und prallte mit der Stirn gegen die Reling. Das Geräusch musste durch den tiefsten Schlaf dringen. Ängstlich klammerte sie sich an die Reling. Als sich nichts regte, erhob sie sich und näherte sich einer Tür. Ein schwarzes Bündel davor ließ sie anhalten. Zuerst glaubte sie, einen zusammengerollten Teppich zu sehen. Sie ging in die Hocke und berührte den Stoff, der sich genauso anfühlte wie ihr Gewand. Sie zog daran. Als unvermittelt langes blondes Haar aus einer Kapuze hervorquoll, erschrak sie zutiefst und stieß einen schrillen Schrei aus. Der Mond erhellte das Profil einer Frau, die reglos auf dem Bootsdeck lag.

VI

GEGENWART

Diese Frau verbarg etwas vor ihnen. Oliver spürte es. Sie hatte seinem Blick nicht standgehalten, und er hatte während der Befragung regelrecht sehen können, wie es hinter ihrer Stirn arbeitete.

»Ich fand die Reaktionen von Annette Markowitz schon merkwürdig. Das mag mit dem Schock zu tun haben. Aber möglicherweise steckt auch mehr dahinter. Wir wissen ja bisher noch nicht viel über die Beziehungen in der Familie. Glaubst du, Annette Markowitz könnte etwas mit dem Mord an ihren Eltern zu tun haben?«, fragte er Klaus, als sie wieder im Auto saßen. »Ich kann es mir zwar nicht richtig vorstellen, aber sie könnte dem Täter theoretisch Zutritt zum Haus verschafft haben.«

»Ich weiß nicht«, erwiderte Klaus und trommelte auf seine Oberschenkel. »Momentan frage ich mich viel eher, wie es gleich mit Sonja läuft. Sie ist bestimmt stinksauer, weil ich unseren Jahrestag ruiniert habe.«

Oliver trat auf die Bremse und manövrierte den Dienstwagen im letzten Augenblick von der Straße in die Zufahrt einer Tankstelle.

»Bring ihr Blumen mit.« Er stoppte vor dem Tank- stellenshop und hob abwehrend die Hände, bevor Klaus sich beschweren konnte. »Ich weiß, hier gibt es nicht die schönsten Sträuße, aber die Geste zählt, und um diese Uhrzeit bekommst du nur noch hier oder am Haupt- bahnhof Blumen.«

Klaus' Miene hellte sich ein wenig auf. Er stieg aus und kam kurz darauf mit einem bunten Strauß aus dem Shop zurück, den er wie einen Schutzschild vor seiner Brust hielt.

»Das wird Sonja vielleicht fürs Erste besänftigen. Zumindest ist der Überraschungseffekt auf meiner Seite.«

Oliver fuhr wieder an und schlug den Weg zu Klaus' Adresse ein.

»Ich fand die Tochter übrigens auch etwas seltsam. Aber jeder Mensch reagiert anders und wir sollten ihre Wortkargheit deshalb nicht überbewerten.«

»Wir sollten morgen mit ihr und mit dem Nachbarn separat sprechen. Ich bin mir sicher, dass dieser Hugo die Nachbarschaft in- und auswendig kennt. Er lebt allein und schaut vermutlich den halben Tag lang aus dem Fenster. Unser Eintreffen hat er schließlich auch sofort bemerkt.«

Oliver stoppte den Wagen vor dem Häuserblock, in

dem Klaus wohnte. Im zweiten Stock brannte Licht. Oliver seufzte. Wenn er nach Hause käme, wartete dort niemand auf ihn. Er warf einen Blick auf die Uhr. Kurz vor Mitternacht. Wahrscheinlich war es noch nicht zu spät, um Emily anzurufen. Er verabschiedete sich von Klaus und sah, wie dieser sich zögerlich und mit eingezogenem Kopf dem Hauseingang näherte. Oliver wünschte ihm im Stillen viel Glück und setzte den Wagen wieder in Bewegung. Als er vor dem Mehrfamilienhaus in der Nähe des Neusser Hafens ankam, schaute er zu den unbeleuchteten Fenstern hinauf. Er wunderte sich selbst darüber, wie sehr er Emily vermisste. Es gab nur wenige Nächte, die sie nicht miteinander teilten. Die Vorstellung, dass Emily die gesamte Woche mehr als vierhundert Kilometer entfernt an der Ostsee verbrachte, verlangsamte seine Schritte mit jedem Meter, den er sich der Haustür näherte. Vielleicht sollte er noch einmal ins Polizeirevier fahren und anfangen, den Bericht zu schreiben. Sie hatten es schließlich mit einem Doppelmord zu tun, der schnellstmöglich aufgeklärt werden musste. Oliver sah bereits seinen Chef Hans Steuermark vor sich, wie er im Büro auf und ab tigerte und voller Unverständnis den Kopf schüttelte, weil es bisher auch nicht die kleinsten Hinweise zur Lösung des Falls gab.

Vor der Haustür knurrte sein Magen aber so heftig, dass er die Fahrt ins Revier verwarf. Er konnte den vorläufigen Bericht genauso gut auf dem Laptop tippen. Es würde sowieso nur eine Zusammenfassung der bisherigen Erkenntnisse werden, da sie bis auf Annette

Markowitz und Hugo Meier noch keine weiteren Zeugen befragt hatten. Er betätigte den Lichtschalter im Treppenhaus und stieg zu seiner Wohnung hinauf, indem er immer zwei Stufen auf einmal nahm.

Auf der Couch öffnete er seinen Laptop und schrieb als Erstes die Fakten auf. Doppelmord, Ehepaar, keine Einbruchspuren. Oliver hielt inne. Von dem blutigen Fingerabdruck, den er an der Haustür entdeckt hatte, wussten sie bisher nicht, ob er von einem der Opfer oder vom Täter stammte. Aufgrund der Größe vermutete er, dass Christiane Markowitz den Abdruck an der Tür hinterlassen hatte. Er stellte sich vor, wie sie versucht hatte, ihrem Mörder zu entkommen. Der hatte sie von hinten attackiert. Schwer verwundet hatte Christiane sich zur Haustür geflüchtet, ohne es hinauszuschaffen, denn sie starb nach Olivers Vermutung exakt an dieser Stelle. Für diese These sprach auch der Mantel, den er am Garderobenhaken links neben der Haustür entdeckt hatte. Der Stoff war voller Blut gewesen. Anscheinend hatte der Täter nach dem Mord die Blutspuren auf dem Boden vor der Tür mit dem Mantel fortgewischt. Die Spurensicherung hatte die Wischspuren mit Schwarzlicht sichtbar gemacht. Blut ließ sich nicht so einfach entfernen. Es klebte wie Pech in jeder Ritze, egal wie gründlich man putzte. Sie hatten die Blutspuren bis hoch ins Schlafzimmer nachverfolgt.

Sie wussten jetzt also, dass der Täter sich offenbar Zeit zum Reinigen gelassen hatte. Doch warum hatte er die Frau auf das Bett im Schlafzimmer gelegt, während er den Mann achtlos in der Küche liegen ließ? Und wer von den beiden war zuerst gestorben? Sie konnten nur hoffen, dass die Obduktion ihnen Antworten liefern würde. Ebenso mussten sie herausfinden, wann den Opfern die Brandmale zugefügt worden waren und vor allem, warum. Die Spurensicherung hatte im Garten eine leere Gaskartusche gefunden, jedoch im gesamten Haus keinen Gasbrenner. Es war denkbar, dass der Täter das Brandeisen mit einem solchen Brenner erhitzt hatte. Weshalb er die Blutspuren der Frau im Flur und auf der Treppe weggewischt hatte, aber nicht die des Mannes, ergab für Oliver wenig Sinn. Womöglich war der Täter in die Lache getreten und wollte seinen Schuhabdruck entfernen. Hätte er jegliche Spuren beseitigen wollen, so hätte er den Mantel und die Gaskartusche mitnehmen müssen. Wieso ließ er einige Spuren zurück und platzierte noch zusätzliche Hinweise? Oliver seufzte und rieb sich müde die Augen. Dann holte er sein Handy aus der Tasche im Flur und wählte Emilys Nummer. Sie hob bereits nach dem zweiten Klingeln ab.

»Wie geht es dir?«, wollte Oliver wissen und setzte sich wieder vor seinen Computer.

»Wir erholen uns prima. Clara ist wirklich ein süßer Schatz«, schwärmte Emily, und ihrem euphorischen Tonfall entnahm Oliver, dass sie ihn wohl nicht allzu sehr vermisste. Sie hörte sich an, als wäre sie in einem Urlaubsparadies gelandet, aus dem sie am liebsten gar nicht mehr abreisen wollte. Sie berichtete ihm haargenau, was sie alles mit Anna und Clara zusammen unternahm und wie gut Anna die Abwechslung tat. Es schien

Emily nicht einmal zu stören, dass sie mit ihrer Reportage nicht vorankam, für die sie im Vorfeld haufenweise Unterlagen zusammengetragen hatte. Ausgerechnet Emily, die sonst nichts anbrennen ließ, kümmerte die Verzögerung offenbar nicht.

Als sie fast fünfzehn Minuten unablässig geredet hatte, machte sie plötzlich eine Pause und fragte: »Wie war dein Tag?«

Oliver bekam kaum die Lippen auseinander. »Doppelmord«, nuschelte er ins Telefon. »Kennst du ja.«

»War es sehr schlimm?«, wollte Emily wissen, wobei sie ehrlich interessiert klang.

»Ziemlich. Ein Verrückter hat ein Ehepaar niedergemetzelt. Wir konnten die Tochter nur mit Mühe davon abhalten, ins Haus zu rennen, um sie zu sehen. Der Anblick hätte sie fürs Leben gezeichnet.«

Emily schwieg betroffen.

»Ich möchte dir nicht den Abend ruinieren«, fuhr Oliver fort. »Ich habe eigentlich angerufen, weil ich dich vermisse und deine Stimme hören wollte.«

»Du fehlst mir auch«, flüsterte sie. »Ich wünschte, ich könnte bei dir sein. Tut mir leid, dass du so einen schlimmen Fall bekommen hast.«

Oliver seufzte. »Wer auch immer dieses Ehepaar getötet hat, meinte es jedenfalls persönlich. Stell dir vor, er hat sogar einen MP3-Player mit einem Lied hinterlassen.«

»Was für ein Lied?«

»Ein Kinderlied. Kennst du bestimmt: Suse, liebe Suse, was raschelt im Stroh.«

»Wirklich?«

»Und er hat eine Machete oder ein Schwert mit einer riesigen Klinge benutzt, um seine Opfer regelrecht abzuschlachten. Die Frau wies ganze sieben Einstiche auf.« Oliver hörte, wie Emily am anderen Ende der Leitung nach Luft schnappte.

»Das Lied sagt mir etwas. War schon vor Ewigkeiten ein Wiegenlied. Ich versuche, mich gerade an den Namen des Künstlers zu erinnern. Hm ... er fällt mir einfach nicht ein.« Sie machte eine kurze Pause und fuhr dann fort: »Der Täter spielt also ein altes Kinderlied ab und tötet das Ehepaar mit einem Schwert, einer mittelalterlichen Waffe. Sagtest du, dass das Paar eine Tochter hatte?«

»Ja, soweit wir bisher wissen. Wir haben den Fall erst vor ein paar Stunden auf den Tisch bekommen. Die Tochter hat sich irgendwie merkwürdig verhalten. Vielleicht war es auch nur der Schock, unter dem sie verständlicherweise stand. Das Kinderlied könnte für sie und ihre Eltern natürlich eine tiefere Bedeutung haben.« Oliver dachte nach. Falls Annette Markowitz wirklich etwas mit dem Mord an ihren Eltern zu tun hatte, konnte sie ihn unmöglich allein verübt haben. Sie war eine kleine zierliche Frau und besaß sicher nicht die Kraft, ihre tote Mutter die Treppe hoch ins Schlafzimmer zu tragen. Jedenfalls nicht ohne dabei Schleifspuren oder Ähnliches zu hinterlassen, und sie hatten nichts dergleichen gefunden. Eigentlich wollte Oliver Emily auch noch von dem Teufelsmal erzählen, doch er spürte ihre Müdigkeit sogar durch die Leitung hindurch.

»Vielleicht kannst du bei Gelegenheit mal zu dem Lied recherchieren. Schlaf schön und hab gute Träume«, sagte er. Er sandte ihr einen imaginären Kuss, und als sie aufgelegt hatten, gab er die Worte *Brandmal* und *Teufel* in die Suchmaske seines Internetbrowsers ein.

* * *

Annette lehnte sich erschöpft zurück und starrte auf den neongelben Zettel, den sie aus der Hosentasche geholt hatte. Die Kinder waren nach ihrem Ausflug zu Katja schnell eingeschlafen, und sie hatte endlich ein wenig Zeit für sich, bevor sie ebenfalls ins Bett ging.

Unternimm nichts! Kein Wort. Sonst bist du die Nächste!

Die Worte entfachten eine Wut in ihr, die sie schon lange nicht mehr empfunden hatte. Nicht einmal als Patrick ihre Beziehung vor ein paar Monaten beendet hatte, weil er sich in eine andere Frau verliebt hatte. Eine blöde Tussi mit einem Allerweltsgesicht, die ihm auf einer Bahnfahrt im ICE nach Hamburg schöne Augen gemacht hatte. Annette spürte einen Stich in der linken Körperhälfte, als sie sich an Patricks Worte erinnerte. Es hätte sofort gefunkt zwischen ihnen und sie wäre seine große Liebe.

Toll! Warum war ihm das nicht eingefallen, bevor er mit ihr zwei Kinder bekommen und ein Haus gekauft hatte? War das vielleicht der Grund, weshalb er nie um ihre Hand angehalten hatte? Annette wischte ihren

Ärger beiseite, denn eigentlich vermisste sie Patrick nicht. Er hatte sowieso immer nur an sich gedacht und ihr die Kinder und die Arbeit mit dem Haus überlassen. Während er mit irgendwelchen Kumpels durch die Lande zog, hatte sie Maja und Frederik getröstet, sie versorgt und ihnen ihre Liebe gegeben.

Sie betrachtete den Zettel und war für einen Moment geneigt, ihren großen Bruder anzurufen. Sie könnte die Rufnummernunterdrückung aktivieren, damit er ihre neue Nummer nicht sah. War es möglich, dass er ihr diesen verflixten Zettel an die Windschutz-scheibe geklebt hatte? Wäre er so weit gegangen, ihre Eltern zu töten, und wollte jetzt auch noch, dass sie darüber schwieg? Annette wusste gar nicht, was sie zuerst fühlen sollte. Die Trauer zog sie mit dumpfen schwarzen Flügeln in einen Abgrund. Aber die Wut ließ sie wieder aufsteigen, so als säße sie auf einem Vulkan. Hatte ihr Bruder Torben diesen Zettel geschrieben oder etwa doch nicht? Sie sprang auf und öffnete die Tür zum Keller. Vorsichtig stieg Annette die steilen Stufen hinunter, die bei jedem ihrer Schritte ächzten, weil sie wie das gesamte Haus beinahe hundert Jahre auf dem Buckel hatten. Oben vom Dachfenster aus hatte sie einen herrlichen Blick bis hinüber zum Zonser Juddeturm, aber hier unten im Keller erschienen ihr die alten Gemäuer unheimlich. Es kam ihr so vor, als ob der Keller ein Eigenleben hätte. Immer knarrte oder raschelte es. Seit Patrick ausgezogen war, hatte sie ihn nicht mehr betreten. Sie lagerte hier alte Kindersachen von sich und auch Schulhefte von Torben waren darunter. Annette schaltete das Licht ein und ging zu einem Regal auf der rechten Seite. In der unteren Etage stapelten sich die Kartons ihrer Kindheit. Ihre Eltern hatten wirklich fast alles von ihr und Torben aufgehoben. Als Annette in das neue Haus eingezogen war, hatten sie ihr ein paar Kisten übergeben, weil sie Platz auf ihrem Dachboden schaffen wollten.

Annette öffnete einen Karton und holte ein Deutschheft von Torben aus der zwölften Klasse heraus. *Volltreffer*, dachte sie, als sie auf einen Aufsatz stieß, den er in Blockbuchstaben geschrieben hatte. Sie legte den neongelben Zettel auf das Heft und verglich die Buchstaben miteinander. Es war schwer zu sagen, ob die Nachricht von Torben stammte. Die Buchstaben wiesen eine gewisse Ähnlichkeit auf, wichen aber in einzelnen Elementen voneinander ab. Zum Beispiel hatte das T in dem Schulheft ein glattes Dach, während es auf dem Notizzettel in einem leichten Schwung verlief. Das K hingegen sah nahezu identisch aus. Annette überlegte. Sie war keine Schriftexpertin. Vielleicht sollte sie Torben doch lieber anrufen. Sie würde die Wahrheit schon aus ihm herausholen. Andererseits hatte sie seit Ewigkeiten keinen Kontakt mehr zu ihm gehabt. Sie hielt ihn aus ihrem Leben heraus, so gut es ging. Als wäre es gestern gewesen, sah sie ihn vor sich, mit aufgerissenen Augen und einem brutalen Zug um den Mund. Bereits als Kind hatte er zu extremen Wutausbrüchen geneigt und sich permanent benachteiligt gefühlt. Annette hatte den Kontakt zu ihm aus guten Gründen abgebrochen und sogar ihre Handynummer gewechselt.

Sie war jetzt Mutter zweier kleiner Kinder. Für jemanden wie Torben gab es da keinen Platz in ihrem Leben. Was sollte er ihnen auch beibringen? Nein. Sie bereute es nicht, dass er seine Nichte und seinen Neffen bloß aus dem Fotoalbum kannte. Annette wusste, dass er noch oft bei ihren Eltern zu Besuch gewesen war. Nur in den letzten Monaten forderte er immer mehr, sodass sie ihn schließlich nicht mehr ins Haus ließen und auch nicht mehr mit ihm sprachen, zumindest vorläufig. Konnte er sie deswegen umgebracht haben?

Sie warf das Schulheft zurück in den Karton und konnte die Tränen nicht länger zurückhalten. Hatte Torben auf ihre Mutter und ihren Vater eingestochen wie damals auf dieses bedauernswerte Mädchen? Es war ein Wunder gewesen, dass die Neunzehnjährige überlebt hatte. Torben konnte sich glücklich schätzen, dass sie ohne dauerhafte Schäden geblieben war, zumindest körperlich. Annette mochte sich gar nicht ausmalen, wie es im Innenleben dieser Frau aussah. Die schreckliche Gewalttat lag inzwischen fünfzehn Jahre zurück. Torben hatte einen Großteil der Zeit im Gefängnis verbracht und war seit sechs Jahren wieder auf freiem Fuß. Annettes Mutter hatte daran geglaubt, dass in ihrem Bruder trotz dieser schweren Körperverletzung ein guter Kern steckte. Aber Annette wusste immer, dass mit ihm etwas nicht stimmte. Er kam offenbar nach seinem Vater.

Ihr Vater hatte ihre Mutter häufig geschlagen, insbesondere wenn er betrunken war. Torben hatte alles mit angesehen, während Annette sich in ihrem Zimmer

unter der Bettdecke verkrochen und die Ohren zugehalten hatte. Torben kannte keine Angst. Er hatte sich
ihrem Vater mutig entgegengestellt. Annette war sich oft
wie ein Feigling vorgekommen. Sie hatte es nie gewagt,
dazwischenzugehen. Torben war es völlig egal gewesen,
ob er eine blutige Nase oder gebrochene Finger davon-
trug. Er spürte weder Schmerz noch Mitleid. Er schlug
erbarmungslos zurück. Sogar ihr Vater hatte Respekt
vor ihm. Er ließ eine ganze Zeit lang die Finger von ihrer
Mutter, wenn Torben in der Nähe war.

Annette seufzte und schaute auf die Uhr. Es war
bald Mitternacht. Ein Anruf bei Torben würde höchstwahrscheinlich zu nichts führen. Sie musste ihn persönlich zur Rede stellen. Schon als sie noch klein war, hatte
sie in seinen Augen erkannt, ob er log oder die Wahrheit
sagte. Sie würde ihm den neongelben Zettel unter die
Nase halten, und falls er ihre Eltern auf dem Gewissen
hatte, würde sie ihn anschließend direkt der Polizei
übergeben.

Eine Stimme in ihr fragte, warum sie nicht gleich die
Nummer von Oliver Bergmann wählte und ihm von
Torben erzählte. Doch sie befürchtete, dass Torben den
Kriminalkommissar nur an der Nase herumführen
würde. Sie wollte mit eigenen Augen sehen, ob Torben
ein Mörder war. Und sie würde nicht zulassen, dass er
sie noch einmal bedrohte. Sie war nicht dumm.

Annette ging zu dem schmalen Metallspind und
holte den Schlüssel für Patricks Waffenschrank heraus.
Noch hatte ihr Ex nicht alle seine Sachen abgeholt und
er war auch nach wie vor unter ihrer Adresse gemeldet.

Als passionierter Jäger hatte er sie ein paarmal an den Schießstand mitgenommen. Annette wusste, wie sie mit einer Pistole umzugehen hatte. Sie öffnete den Schrank und nahm sich eine Pistole heraus. Spätestens wenn Torben in die Mündung des Kleinkalibers blickte, würde die Wahrheit nur so aus ihm herausprudeln. Als sie wieder oben im Erdgeschoss stand, lauschte sie eine Weile. Aus den Kinderzimmern eine Etage höher drang kein Laut. Wenn die Kinder am Morgen aufwachten, hätte sie Gewissheit.

Annette warf sich einen Mantel über, steckte die Pistole in die Handtasche und verließ das Haus. Ihre Mutter hatte sie, was Torben betraf, auf dem Laufenden gehalten. Er lebte zurzeit in einer kleinen Wohnung im Norden von Köln, ungefähr zwanzig Minuten entfernt. Sie stieg in ihren Wagen und fuhr los. In ihrem Kopf herrschte gähnende Leere, während sie über den grauen Asphalt der Autobahn rauschte. Wie in Trance steuerte sie das Fahrzeug und reagierte nur auf die Stimme des Navigationssystems, sobald sie die Richtung ändern musste. Schließlich bog sie in eine schmale Straße ein und parkte vor dem Haus, in dem Torben wohnte. Bereits aus dem Auto heraus konnte sie das hell erleuchtete Fenster seiner Erdgeschosswohnung sehen. *Er ist also wach,* dachte sie und näherte sich dem Gebäude. Sie warf einen Blick durch das gardinenlose Fenster und stellte fest, dass Torben nicht in der Küche war.

Annette ging zur Haustür, doch sie klingelte nicht. Stattdessen beschloss sie, um den Block zu gehen und durch die Fenster auf der anderen Seite der Wohnung zu sehen. Da sie noch nie in Torbens Wohnung gewesen war, wusste sie nicht, welche Zimmer sich auf dieser Seite befanden. Annette schlich an vier Hauseingängen entlang und bog um die Ecke. An die Rückseite des Hauses grenzte eine Wiese. Sie stapfte durch das feuchte Gras an etlichen Balkonen vorbei. Torbens Wohnung lag ganz am Ende. Vor dem letzten Balkon blieb sie stehen. Auf Zehenspitzen stellte sie sich an die Brüstung und versuchte, etwas in dem dunklen Zimmer hinter der Fensterscheibe zu erkennen. Sie glaubte, eine langsame Bewegung auszumachen, doch dann begriff sie, dass es nur eine Spiegelung des Mondlichtes war. Sie traute sich nicht, über die Brüstung zu klettern. Sicherlich wäre Torben nicht erfreut, wenn sie wie ein Einbrecher vor seiner Balkontür auftauchte. Sie beschloss, durch das benachbarte Fenster zu schauen, das Torbens Schlafzimmerfenster sein könnte.

Annette näherte sich von der Seite und linste durch einen breiten Spalt zwischen den Gardinen hinein. Ein schwaches Licht brannte in dem Zimmer und plötzlich glitt etwas Glänzendes durch die Luft. Im ersten Moment glaubte sie, es wäre wieder eine Spiegelung. Aber dann nahm sie die große Gestalt wahr, die mitten in dem Raum stand. Offenbar handelte es sich doch nicht um das Schlafzimmer, denn es fehlte ein Bett. Eigentlich fehlte alles darin. Es gab keine Möbel, keine Bilder an der Wand, nur diesen riesigen Mann und etwas, das ab und an im Licht der Deckenlampe aufblitzte. War das dort unter der Lampe ihr Bruder?

Annette spähte angestrengt durch die Scheibe. Ihre rechte Hand ruhte auf der Handtasche. Sie bildete sich ein, das kühle Metall der Pistole durch das Leder hindurch zu spüren. Sie überlegte, wie sie am besten vorgehen sollte, während ihre Augen jede Bewegung im Inneren der Wohnung verfolgten. Wieder blitzte es auf, und dieses Mal erkannte sie, dass etwas Metallisches über dem Kopf des Mannes schwang. Der Mann duckte sich, sprang einen Schritt zur Seite und holte dann mit dem Arm aus. Eine silberne Klinge zerschnitt die Luft. Der Mann hielt ein Samuraischwert oder etwas Ähnliches in den Händen. Annette hatte überhaupt nicht gewusst, dass Torben damit umgehen konnte. Erstaunt beobachtete sie ihn weiter, wobei sie sich fragte, ob ihr Bruder tatsächlich so groß war und warum er um Mitternacht trainierte. Gerade in dem Moment, als sie beschloss, an seiner Tür zu klingeln, legte sich eine feste Hand auf ihre Schulter. Erschrocken fuhr Annette herum.

VII

VOR FÜNFHUNDERT JAHREN

Agnes fühlte sich der Ohnmacht nahe. Sie schloss die Augen, schickte noch ein Gebet zum Himmel und schlug sie wieder auf. Es half nichts. Vor ihren Füßen lag Schwester Clementia und sie rührte sich nicht. Ihre großen blauen Augen waren starr in den Nachthimmel gerichtet, und Agnes wusste, dass sie nie mehr etwas sehen würden. Clementia hatte diese Welt verlassen. Der Herr hatte sie zu sich geholt. Agnes' Eingeweide krampften sich zusammen. Ihre Zunge klebte ihr wie ein trockenes Tuch am Gaumen. Sie sank auf die Knie und tastete nach der Ader an Clementias Hals. Sie spürte keinen Pulsschlag, aber ihre Haut erschien noch warm.

»Clementia?«, fragte Agnes hoffnungsvoll, doch ihre Mitschwester rührte sich nicht.

Die Wolke, die bis eben den Mond verhüllt hatte, zog davon und blasser Lichtschein erhellte den Hafen und den Körper von Schwester Clementia. Agnes zuckte zurück, als sie das viele Blut bemerkte, das sich auf ihrer Brust und dem Bauch gesammelt hatte. Mit Schrecken stellte sie fest, dass jemand auf sie eingestochen haben musste. Jetzt, wo sie das Blut sah, stieg ihr ein unangenehmer metallischer Geruch in die Nase. Und da war noch etwas anderes. Agnes ergriff Clementias Hand. Schon bevor sie ihre Handfläche nach oben drehte, wusste sie, was sie vorfinden würde.

Agnes schluchzte heftig, als sie das Brandmal erblickte. Wie bei Schwester Margaretha hatte jemand den Teufelskopf Clementia ins Fleisch gebrannt. Plötzlich nahm sie ein Geräusch unter sich wahr. Es kam aus dem Inneren des Schiffes. Das musste der Mörder sein. Schon hörte sie seine Schritte. Jemand stieg die Leiter herauf. Sie richtete sich blitzschnell auf und sprang an Land. Mit rasendem Herzen rannte sie in die Stadt zurück, ohne sich ein einziges Mal umzusehen. Erst als sie die Schloßstraße passiert hatte und am Feldtor ankam, hielt sie an und schöpfte kurz Atem. Niemand schien ihr zu folgen. Agnes überlegte, ins Kloster zurückzukehren und die Oberin zu informieren, doch dann nahm sie im Augenwinkel die Mühle wahr, deren Flügel im Nachtwind ächzten. Sie beschloss kurzerhand, Bastian Mühlenberg aufzusuchen. Er würde sich um alles Weitere kümmern. Agnes hastete die Mühlenstraße hinauf zu dem kleinen Haus unmittelbar vor dem Mühlenturm, wo der Stadtsoldat mit seiner Familie wohnte.

»Bastian Mühlenberg!«, rief sie leise vor seiner Tür und wartete.

Es dauerte nicht lange und es kam Bewegung ins Haus. Bastian Mühlenberg öffnete ihr und sah sie aus verschlafenen Augen an.

»Schwester Agnes? Kommt herein. Ist etwas passiert?«

Agnes trat nicht ein. Stattdessen sagte sie: »Ihr müsst sofort zum Hafen. Schwester Clementia liegt dort tot auf einem der Boote. Jemand hat sie genauso zugerichtet wie die arme Margaretha.«

Bastian Mühlenbergs Augen weiteten sich. Plötzlich erschien er ihr überhaupt nicht mehr müde. Er sprang auf die Straße und zog sie mit sich.

»Woher wisst Ihr das? Habt Ihr Schwester Clementia gefunden?«

Agnes bemühte sich, mit Bastian Mühlenbergs großen Schritten mitzuhalten, und berichtete: »Ich habe erfahren, dass sie sich am Hafen mit jemandem treffen wollte, und bin ihr gefolgt.«

Bastian Mühlenberg blieb abrupt stehen, sodass Agnes gegen ihn stieß.

»Warum habt Ihr mich nicht um Hilfe gebeten?«, fragte er und schüttelte den Kopf. »Ein Mörder läuft frei herum und Ihr verlasst einfach so die schützenden Mauern des Klosters? Noch dazu mitten in der Nacht?«

Agnes senkte schuldbewusst den Blick. »Ihr sprecht genauso wie Katharina von Weinfels.«

»Entschuldigt. Ich wollte Euch nicht belehren.« Bastian Mühlenberg lief weiter und zog Agnes an der Hand mit sich. »Aber Ihr dürft Euch nicht in Gefahr begeben. Ich und meine Männer stehen jederzeit zu Eurem Schutz bereit. Und dem Eurer Schwestern.«

»Ich weiß«, keuchte Agnes, die neben ihm in einen schnellen Laufschritt verfallen war. »Ich konnte doch nicht ahnen, dass Clementia ermordet wird. Ich dachte, sie trifft sich am Hafen mit einem Mann, und ich wollte sie zur Vernunft bringen. Sie ist dem Herrn versprochen. Die weltliche Liebe würde das Band zu unserem Herrn zerstören.«

Bastian Mühlenberg blieb stehen, als sie den kleinen Hafen erreichten.

»Auf welchem Boot habt Ihr Clementia gefunden?«, fragte er und schien nicht ein bisschen außer Atem zu sein, während sie noch nach Luft schnappte.

Agnes war nicht imstande zu antworten, deshalb zeigte sie wortlos auf das hintere Boot. Bastian nickte knapp und schoss davon. Er bestieg das Boot und ging an Deck auf und ab. Endlich beruhigte sich Agnes' Atem ein wenig. Erstaunt sah sie zu, wie Bastian Mühlenberg wieder vom Schiff kletterte. In seinem Blick lag etwas, das sie nicht deuten konnte.

»Auf dem Schiff ist niemand«, erklärte er und musterte sie durchdringend. »Seid Ihr sicher, dass Ihr Clementia gesehen habt und dass es dieses Boot war?«

Agnes brauchte einen Moment, bis sie begriff, was der Stadtsoldat sagte. Dann fühlte sie auf einmal, wie sie alle Kraft verließ. Ihre Knie gaben nach und sie sackte zu Boden. Das Letzte, was sie wahrnahm, waren Bastian Mühlenbergs starke Arme, die sie auffingen.

* * *

Am nächsten Morgen, als die Sonne bereits hoch am Himmel schien, betrat Bastian die Kirche. Er fühlte sich entsetzlich. Zu seiner bleiernen Müdigkeit war ein stechender Schmerz hinter der Stirn hinzugekommen. Er nickte Pfarrer Johannes zu, der vor dem Altar stand und in ein Gespräch mit einem älteren Mann vertieft war. Erschöpft ließ Bastian sich auf die hinterste Kirchenbank sinken. Er war hierhergekommen, um mit Johannes zu sprechen. Schon von Kindesbeinen an hatte der Pfarrer ihn unter seine Fittiche genommen. Er hatte ihm Lesen und Schreiben beigebracht und immer, wenn Bastian ihn brauchte, hatte er ein offenes Ohr für seine Sorgen. Bastian liebte Pfarrer Johannes wie seinen eigenen Vater. Er musste unbedingt mit ihm reden, damit sich das Gedankenwirrwar in seinem Kopf löste.

Er hatte Schwester Agnes noch in der Nacht zurück ins Kloster gebracht. An der Pforte hatte niemand aufgesperrt. Die Nonne, die eigentlich Wache hätte halten sollen, schlief tief und fest. Jeder konnte ins Kloster hinein oder hinaus gelangen, ohne dass jemand es mitbekam, denn der Mechanismus der Klosterpforte ließ sich leicht umgehen. Der Riegel konnte mithilfe einer Schnur von außen geöffnet werden. Bastian hatte jedenfalls die Oberin aus dem Schlaf geholt und sogleich überprüft, ob Schwester Clementia auf ihrem Nachtlager ruhte. Als die Nonne nirgendwo auffindbar war, sperrte Katharina von Weinfels Schwester Agnes erzürnt in ein Verlies im Keller des Klosters. Auch

Schwester Bertha, die an der Klosterpforte hätte aufpassen müssen, kündigte sie eine empfindliche Strafe an. Dann warf sie Bastian hinaus und bat ihn, am nächsten Tag wiederzukommen.

Noch in der Nacht hatte Bastian zwei seiner Männer vor dem Schiff im Hafen abgestellt, auf dem Agnes Schwester Clementia gesehen haben wollte. Mit dem ersten Sonnenstrahl war er zum Hafen zurückgekehrt und hatte mit Wernhart das Deck begutachtet. Sie hatten nichts gefunden. Keine Nonne, kein Blut, nicht die geringste Spur, die auf Schwester Clementia hingedeutet hätte.

Während für Wernhart die Sache klar war, zweifelte Bastian nicht an der Geschichte von Agnes. Aus irgendeinem unerfindlichen Grund glaubte er ihr. Ganz im Gegensatz zu seinem Freund, der Schwester Agnes für vom Teufel besessen hielt. Sie hatten versucht, mit ihr zu sprechen, doch sie hockte auf dem Boden ihres Verlieses und summte nur leise vor sich hin. Die Melodie kannte jeder von ihnen. Es war dasselbe Wiegenlied, das auch der Mörder von Schwester Margaretha gesungen hatte. Offenbar brauchte Agnes Zeit, um sich von den nächtlichen Geschehnissen zu erholen. Er hatte daraufhin mit Wernhart das Kloster wieder verlassen und ein paar Männer zusammengerufen, die Zons nach der verschwundenen Nonne absuchen sollten. Wernhart führte den Trupp an, während Bastian darauf wartete, dass Pfarrer Johannes Zeit für ihn fand. Er schloss die Augen und versuchte, einen klaren Gedanken zu fassen.

»Ihr seht müde aus, mein Junge«, sagte plötzlich jemand neben ihm.

Bastian öffnete die Augen und lächelte.

»In der Tat, ich bin müde. Ich war die halbe Nacht auf den Beinen und ich muss Euch sprechen, Vater Johannes.«

Johannes' kluge blaue Augen ruhten noch einen Moment auf ihm. Dann winkte er ihn mit sich. Trotz seiner rundlichen Erscheinung und seines Alters huschte er flink zwischen den Kirchenbänken hindurch und führte Bastian in einen kleinen Raum neben dem Altar, in dem sie sich ungestört unterhalten konnten.

»Ich hörte von dem bedauernswerten Ableben von Schwester Margaretha«, hob Pfarrer Johannes an und bekreuzigte sich. »Gott möge ihrer Seele gnädig sein.«

»Es war ein grausamer Mord«, erwiderte Bastian und setzte sich an den schmalen Tisch. »Jemand hat Margaretha mit sieben Schwertstichen niedergemetzelt und sie dann noch mit einem Brandmal gezeichnet, das den Teufel zeigt. Ich habe bisher keine Erklärung dafür.«

»Ein Mal des Leibhaftigen?«, entfuhr es dem Pfarrer. »Das wusste ich nicht.« Er bekreuzigte sich abermals. »Die Oberin Katharina von Weinfels hat mich zu einem Gespräch eingeladen. Ich vermute, es geht um eben-dieses Thema.«

Bastian verzog die Miene. »Ich fürchte, es gibt weitere schreckliche Neuigkeiten. Heute Nacht ist Schwester Clementia spurlos verschwunden. Schwester

Agnes will sie tot auf einem Boot im Hafen gesehen haben. Doch als ich nachschaute, war dort niemand.«

»Schwester Agnes?«, fragte Pfarrer Johannes und nickte bedeutungsvoll.

»Ja«, erwiderte Bastian. »Stimmt etwas nicht mit ihr?«

Johannes zog die Achseln hoch. »Wie man es nimmt, mein Sohn. Ich habe gehört, dass sie über eine rege Einbildungskraft verfügt. Die Oberin war ihretwegen bei mir. Zugegeben, es ist schon eine Weile her.« Pfarrer Johannes machte eine vielsagende Pause und blickte sich in der Kirche um, bevor er leise weitersprach: »Schwester Agnes hat Stimmen in ihrem Kopf vernommen.« Er rückte näher an Bastian heran und flüsterte: »Angeblich ist ihr des Nachts ein Engel erschienen, der ihr verschiedene Aufgaben gegeben hat. Sie sollte zum Beispiel sieben Tage lang barfuß gehen, und das mitten im Winter. Ein anderes Mal sollte sie die Kapelle bereits in der Nacht putzen. Ich glaube, das tut sie bis heute.«

»Genauso ist es«, entgegnete Bastian. »Deshalb hat sie mitbekommen, wie Schwester Margaretha ermordet wurde. Sie hat den Täter gesehen, vermeintlich der Teufel, und sie hat gehört, wie er ein Lied gesungen hat.«

»Ein Lied?« Pfarrer Johannes riss die Augen auf und bekreuzigte sich nun zum dritten Mal. »Lasst mich raten, es war ein Wiegenlied.« Johannes summte die Melodie, und Bastian nickte erstaunt.

»Ja. Suse, liebe Suse. Woher wisst Ihr von dem Lied, Johannes?«

»Ich kann Euch so viel sagen, dass Schwester Agnes glaubte, ein Engel hätte dieses Lied des Nachts gesungen. Niemand weiß davon, selbst die Oberin nicht.« Er legte verschwörerisch einen Finger auf die Lippen.

Bastian verstand. Möglicherweise hatte Agnes Pfarrer Johannes im Vertrauen darüber berichtet. Er neigte nachdenklich den Kopf.

»Nur verstehe ich nicht, warum sie ausgerechnet dieses Wiegenlied hört – einmal von einem Engel und dann vom Teufel persönlich.«

Erneut zuckte Pfarrer Johannes mit den Achseln. »Schwester Agnes ist eine äußerst liebenswerte Person. Sie tut sicherlich keiner Fliege etwas zuleide. Manchmal jedoch überkommt mich das Gefühl, dass hier oben ...«, er tippte sich an die Stirn, »etwas nicht stimmt.«

Bastian seufzte. Auch Wernhart dachte so von Agnes. Aber wenn er sich an ihre Verzweiflung erinnerte, konnte er kaum glauben, dass sie nicht die Wahrheit sprach.

»Hat sie denn jemals Dinge gesehen, die gar nicht da waren?«, wollte er von Johannes wissen.

Der Pfarrer schüttelte den Kopf. »Glücklicherweise nicht. Anderenfalls hätten wir sicherlich jemanden zurate ziehen müssen. Die Oberin hat ein Auge auf Schwester Agnes. Sie sorgt sich um alle ihre Schäfchen, doch um diese Nonne ganz besonders. Agnes hatte es schwer und musste ohne Mutter aufwachsen. Sie kennt nichts als das Leben im Kloster. Ihre Welt ist winzig klein im Vergleich zu der unsrigen.«

»Es ist also durchaus möglich, dass sie sich die tote

Clementia nur eingebildet hat«, schloss Bastian aus Pfarrer Johannes' Worten. »Vermutlich hatte sie fürchterliche Angst außerhalb der Klostermauern, und das mitten in der Nacht.«

Der Pfarrer nickte. »Und falls es stimmt, dass sich Schwester Clementia mit einem Mann getroffen hat, dann will die gute Agnes sie womöglich nicht verraten.«

Daran hatte Bastian noch gar nicht gedacht. Aber vielleicht hatte der Pfarrer recht. Das könnte auch der Grund dafür sein, dass Agnes ihn um Hilfe ersucht hatte und nicht im Kloster. Im Geist ging er den Weg durch, den sie vom Hafen aus zurückgelegt haben könnte. Das Kloster lag auf halber Höhe, sofern sie die Schloßstraße genommen hatte. Die Mühle hingegen befand sich ganz am Ende der Straße und zudem musste sie von dort weiter ans südwestliche Eck laufen.

»Ich danke Euch«, sagte Bastian und erhob sich von dem Schemel. »Gerne«, erwiderte Johannes. »Zögert nicht, mich um Rat zu bitten.«

Bastian lächelte und verabschiedete sich von ihm.

Als er vor der Kirche stand, erblickte er den Gehilfen des Schmiedes, der wie ein alter Mann an ihm vorbeischlich.

»Wilfried?«, fragte Bastian.

Der Gehilfe hob den Kopf und grüßte ihn. Er wirkte so blass, als würde er jeden Moment umkippen.

»Wie geht es Eurer Hand?«

»Nicht gut. Der Schmied hat mich nach Hause geschickt. Ich soll mich erst wieder blicken lassen, wenn ich den Hammer halten kann.«

Bastian zögerte nicht. »Kommt mit. Wir gehen zu Josef Hesemann. Der Arzt wird Euch helfen.«

Wilfried schüttelte zwar den Kopf, doch Bastian hatte ihn bereits am Arm gepackt und zog ihn mit sich zur Grünwaldstraße, wo Josef wohnte. Er pochte gegen die Tür und schob Wilfried hinein, nachdem Josef geöffnet hatte.

»Wilfried hat sich die Hand verbrannt«, erklärte er. »Ich befürchte, es steht nicht gut um ihn.«

Josef begutachtete die inzwischen dunkel verfärbte Wunde. »Ich kann Euch nicht versprechen, dass ich die Hand retten kann. Wir versuchen es mit dieser Salbe. Ihr müsst sie dreimal am Tag auftragen. In zwei Tagen kommt Ihr wieder her und wir sehen weiter.« Der Arzt holte einen Krug aus dem Regal und trug die Salbe auf die Haut auf. Wilfried stöhnte leise vor Schmerzen.

»Ich kann Euch nicht bezahlen«, jammerte er, nachdem Josef ihm ein Tuch um die Hand gebunden hatte.

»Ihr könnt mich entlohnen, wenn Ihr wieder beim Schmied aushelft«, erklärte der Arzt und gab Wilfried den Krug in die andere Hand. »Jeden Tag dreimal«, wiederholte er mit ernstem Gesicht und entließ Wilfried nach draußen.

»Wird er gesund werden?«, fragte Bastian, als sie allein waren.

Josef verzog die Miene. »Die Verbrennung ist groß-flächig und tief in die Haut eingedrungen. Zudem ist sein Zustand nicht der beste. Es ist nicht unmöglich. Er braucht jedoch Ruhe und auch ein wenig Glück.« Josef sah Bastian durchdringend an. »Ich habe gehört, eine Nonne ist aus dem Kloster verschwunden. Wernhart war vorhin mit ein paar Eurer Männer hier und hat nach ihr gefragt. Habt Ihr sie inzwischen gefunden?«

Bastian schüttelte den Kopf. »Leider nicht.«

»Gebt mir Bescheid, falls ich helfen kann«, sagte Josef und tätschelte Bastian freundschaftlich die Schulter.

»Das mache ich. Wir können nur hoffen, dass sie am Leben ist.«

Die Worte des Arztes hallten noch in Bastians Kopf, als er die Schloßstraße hinter sich gelassen hatte und am Feldtor die Ausrüstung seiner Soldaten überprüfte. Er inspizierte jedes Schwert gründlich, doch er konnte nicht einen einzigen Tropfen Blut entdecken. Das Ergebnis freute ihn, denn er hatte auch nicht erwartet, dass einer seiner Männer einer Nonne etwas zuleide tun würde.

Schwester Rosalinde betrachtete das zierliche Wesen auf dem kalten Felsboden und wäre am liebsten in die Zelle geeilt, um das zitternde Mädchen zu trösten. Aber sie besaß keinen Schlüssel, und auch wenn sie einen hätte, würde die Oberin sie bestrafen, falls sie Schwester Agnes zu Hilfe eilte. Außerdem hatte sich Agnes den ganzen Ärger selbst zuzuschreiben. Das Mädchen kannte doch die Regeln des Klosters, und sie hatte keine Ahnung, warum Agnes dagegen verstoßen hatte. Sie holte ein Stück Brot aus der Tasche und hielt es Agnes durch das Gitter hin.

»Hier, esst etwas.«

Das Mädchen reagierte nicht. Rosalinde rückte ein wenig näher ans Gitter und streckte den Arm so weit aus, dass der Duft des frisch gebackenen Brotes Agnes in die Nase dringen musste. Rosalinde vernahm erleichtert ein leises Stöhnen. Für einen Moment hatte sie sich Sorgen gemacht. Aber Agnes war ein zähes Mädchen, bereits seit sie das Licht der Welt erblickt hatte. Nichts konnte ihr so schnell etwas anhaben, und falls doch, erwachte sofort die Kämpferin in ihr.

»Jetzt nehmt schon«, sagte Rosalinde mit Nachdruck.

Eiskalte Finger griffen nach dem Brot. Langsam richtete Agnes sich auf. Erschreckt stellte Rosalinde fest, dass ihre Lippen bläulich schimmerten.

»Ist Euch kalt?«, fragte sie völlig unnützerweise und erntete ein schwaches Nicken.

»Ihr müsst aufstehen und Euch bewegen. Das vertreibt die Kälte.« Schwester Rosalinde klatschte in die Hände, doch Agnes reagierte nicht darauf. Sie hockte nur da mit zusammengesunkenen Schultern und knabberte entkräftet an dem Brot.

»Ich bringe Euch nachher einige Decken. Jetzt müsst Ihr auf die Füße kommen!«, befahl Rosalinde mit strenger Stimme. Endlich hörte das Mädchen. Ihr Anblick machte Rosalinde zu schaffen. So erschöpft wie heute hatte sie das arme Ding noch nie gesehen. Es war viel zu kalt und zu finster in diesem erbärmlichen

Verlies, und für einen Moment verfluchte sie Katharina von Weinfels dafür, dass sie Agnes eingesperrt hatte.

»Warum habt Ihr Euch bloß nachts aus dem Kloster geschlichen?«, fragte Rosalinde und versuchte, den Vorwurf aus ihrer Stimme herauszuhalten.

Agnes rollte mit den Augen, sagte aber nichts. Stattdessen knabberte sie weiter an ihrem Brot.

»Euch hätte etwas passieren können!« Nun klang sie doch vorwurfsvoll. »Ihr wisst schließlich, was für Leute sich in der Hafengegend herumtreiben. Und erst recht des Nachts.«

»Ach Rosalinde«, antwortete Agnes endlich. »Ich wollte bloß alles richtig machen und verhindern, dass Clementia eine große Sünde begeht und sich von unserem Herrn abwendet.« Plötzlich kullerten dicke Tränen über ihre schmalen Wangen. »Und jetzt ist sie tot. Ich wünschte ...«

»Das wissen wir nicht«, fuhr Rosalinde dazwischen. »Der Stadtsoldat hat Clementia bisher nicht gefunden. Auf dem Boot und im gesamten Hafen war sie nicht.«

»Aber da war jemand auf dem Boot. Er muss sie weggeschafft haben. O Rosalinde, glaubt mir. Da war so viel Blut. Genauso wie bei Margaretha.«

Schwester Rosalinde winkte behutsam ab und sofort hörte Agnes auf zu sprechen.

»Ihr habt Euch das alles nur eingebildet, Agnes. Wieso habt Ihr überhaupt das Kloster verlassen? Die arme Schwester Bertha habt Ihr auch in Schwierigkeiten gebracht. Sie muss jetzt eine Woche bei Wasser und Brot darben. Einzig ihrem hohen Alter hat sie es zu verdanken, dass sie nicht neben Euch im Verlies gelandet ist.«

Agnes machte ein zerknirschtes Gesicht, und Rosalinde hätte sie am liebsten in die Arme geschlossen und ihr tröstend übers Haar gestreichelt.

»Ich habe eine Nachricht unter Schwester Clementias Kopfkissen gefunden. Sie wollte einen Mann bei Vollmond am Hafen treffen. Ich habe versucht, wach zu bleiben. Irgendwie bin ich trotzdem eingeschlafen. Als ich aufwachte, war ihr Nachtlager leer, und da bin ich ihr gefolgt.«

»Himmel, Herrgott, Sakrament«, fluchte Rosalinde. »Ihr hättet der Oberin Bescheid geben müssen oder wenigstens mir. Vertraut Ihr mir denn überhaupt nicht mehr?« Ihr Herz zog sich bei dem Gedanken zusammen. Sie hatte bisher geglaubt, dass Agnes ihr alles anvertraute, aber offenbar irrte sie sich.

»Es tut mir leid«, erwiderte Agnes leise. »Wenn ich es Euch oder gar der Oberin gesagt hätte, wäre Clementia wahrscheinlich ausgestoßen worden.«

»Und nun? Clementia ist fort und Ihr hockt hier im Verlies bei eisiger Kälte. Das ist alles, was Ihr erreicht habt. Niemand weiß, wann die Oberin Euch wieder herauslässt.«

Agnes schlug die Augen nieder. »Derselbe Teufel, der Schwester Margaretha dahingerafft hat, hat auch Schwester Clementia auf dem Gewissen. Das spüre ich.«

Schwester Rosalinde hob abwehrend die Hände. »Ach was, Ihr hört und seht ständig Dinge, die nicht da sind. Agnes, Ihr müsst damit aufhören. Merkt Ihr nicht, in welche Schwierigkeiten Ihr Euch deswegen bringt? Der richtige Weg wäre gewesen, die Oberin zu informieren. Das ist Euch doch klar, oder?«

Agnes nickte und sackte wieder in sich zusammen. »Es gibt noch einen Grund, warum ich wegen Clementia nichts unternommen habe«, flüsterte sie und kroch zu Rosalinde ans Gitter heran.

Hocherfreut über den vertrauten Tonfall presste Rosalinde das Ohr zwischen die Gitterstäbe.

»Ich glaube, sie hat mir ein Zeichen des Teufels untergeschoben.«

»Ein Teufelszeichen?« Ihre rechte Hand zeichnete wie von selbst ein Kreuz vor ihrer Brust. »Lieber Himmel, Agnes. Manchmal zweifele ich wirklich an Eurem Verstand. Woher soll sie das denn haben?«

»Ich kann es beweisen«, erwiderte Agnes trotzig. »Geht doch und seht auf meinem Nachtlager nach.«

Rosalinde warf ihr einen misstrauischen Blick zu. Sie schwankte zwischen Neugier und Unglauben. Was war nur in ihre liebe kleine Agnes gefahren? Sie war so ein wunderbares Mädchen gewesen. Das wunderbarste, das sie je in den Armen gehalten hatte.

»Nun gut«, sagte sie wenig überzeugt und erhob sich. »Ich schaue nach.«

Sie setzte sich in Bewegung und humpelte den schmalen Gang entlang zu der steinernen Treppe, die aus dem Keller nach oben führte. Schnaufend erklomm sie die Stufen und schloss leise die Tür hinter sich. Dann begab sie sich die nächste Treppe zu den Schlafgemächern hinauf. Agnes schlief im Raum neben ihrem. Es war noch längst keine Nachtruhe, deshalb glaubte Rosalinde, hier oben allein zu sein. Doch als sie die Tür öffnete, nahm sie eine hochgewachsene Gestalt wahr. Wie angewurzelt blieb sie auf der Schwelle stehen. Das Herz stolperte in ihrer Brust und für einen Moment durchzuckten grelle Blitze ihr Blickfeld. Sie schnappte nach Luft, fasste sich aber rasch. Zu ihrem Entsetzen stellte sie fest, dass der Stadtsoldat Bastian Mühlenberg vor Agnes' Nachtlager stand. Er sah sie mindestens genauso überrascht an wie sie ihn. Dann hielt er einen metallischen kreisrunden Gegenstand hoch und sagte: »Seid gegrüßt, Schwester Rosalinde. Habt Ihr hierfür eine Erklärung?«

VIII

GEGENWART

»Verdammt, Torben! Musst du dich so anschleichen? Ich habe mich beinahe zu Tode erschreckt«, schimpfte Annette und funkelte ihren Bruder wütend an.

»Bist immer noch ganz die Alte, was?« Torben baute sich vor ihr auf und legte den Zeigefinger unter ihr Kinn. »Bringst ständig alle um dich herum in Schwierigkeiten. Nicht wahr?«

»Lass das!«, unterbrach sie ihn unwirsch und fegte seine Hand fort. »Ich muss mit dir sprechen.«

»Du? Mit mir?« Er stieß ein verächtliches Lachen aus. »Ich dachte, ich spiele keine Rolle mehr in deinem schönen neuen Leben. Oder brauchst du mich jetzt etwa, wo Patrick vor dir Reißaus genommen hat?«

Na toll, fuhr es Annette durch den Kopf. Es war ja klar, dass ihre Mutter Torben ebenso über ihr Leben auf dem Laufenden gehalten hatte wie umgekehrt. Sie biss sich auf die Zunge und verkniff sich einen neuerlichen Fluch.

»Es geht um deine Nachricht.«

»Meine Nachricht?« Torben zuckte überrascht mit den Achseln. »Nein, Schwesterherz. Du irrst dich. Von mir hast du nichts bekommen.«

Annette seufzte. »Ich meine den neongelben Zettel, den du mir an die Windschutzscheibe geklemmt hast. Und erzähl bloß nicht, du hast keine Ahnung, wovon ich rede!«

Obwohl es dunkel war, sah sie, wie Torben die Gesichtszüge für den Bruchteil einer Sekunde entglitten. Er fasste sich jedoch schnell und schüttelte den Kopf. »Ich war nicht an deinem Auto. Ich weiß ja noch nicht mal, wo du wohnst. Und glaub mir, ich habe Mutter mehr als einmal nach dir gefragt. Du enthältst mir schließlich meine Nichte und meinen Neffen vor. Ich habe ein Recht darauf, sie zu besuchen.«

»O nein. Bitte, jetzt fang nicht schon wieder mit diesem Thema an. Du weißt, warum du sie nicht sehen kannst.«

»Zur Hölle mit dir, Schwesterherz. Ich habe mich ein Mal danebenbenommen und die Strafe dafür abgesessen. Alle haben mir vergeben. Bloß du machst auf Obermoralapostel und glaubst, du wärst was Besseres. Dabei kannst du überhaupt keine Gefühle entwickeln. Du hast ja keinen Schimmer, wie es sich anfühlt, betrogen zu werden.«

Annette dachte an das arme Mädchen, das Torben damals angegriffen hatte und das ihm mit Sicherheit auch heute noch nicht verziehen hatte. Was bildete sich dieser Typ nur ein? Begriff er nicht, dass er ein Gewaltverbrechen begangen hatte? Dass er dieses Mädchen fast umgebracht hatte?

Sie holte tief Luft und schluckte ihre Wut hinunter. Sie war nicht hergekommen, um zu streiten. Sie wollte wissen, ob Torben etwas mit dem Tod ihrer Eltern zu tun hatte.

»Hast du heute schon mit Mutter gesprochen?«, fragte sie und versuchte, das Zittern in ihrer Stimme zu unterdrücken.

Torben schob trotzig die Unterlippe vor. »Nein. Warum? Du hast doch sicher mitbekommen, dass ich seit etlichen Wochen komplett ignoriert werde. Ich bin eben nicht das Lieblingskind, so wie du.«

Annette stemmte die Arme in die Hüften. Sie atmete zwar noch einmal kräftig aus und wieder ein, aber es half nichts. Die Worte sprudelten bloß so aus ihr heraus:

»Du immer mit deiner ewigen Eifersucht. Ich bin fünf Jahre jünger als du. Verkrafte das endlich mal. Ich bin nicht dafür verantwortlich, dass du dich ständig danebenbenimmst. Es ist schließlich nicht nur so, dass Mutter und Vater Schwierigkeiten mit dir haben. Alle anderen um dich herum doch auch!«

Annette blickte in das wutverzerrte Gesicht ihres Bruders und wusste, dass sie ihn mitten ins Herz getroffen hatte. Für einen Moment tat es ihr leid. Aber bereits im nächsten verfluchte sie ihn erneut. Immer wieder schaffte er es, sie von ihrem eigentlichen Ziel abzubringen. Seine ständigen Ablenkungsmanöver sorgten dafür, dass sie sich emotional verheddderte, als wäre sie in ein Spinnennetz geraten.

»Hast du jetzt diesen Zettel geschrieben oder nicht?« Sie zerrte das neongelbe Papier aus der Hosentasche und hielt es ihm vors Gesicht. Torben sah es nicht einmal an. Er wandte sich ab.

»Ich bin fertig mit dir«, brummte er und beschleunigte seine Schritte.

»Mama und Papa sind tot«, schluchzte Annette, doch er konnte sie schon nicht mehr hören. Er war längst um die Ecke des Häuserblocks verschwunden. Sie blickte erneut in das Zimmer. Es war leer. Wen hatte sie darin gesehen? Es hätte ihr von vornherein klar sein müssen, dass ein Gespräch mit Torben völlig sinnlos war. So war es immer gewesen. Sie sollte lieber die Polizei informieren. Ihr Herz holperte gegen die Rippen. Durfte sie das tun? Bestimmt würde er sofort wieder im Gefängnis landen. Täuschte sie sich oder schien er tatsächlich nicht zu wissen, dass ihre Eltern tot waren? Auch die Sache mit dem Zettel stritt er ab. Wenn sie jetzt die Polizei informierte, brachte sie ihn sicherlich in ernsthafte Schwierigkeiten. Sie zögerte und starrte noch eine Weile durch das Fenster.

Dann ging sie zurück zu ihrem Auto und trat das Gaspedal durch. Sie musste nicht gleich eine Entscheidung treffen. Sie konnte erst einmal eine Nacht darüber schlafen. Morgen würde sie die Dinge möglicherweise klarer sehen.

* * *

Oliver gähnte und schaute auf den Bildschirm seines Computers. Vor ihm stand eine dampfende Tasse Kaffee, die er zur Hälfte geleert hatte, ohne auch nur den kleinsten Effekt zu spüren. In der letzten Nacht hatte er noch etliche Stunden mit der Internetrecherche verbracht und war dabei auf nichts Verwertbares gestoßen. Die Stichworte Teufel, Brandmal und Schwert führten zwar zu einigen interessanten Ergebnissen. Aber die waren für ihn nicht von Interesse, sondern eher für Emily. Er musste aufhören, die Lösung in irgendwelchen Foren zu suchen. Die Aufklärung des Mordes erforderte eine genaue Tatortanalyse, das Herausfinden des Motivs sowie die Beleuchtung des Umfeldes. Dabei würde er auch früher oder später auf den Mörder stoßen.

Die Tür ging auf und Klaus stolperte herein. Unter seinen Augen hatten sich dunkle Ringe gebildet.

»Wie war die Nacht?«, fragte Oliver fröhlich, weil er davon ausging, dass der Blumenstrauß für Sonja seine Wirkung gezeigt hatte.

Klaus brummte etwas Unverständliches und ließ sich schwer atmend auf seinen Bürostuhl plumpsen.

»Hattet ihr Streit?«, erkundigte sich Oliver besorgt.

»Könnte man so sagen.« Klaus kratzte sich am Ohr und seufzte laut. »Die Blumen haben geholfen, aber leider nur für einen kurzen Moment. Sie wollte anschließend wissen, ob sie oder mein Beruf mir wichtiger wäre. Ich konnte mich nicht entscheiden und das hat zu einer stundenlangen Diskussion geführt.«

»Oje«, sagte Oliver mitleidig und war heilfroh, dass

Emily ihn nie im Leben vor eine solche Entscheidung stellen würde. Sie wusste, dass er seinen Beruf liebte und ohne ihn genauso wenig leben könnte wie ohne sie.

Klaus rieb sich die Schläfen, als hätte er Migräne. Dann zog er ein Taschentuch aus der Hosentasche und schniefte hinein. »Wir sind zu keinem Ergebnis gekommen. Oder besser, Sonja will mich unbedingt dazu bringen, meinem Beruf abzuschwören. Ich kapier einfach nicht, was sie damit bezwecken möchte. Ich werde ihretwegen doch nicht irgendwo zum Sesselpupser.«

»Ich drücke dir die Daumen, dass ihr das klären werdet. Wenn sie drüber nachdenkt, versteht sie bestimmt, warum du deinen Job nicht an den Nagel hängen kannst.« Oliver zerknüllte einen Notizzettel und zielte damit auf Klaus' Stirn, um ihn aufzumuntern. Aber Klaus zuckte nicht einmal, als ihn das Geschoss zwischen den Augenbrauen traf.

»Ich kann nur hoffen, dass du recht hast«, brummte er missmutig und meldete sich an seinem Computer an. »Gibt es irgendetwas Neues?«

Oliver starrte auf sein E-Mail-Postfach, in dem gerade eine neue Nachricht angekommen war, und sagte: »Vielleicht.«

Er überflog die Nachricht einer Kollegin, die bereits am frühen Morgen damit angefangen hatte, die Personalien des ermordeten Ehepaares zu überprüfen und Recherchen über sie anzustellen.

»Christiane und Lutz Markowitz hatten nicht nur eine Tochter, sondern auch einen Sohn«, stellte Oliver überrascht fest.

»Komisch, dass ihn niemand erwähnt hat. Weder dieser Nachbar noch die Tochter.« Klaus richtete sich in seinem Stuhl auf und schaute Oliver fragend an. »Sag mal, da stand doch dieses Familienfoto im Regal neben dem Fernseher. Ich habe bloß ein Kind darauf gesehen oder hatte ich Tomaten auf den Augen?«

Oliver erinnerte sich an die eingerahmte Fotografie, auf der Annette Markowitz im Alter von ungefähr zwölf Jahren zu sehen war. Hastig gab er den Namen des Bruders in die Datenbank ein, in der Straftäter abgespeichert wurden. Keine zehn Sekunden später leuchtete das Ergebnis auf seinem Bildschirm auf.

»Torben Markowitz«, las er vor, und Klaus eilte sofort um den Schreibtisch, um ihm über die Schulter zu schauen. »Neun Jahre Haft wegen schwerer Körperverletzung. Er hat eine Frau mit einem Messer niedergestochen. Sie hat trotz schwerster innerer Verletzungen überlebt.«

»Bingo!« Klaus klatschte in die Hände. »Da haben wir ihn! Kein Wunder, dass wir nirgendwo Einbruchspuren entdeckt haben. Natürlich haben die Eltern den Sohnemann arglos ins Haus gelassen und dann hat er sie umgebracht.«

In Olivers Fingerspitzen kribbelte es. Das war immer so, wenn er während der Ermittlungen auf etwas Wichtiges stieß. Doch irgendwie erschien ihm das alles zu einfach.

Die Bürotür schwang auf. Ihr Vorgesetzter stand im Türrahmen und blickte finster drein.

»Guten Morgen, die Herren, gibt es schon erste

Erkenntnisse in diesem widerlichen Doppelmord? Sie haben bestimmt gesehen, dass sich die Lokalnachrichten geradezu überschlagen mit Spekulationen.« Hans Steuermark knallte eine Zeitung auf den Tisch.

»Und ob«, erwiderte Klaus, noch bevor Oliver ihn bremsen konnte. »Sieht ganz danach aus, als ob der Sohn Torben Markowitz seine Eltern ermordet haben könnte.«

Das Gesicht von Hans Steuermark hellte sich im Bruchteil einer Sekunde auf.

»Sehr gut«, lobte er. »Ich will alles über diesen Kerl wissen. Bitte bereiten Sie eine Zusammenfassung für mich vor. Ich habe jetzt leider einen Termin, aber gleich danach schaue ich mir die Unterlagen an.« Steuermark machte auf dem Absatz kehrt und war so schnell aus dem Büro verschwunden, wie er gekommen war.

»Und wenn es gar nicht Torben Markowitz war?«, fragte Oliver. »Wir kennen den Namen dieses Mannes genau seit fünf Minuten. Warum hast du ihn Steuermark genannt? Falls sich die Sache als falsche Spur herausstellt, wird er nicht begeistert sein.«

Klaus grinste und winkte ab. »Gib es doch zu. Dein Bauchgefühl sagt das Gleiche wie meines. Er war es. Übrigens erklärt das auch das Verhalten der Schwester. Ich wusste sofort, dass die nicht alle Karten auf den Tisch gelegt hat.«

Oliver schwieg nachdenklich. Er klickte sich durch die Akte von Torben Markowitz. Der Mann war heute fünfunddreißig Jahre alt. Auf dem Foto, das in der Haftanstalt von ihm aufgenommen worden war, wirkte er schlaksig und unsicher. Als ob er keiner Fliege etwas zuleide tun könnte. Mehr als zehn Jahre später hatte Torben Markowitz diese Schlaksigkeit komplett abgelegt. Auf dem Foto in seinem Personalausweis zeigte er sich mit entschlossenem Blick und ebensolchen Gesichtszügen. Mit einer Körpergröße von einem Meter neunzig dürfte er genug Kraft haben, um eine erwachsene Frau die Treppe hinaufzutragen. Oliver überprüfte die Adresse. Der Mann wohnte nur eine halbe Stunde entfernt vom Haus seiner Eltern.

»Okay, wir statten Torben Markowitz am besten sofort einen Besuch ab.«

* * *

»Atme«, sagte er zu sich selbst und setzte sich kerzengerade auf, damit mehr Luft in seine Lunge strömen konnte. Ein gelber Schmetterling flog an seiner Frontscheibe vorbei, und er fragte sich, ob sein Flügelschlag tatsächlich ein Ereignis am anderen Ende der Welt auslösen konnte.

War es in seiner Vergangenheit so geschehen? Hatte der Flügelschlag eines Schmetterlings sein Schicksal besiegelt? Oder waren diese Theorien allesamt Quatsch? Er blickte dem Schmetterling hinterher und beobachtete, wie er hinter einem Baum davonflatterte. Trotz dieser kleinen Ablenkung brannte die Wut in seinem Bauch. Es fühlte sich an, als hätte er einen Liter Säure getrunken. Sein Magen brodelte heiß. Es war sein Temperament, das häufig mit ihm durchging. Er wusste, dass er nicht zügellos sein und sich diesem Gefühl hingeben durfte. Er musste die Kontrolle behalten, damit nicht etwas Schlimmes passierte. Er war hier, weil er seinem Leben einen Sinn geben wollte. Er nahm das Schicksal selbst in die Hand und veränderte es. Vor allem würde er sich von niemandem hereinreden lassen, egal wie nahe dieser Jemand ihm stand. Er fuhr mit seinem klapprigen Wagen die holprige Straße entlang und hielt an einer Vorfahrtsstraße. Einen Strafzettel konnte er heute nicht gebrauchen. Nachdem mehrere Autos vorübergefahren waren, setzte er sich wieder in Bewegung und bog in eine moderne Wohnanlage ab. Die Hausnummer siebenundfünfzig hatte er sich eingeprägt. Er stoppte den Wagen direkt davor, sprang hinaus und öffnete die hintere Seitentür, um das Paket herauszuholen. Mit schnellen Schritten überquerte er den Bürgersteig und klingelte. Alles verlief nach Plan. Der Türöffner summte und er hastete die Treppen hinauf. Im vierten Stockwerk angekommen, atmete er immer noch ruhig. Das jahrelange Training hatte sich gelohnt.

»Ein Paket für Sie«, sagte er freundlich und musterte das rundliche Gesicht der Frau, die ihn überrascht ansah.

Er drückte ihr den riesigen Karton zielstrebig in die Hände. So machte er es immer. Reflexartig griff die Frau zu. Jetzt brauchte er sie nur noch in die Wohnung zu stoßen. Sie stolperte rückwärts. Bevor sie irgendeinen Laut machen konnte, presste er ihr das Tuch auf den Mund. Die Frau hatte keine Chance. Genau wie er keine

Wahl hatte. Er musste es tun. Mit dem Fuß trat er die Wohnungstür hinter sich zu und dann nahm er das Schwert aus dem Karton.

* * *

Oliver betrachtete den langen, trostlosen Wohnblock. Auf den grauen Platten des Gehwegs hatte sich Wasser gesammelt, sodass er und Klaus über etliche Pfützen hüpfen mussten, um keine nassen Füße zu bekommen. Vor einem hellblau angestrichenen Hauseingang blieb Klaus stehen und studierte das Klingelschild.

»Markowitz wohnt im Erdgeschoss«, stellte er fest und drückte auf den Klingelknopf.

Als nichts passierte, versuchte er es noch einmal.

»Ich glaube, die Klingel funktioniert nicht.« Oliver presste sich gegen die Haustür, die sofort aufsprang. Er ließ Klaus den Vortritt und folgte ihm in den Hausflur. Markowitz wohnte auf der linken Seite. Klaus hämmerte mit der Faust an seine Tür. Kurz darauf hörten sie Schritte. Die Tür öffnete sich, und ein blonder Mann erschien auf der Schwelle, der überhaupt keine Ähnlichkeit mit dem Foto von Torben Markowitz' Personalausweis aufwies.

»Wir sind auf der Suche nach Torben Markowitz«, erklärte Klaus und hielt dem Unbekannten seinen Dienstausweis hin. »Hält er sich in seiner Wohnung auf?«

Der Mann schüttelte den Kopf.

»Und wer sind Sie?«

»Mein Name ist Lukas Wachholz.«

»Dürfen wir erfahren, was Sie in dieser Wohnung machen?«, fragte Oliver und stellte sich ebenfalls vor.

»Ich warte auf Torben«, erklärte der Mann einsilbig.

»Dürfen wir reinkommen?« Klaus schob sich an Lukas Wachholz vorbei in den Flur, bevor dieser antworten konnte.

»Wie gesagt, ich bin mit ihm verabredet. Er müsste jeden Augenblick hier sein«, erklärte Wachholz und trat beiseite.

Oliver ging ins Wohnzimmer, das Torben Markowitz offenbar auch als Schlafzimmer nutzte. Die Couch war mit einem fleckigen Spannbettlaken bezogen. Das Kopfkissen lag auf der Bettdecke, die notdürftig zusammengelegt auf der rechten Hälfte des Sofas hing. Auf dem Couchtisch davor quoll ein Aschenbecher über. Kartoffelchips verstreuten sich auf der Glasplatte. Neben dem Tisch standen fünf oder sechs leere Bierflaschen. Der Geruch war schwer auszuhalten.

Oliver trat zur Balkontür. »Darf ich?«, fragte er und drehte den Griff. Er zog die Tür weit auf und inhalierte die frische Luft von draußen.

»Wollte ich auch gerade machen«, entgegnete Lukas Wachholz und setzte sich auf das fleckige Laken. »Torben ist nicht der Ordentlichste.« Ein Grinsen huschte über sein Gesicht.

»Verstehe«, sagte Oliver und blieb wie Klaus stehen. »Können Sie uns denn nun erklären, was Sie in dieser Wohnung zu suchen haben?«

»Ich bin Sozialarbeiter in einem karitativen Verein

und betreue Herrn Markowitz. Wir haben vor einigen Monaten ein Programm aufgelegt, das ehemaligen Häftlingen helfen soll, wieder Fuß zu fassen.«

»Und deshalb warten Sie in der Wohnung auf ihn? Haben Sie einen Schlüssel?«, fragte Klaus ungläubig.

»Vertrauen ist die Basis für eine gute Zusammenarbeit«, erwiderte Wachholz. »Wir kennen uns seit Jahren und verstehen uns prima. Torben hat gute Chancen, auch wenn er sehr lange gebraucht hat. Er nimmt an dem neuen Programm teil. Wir trainieren zusammen und es scheint ihm zu helfen.«

Oliver rechnete nach. Torben Markowitz' Haftstrafe lag ungefähr sechs Jahre zurück. Lukas Wachholz schien seine Gedanken zu erraten.

»Er ist im Laufe der Zeit immer wieder mit Kleinigkeiten auffällig geworden. Außerdem litt er jahrelang unter Depressionen. Gerade bei jungen Straftätern – Torben Markowitz war zum Zeitpunkt seiner Tat zwanzig Jahre alt – spielt das Umfeld eine entscheidende Rolle und an dieser Stelle setzen wir an. Wir treffen uns an zwei Tagen in der Woche und besprechen die Probleme, die in der Zwischenzeit aufgetaucht sind.«

»Verstehe«, erwiderte Oliver trocken. »Wissen Sie denn, wo sich Torben Markowitz vorgestern aufgehalten hat?«

»Sie meinen den ganzen Tag?«

Oliver nickte.

»Ich denke, er war arbeiten und anschließend zu Hause. Er geht in letzter Zeit nicht oft raus.«

»Können Sie das bezeugen?«

Lukas Wachholz schüttelte den Kopf. »Leider nein. Können Sie mir denn sagen, worum es geht? Ist er in irgendetwas hineingeraten?«

»Wissen wir noch nicht«, erwiderte Oliver.

In diesem Moment klapperte es an der Wohnungstür, und ein großer, durchtrainierter Mann mit kurzen dunklen Haaren erschien im Wohnzimmer.

»Hi, Lukas«, brummte er und warf seine Schlüssel auf den Couchtisch. Erst dann wandte er sich an Oliver und Klaus.

»Wer seid ihr denn?«, fragte er und machte unwillkürlich einen Schritt rückwärts.

»Wir sind hier, weil wir Ihnen leider eine schlechte Nachricht überbringen müssen.« Klaus stellte sich und Oliver mit ruhiger Stimme vor und zeigte auch ihm seinen Dienstausweis.

Torben Markowitz' Gesichtszüge wirkten auf einmal wie versteinert. »Wir haben gestern Ihre Eltern tot in ihrem Haus in Zons aufgefunden. Dürfen wir Ihnen deswegen ein paar Fragen stellen?«

Markowitz' Körper spannte sich an. Oliver hatte Schwierigkeiten, seine Miene zu deuten. Plötzlich fiel ihm ein roter Fleck am rechten Unterarm des Mannes auf.

»Bluten Sie da?«, wollte er wissen und deutete auf die Stelle.

Torben Markowitz zuckte zusammen und betrachtete für den Bruchteil einer Sekunde seinen Arm. Dann stürmte er ohne ein Wort der Erklärung aus der Wohnung.

IX

VOR FÜNFHUNDERT JAHREN ·

Bastian betrachtete die Nonne, die immer noch auf der Schwelle des Schlafgemaches stand. Eine Haarsträhne mit dem ersten Grau hatte sich unter ihrer Kopfbedeckung gelöst und hing wirr über ihrer Stirn. Auch ohne dass Schwester Rosalinde ein Wort sprach, wusste Bastian, dass sie etwas verbarg. Er sah es in ihren Augen, die vor Schreck erstarrt waren.

»Habt Ihr eine Erklärung hierfür?«, wiederholte er ruhig und hielt ihr das eiserne Teufelszeichen unter die Nase.

Schwester Rosalinde schreckte zurück und bekreuzigte sich. Dann schüttelte sie energisch den Kopf.

»Wo habt Ihr das her?«

»Es lag versteckt auf dem Nachtlager von Schwester Agnes. Ihr seid mit ihr befreundet, soweit ich das mitbekommen habe. Deshalb frage ich Euch, ob Ihr etwas darüber wisst.«

Bastian konnte sehen, wie sich eine leichte Röte auf

Schwester Rosalindes Wangen ausbreitete. Unverkennbar wusste sie mehr. Dennoch schüttelte sie abermals den Kopf.

»Nein. Weshalb sollte ich dieses Ding kennen?« Ihre Augen wanderten nervös umher und sie zeichnete erneut ein Kreuz vor der Brust. »Ich bin eine gläubige Ordensschwester und pflege, mich von den Dämonen der Hölle fernzuhalten. Erst recht vor dem Leibhaftigen persönlich.«

»Was sucht Ihr eigentlich hier im Schlafgemach? Die Glocke hat doch noch längst nicht zur Nachtruhe geschlagen.« Bastian ließ Schwester Rosalinde keinen Moment aus den Augen.

»Ich … ja, also … ich habe etwas gesucht.«

»Aber Ihr schlaft doch gar nicht in diesem Gemach, sondern nebenan.«

»Das stimmt. Ich hatte Schwester Helena etwas geliehen und wollte es zurückholen.«

Bastian machte Platz und deutete auf das Nachtlager von Helena.

»Nur zu. Ich will Euch nicht aufhalten.«

Rosalinde trat zögerlich einen Schritt näher, ging in die Hocke und hob das Kopfkissen an. Sie zog ein fleckiges Leinentuch hervor und steckte es ein.

»Danke«, krächzte sie und wandte sich zum Gehen.

»Noch eine Frage«, hielt Bastian sie auf. »Wie lange kennt Ihr Schwester Agnes?«

»Agnes? Ich denke, schon ihr ganzes Leben lang. Sie kam als kleines Mädchen zu uns.« Ein Lächeln huschte über Rosalindes Lippen und ließ ihr Gesicht für einen kurzen Moment erstrahlen.

»Hat Schwester Agnes mit Euch jemals darüber gesprochen, dass sie Dinge sieht oder hört, die es gar nicht gibt?«

Schwester Rosalindes Augen weiteten sich. »Was wollt Ihr damit andeuten?«, erwiderte sie empört. »Ihr klingt wie dieser Stadtsoldat Wernhart, der behauptet, Agnes sei vom Teufel besessen. Ich bitte Euch, Bastian Mühlenberg. Ihr seid klug genug, um zu sehen, dass dies nicht der Fall ist.«

Katharina von Weinfels rauschte zur Tür herein. »Gibt es Probleme?«, wollte sie wissen und blickte Schwester Rosalinde streng an. »Wart Ihr für heute nicht in der Küche eingeteilt? Man berichtete mir gerade, dass ein Brot fehlt.«

Schwester Rosalinde senkte schuldbewusst den Kopf und rang sich ein schwaches Husten ab. »Ich wollte mein Tuch von Schwester Helena zurückholen. Eine Erkältung hat mich erwischt.« Sie hielt den Kopf weiter gesenkt und eilte davon.

»Nun, Bastian Mühlenberg, mir wäre es lieber, Ihr wäret nicht allein und ohne Aufsicht mit einer unserer Schwestern in einem Raum. Ihr könnt Euch denken, dass sich das für eine Nonne nicht schickt. Schon gar nicht in einem Schlafgemach des Klosters.«

»Verzeiht«, bat Bastian und kratzte sich mit Unbehagen am Hals. »Es war ein Zufall. Ich glaubte, allein zu sein, und plötzlich tauchte Schwester Rosalinde hier auf. Ich hätte sie natürlich nicht ohne Eure Zustimmung befragen dürfen.«

Die Oberin nickte wohlwollend. »Wie läuft die Suche nach Schwester Clementia?«

Bastian schüttelte betrübt den Kopf. »Leider bisher nicht erfolgreich. Meine Männer sind in der Stadt und im Umkreis unterwegs. Aber es ist, als wäre sie vom Erdboden verschluckt.«

Katharina von Weinfels hob die Hände vors Gesicht und rieb sich müde die Augen.

»Ich weiß wirklich nicht, was in diesem Kloster vor sich geht. Zu meiner Zeit, also als ich jung war, hätte ich mich niemals getraut, die Klostermauern zu verlassen. Noch dazu mitten in der Nacht. Dass ausgerechnet unter meiner Obhut zwei Nonnen dies wagten, lässt mich an allem zweifeln, was ich für dieses Kloster getan habe.«

»Es ist nicht Eure Schuld«, erwiderte Bastian. »Wäre Schwester Bertha nicht an der Klosterpforte eingeschlafen, hätte keine der beiden entschwinden können. Aber in einem Punkt habt Ihr vollends recht. In diesem Kloster gehen merkwürdige Dinge vor sich.« Er hielt Katharina von Weinfels das Teufelszeichen hin, das er auf Agnes' Nachtlager gefunden hatte.

»Du liebe Güte«, stieß die Oberin erstaunt aus. »Ist es das Brandeisen, mit dem unsere arme Schwester Margaretha gezeichnet wurde?«

»Ich denke nicht«, antwortete Bastian. »Es sieht unbenutzt aus, so als hätte es noch nie im Feuer gelegen.« Er fuhr mit dem Finger über das blanke Metall.

»Außerdem hat es keinen Griff. Ich kann auch nicht erkennen, dass es jemals mit einer Zange angefasst wurde.«

»Tatsächlich«, murmelte die Oberin und nahm Bastian das Eisen aus der Hand. Sie begutachtete es nachdenklich.

»Ich befürchte, dass Schwester Agnes etwas mit dem Tod von Schwester Margaretha zu tun haben könnte«, flüsterte Bastian, denn die Tür zum Schlafsaal stand sperrangelweit offen. »Ausgerechnet in der Nacht des Mordes war Agnes an Ort und Stelle. Sie redet nicht mit uns und in ihrer Zelle summt sie ununterbrochen das Wiegenlied. Außerdem besitzt sie offenbar ein Duplikat des Brandmals. Vielleicht hat sie ja irgendwo auch das Original versteckt.«

Katharina von Weinfels sah Bastian ungläubig an und schlug die Hand vor den Mund. »Ihr glaubt, Schwester Agnes wäre zu einem Mord fähig?«

Bastian zuckte mit den Achseln. »Sie hat zumindest auffällig viele Berührungspunkte mit der Tat.«

»Da habt Ihr recht«, entgegnete die Oberin nachdenklich. »Doch was ist mit Schwester Clementia? Wie ist sie in das alles verstrickt?«

»Das weiß ich noch nicht. Aber wir werden es herausfinden. Könnt Ihr mir einen Gefallen tun?«, fragte Bastian. »Ich muss wissen, ob Schwester Agnes noch etwas in ihren Taschen versteckt hält. Könnt Ihr die Kleidung durchsuchen?«

»Selbstverständlich. Das werde ich höchstpersönlich übernehmen!«

»Kennt Ihr vielleicht einen Ort, an dem Schwester Agnes weitere Dinge verstecken würde?«, wollte Bastian wissen.

Die Oberin schüttelte den Kopf. »Wenn jemand davon weiß, dann Schwester Rosalinde. Sie und Agnes sind sehr vertraut miteinander. Ihr dürft sie weiter befragen oder noch besser ...« Katharina von Weinfels machte eine bedeutungsvolle Pause, bevor sie hinzufügte: »Ihr folgt ihr auf Schritt und Tritt. Heimlich.«

* * *

Rosalinde ging nicht zurück in die Küche, wie es Katharina von Weinfels ihr befohlen hatte. Stattdessen stieg sie die Stufen in den Keller hinab und begab sich direkt zum Verlies. Der in den Fels gehauene schmale Gang war uneben, und sie hatte Schwierigkeiten, sich auf den Füßen zu halten. In der Eile hatte sie vergessen, eine Fackel mitzunehmen. Kurz überlegte sie umzukehren, doch dann lief sie Gefahr, einer der Schwestern über den Weg zu laufen. Wenn sie Pech hatte, erwischte sie die blinde Elvira. Die Alte würde sofort die Oberin informieren. In ihrem ganzen Leben war Rosalinde noch nie einer solch geschwätzigen Nonne begegnet. Ihr blieb nichts anderes übrig, als weiter durch die Dunkelheit zu marschieren. Vor dem Verlies hing eine brennende Fackel, spätestens dort hätte sie wieder Licht. Inzwischen glaubte sie, was Agnes ihr berichtet hatte. Schwester Clementia hatte ihrer lieben Agnes das Teufelszeichen untergeschoben. Vermutlich wollte sie von ihrer eigenen Schuld ablenken. Es lag nahe, dass sie den Mann, mit dem sie sich im Hafen treffen wollte, auch auf das Klostergelände gelassen hatte. Vielleicht war es auf diese Weise zu dem schrecklichen Mord an Schwester Margaretha gekommen. Und womöglich hatte Agnes mit ihren Worten recht. Clementia weilte nicht mehr unter ihnen. Ihre Seele war hinab in die Hölle gefahren und dort würde sie bis in alle Ewigkeit für ihre Sünden büßen.

Plötzlich stolperte Rosalinde über einen Stein und schaffte es nicht rechtzeitig, sich abzufangen. Sie schlug der Länge nach auf dem felsigen Boden auf. Ein stechender Schmerz durchzuckte ihre Stirn. Sie spürte ein warmes Rinnsal, das über die Schläfen bis zu ihren Wangen lief. Sie achtete nicht weiter darauf und rappelte sich auf. Sie musste vor Bastian Mühlenberg bei Agnes sein. In seinen Augen hatte sie sein Misstrauen gesehen und eine Entschlossenheit, die ihr den Atem raubte. Dieser Mann würde nicht einfach aufgeben oder sich mit irgendeiner Geschichte abspeisen lassen. Er schien zu wissen, dass sie ihn angelogen hatte. Sie würde dafür Buße tun. Aber viel schlimmer war, dass er Agnes für schuldig hielt. Die merkwürdigen Fragen, die er ihr gestellt hatte, ließen keinen anderen Schluss zu. Sie musste unbedingt zu Agnes und ihr davon berichten. Bastian Mühlenberg hatte das Teufelszeichen auf ihrem Nachtlager gefunden. Jetzt würde er vermutlich das ganze Kloster nach weiteren Hinweisen absuchen.

Rosalinde stolperte über den nächsten Stein,

schaffte es dieses Mal jedoch, an der Wand Halt zu finden. Der Lichtschein, der ein Stückchen entfernt die Dunkelheit durchbrach, gab ihr neue Kraft. Völlig außer Atem erreichte sie den Kellerraum und sank davor in die Knie.

»Himmel, Rosalinde, was ist Euch geschehen? Werdet Ihr verfolgt?«, fragte Agnes und streckte einen Arm zwischen den Gitterstäben nach ihr aus.

»Nein, nein, mein Kind. Es ist nur wegen dieses Stadtsoldaten. Er hat das Teufelszeichen auf Eurem Nachtlager gefunden, und nun glaubt er, Ihr hättet etwas mit dem Tod von Margaretha zu tun.«

»Was?« Agnes wurde kreideweiß im Gesicht. »Aber ich habe nichts damit zu tun. Wirklich nicht.«

Rosalinde nickte und nahm Agnes' Hände in ihre. »Kindchen, ich weiß, dass Ihr manchmal des Nachts durch das Kloster wandert. Es ist, als ob sich im Schlaf jemand Eures Körpers bemächtigt hätte. Ich habe es keiner Menschenseele erzählt und immer dafür gesorgt, dass Ihr wohlbehalten zurückkehrt. Aber dieses Mal habe ich nicht bemerkt, dass Ihr fortgelaufen seid. Ich werde wohl langsam taub und alt. Ich hoffe ...« Sie sprach die nächsten Worte nicht aus, denn sie sah es Agnes an, dass sie keine Ahnung von ihren nächtlichen Wanderungen hatte. Rosalinde wusste nicht, was zwischen ihr und Schwester Clementia vorgefallen war. Vielleicht wollte sie es auch gar nicht wissen. Nur eines war klar: Falls Agnes wirklich Schuld an Clementias Verschwinden trug, würde Rosalinde dafür sorgen, dass es nie jemand herausfände. Nein. Niemals durfte es ans

Licht kommen. Sie würde dieses Geheimnis mit in ihr Grab nehmen.

»Gibt es noch etwas, das Bastian Mühlenberg finden könnte? Hast du etwas im Kloster versteckt oder in deinen Taschen?«, fragte sie besorgt.

»Oje, Ihr blutet ja«, stieß Agnes aus. Rosalinde winkte ab. »Beantworte meine Frage, schnell. Wir haben nicht viel Zeit.«

»Ihr wisst doch, dass ich keine Geheimnisse vor Euch habe. Was sollte ich schon verstecken?«

Rosalinde warf ihr einen scharfen Blick zu und dann fiel ihr etwas Wichtiges ein. »Wo habt Ihr die Nachricht, die ihr bei Clementia gefunden habt?«

Agnes schlug sich gegen die Stirn. »Das habe ich ganz vergessen.« Sie kramte in ihrer Tasche und holte ein kleines Stück Pergament hervor. »Hier ist es.«

»Gebt es mir«, bat Rosalinde und ließ das Schriftstück zwischen den Falten ihres Gewandes verschwinden. »Niemand darf davon erfahren. Wirklich niemand. Versprecht es.«

Agnes nickte ehrfürchtig. »Danke, dass Ihr mir helft«, flüsterte sie, und Rosalinde bemerkte gerührt, dass Tränen in ihren Augen schimmerten.

* * *

Bastian wartete ungeduldig in dem niedrigen Gang. Katharina von Weinfels hatte ihn in gehöriger Entfernung von Agnes' Verlies zurückgelassen, weil er auf keinen Fall dabei zusehen durfte, wie sie ihre Kleidung durchsuchte. Er musste sich ducken, damit er nicht an die Decke stieß. Langsam begann ihm der Nacken zu schmerzen. Ruhelos warf er einen Blick zurück zum Ausgang und überlegte, lieber dort zu warten. Er drehte sich um die eigene Achse, wobei die Fackel in seiner Hand die Felswände erleuchtete. Anschließend nahm er sich den Boden vor. Genau neben seinem linken Stiefel fiel ihm ein Fleck ins Auge. Er ging in die Hocke und musterte die rote Farbe. Bei der glänzenden feuchten Flüssigkeit handelte es sich mit ziemlicher Sicherheit um Blut. Er leuchtete einen größeren Kreis mit der Fackel aus und entdeckte einen weiteren Blutstropfen in Richtung Ausgang. Bastian verfolgte die Spur und zählte exakt fünf Blutstropfen. Ungefähr in der Mitte des Ganges hörte die Spur auf. Da das Blut noch frisch war, musste kurz vor ihnen jemand hier gewesen sein. Und dieser Jemand war vermutlich gestürzt und hatte sich dabei verletzt. Bastian suchte den Felsboden erneut ab, fand jedoch weder Faserspuren noch Stiefelabdrücke oder dergleichen.

Katharina von Weinfels näherte sich mit einer Fackel in der Hand.

»Nichts«, erklärte sie. »Ich habe Schwester Agnes gründlich durchsucht und jede Tasche und Falte ihrer Kleidung abgetastet. Sie trägt überhaupt nichts bei sich.« Die Oberin klang erleichtert.

»Habt Ihr sie nach dem Teufelszeichen befragt?«

»Ja. Sie behauptet, Schwester Clementia hätte es auf ihr Nachtlager gelegt. Sie hat sie jedoch nicht dabei beobachtet.« Die Oberin zuckte mit den Achseln. »Ich weiß nicht, was ich davon halten soll.«

»Ich auch nicht. Jedenfalls noch nicht«, brummte Bastian missmutig. Er hatte das Gefühl, dass sie an der Nase herumgeführt wurden. Vielleicht von Schwester Agnes, möglicherweise auch von jemand anderem.

»Irgendwer war kurz vor uns hier«, erklärte Bastian und zeigte Katharina von Weinfels die Blutspur. »Er oder sie ist hier gestürzt und dann weiter in Agnes' Richtung gegangen. Hat sie erwähnt, dass jemand bei ihr war?«

»Was?« Die Oberin stapfte sofort zurück zu der Zelle, in der Agnes untergebracht war. Diesmal folgte Bastian ihr.

»Agnes«, rief sie schon von Weitem, und ihre Stimme hallte unheilvoll an den Felswänden wider. »War jemand vor uns bei Euch?«

Die Oberin hielt die Fackel so dicht an die Gitterstäbe, dass Agnes' Gesicht aufleuchtete. Sie blickte Katharina von Weinfels und Bastian aus großen Augen an.

»Nein«, sagte sie, wobei ihre Stimme ein wenig zitterte. »Seit der letzten Mahlzeit war niemand hier.«

So leicht gab sich Katharina von Weinfels nicht zufrieden. Sie deutete auf einen Brotkanten, der neben der Nonne lag.

»Dieses Brot dort, wer hat es Euch gebracht?«

»Ich ... ich kann das nicht sagen.« Tränen kullerten über Agnes' Wangen. Sie schlang die Arme um sich und stand vor ihnen wie ein Häufchen Elend.

»Ihr seid ein törichtes kleines Ding«, schimpfte Katharina von Weinfels. »Dieses Kloster ist Euer Heim. Alles, was Ihr habt. Und das ist viel, denn die Liebe des Herrn strahlt durch jede Ritze dieser Gemäuer. Hört auf, diesen Ort mit Euren Lügen zu beschmutzen. Denkt nur einen Augenblick nach, und dann erzählt Ihr mir die Wahrheit, oder Euch soll auf der Stelle der Schlag treffen.«

Agnes zuckte zusammen. Bastian wäre der zierlichen Frau gern zur Seite gesprungen. Aber irgendetwas stimmte mit dieser Nonne nicht. Also blieb er schweigend neben der Oberin stehen und wartete, bis sich Schwester Agnes gefasst hatte.

»Schwester Rosalinde war so barmherzig und hat mich mit Brot versorgt. Bitte bestraft sie nicht. Sie hat es nur gut gemeint.« Agnes schluchzte auf und vergrub das Gesicht in den Händen.

»Schwester Rosalinde also. Dachte ich es mir doch. Es fehlte ja auch ein Brot in der Küche.« Die Oberin machte auf dem Absatz kehrt und eilte durch den schmalen Gang davon. Die kleine Nonne musste nicht wie Bastian den Kopf einziehen und erreichte den Ausgang weit vor Bastian, der mit gekrümmtem Rücken wie ein alter Mann durch den Keller kroch.

Oben angekommen hörte er bereits laute Stimmen aus der Küche.

»Ihr habt meine Anweisungen nicht befolgt. Warum habt Ihr Schwester Agnes Brot gebracht, das nicht für sie bestimmt war?«, fragte die Oberin.

»Sie war so hungrig, und ich will nicht, dass sie

krank wird. Gerade nach ihrem Ausflug in die Kälte der Nacht. Sie ist doch noch so jung und sie hat sich in der Vergangenheit nichts zuschulden kommen lassen. Dieser schreckliche Mord hat sie einfach mitgenommen. Sie ist nicht klar bei Verstand. Habt doch ein wenig Nachsicht mit Agnes.« Schwester Rosalinde klang verzweifelt.

»Ihr blutet an der Stirn«, erwiderte Katharina von Weinfels knapp und rauschte wieder aus der Küche. »Wagt es nicht noch einmal, ohne mein Wissen zu Schwester Agnes zu gehen«, rief sie über die Schulter und bedeutete Bastian, ihr zu folgen.

Sie passierten die große Halle, in der das Essen gereicht wurde. Katharina von Weinfels schleuste Bastian in einen kleinen Raum, eine Art Bibliothek mit Tisch und vollen Bücherregalen an der Wand. Bastian setzte sich auf einen Lederstuhl, während die Oberin ihm gegenüber Platz nahm.

»Ich wiederhole noch einmal meine Worte«, hob die Oberin an. »Ihr dürft Schwester Rosalinde befragen oder Ihr folgt ihr unbemerkt. Die beiden führen etwas im Schilde, das kann ich fühlen.« Sie klopfte sich zur Bekräftigung ihrer Worte auf die Brust. »Ihr müsst herausfinden, was es ist.«

* * *

Agnes hockte in der Küche neben der Feuerstelle und rieb sich fröstelnd die Hände.

»Warum hat mich die Oberin aus dem Verlies

geholt?«, fragte sie leise und rückte ein wenig näher an das wärmende Feuer. Ihre Knochen fühlten sich nach einem Tag im Kellerloch an, als wären sie aus Eis. Die Kälte hatte ihren gesamten Körper erfasst, und obwohl sie seit einer halben Stunde neben dem Feuer saß, schlotterte sie noch immer erbärmlich.

»Ich weiß es nicht«, erwiderte Schwester Rosalinde und hielt ihr einen dampfenden Becher mit Kräutertee hin. »Trinkt! Ihr dürft nicht krank werden.«

Agnes tat, wie ihr geheißen. Sie legte die klammen Finger um den Becher und trank. Der Tee tat so gut. Er wärmte ihren Bauch und ihr Herz. Sie fühlte sich gleich wieder ein wenig lebendiger.

»Was ist mit Schwester Clementia?«, wollte sie wissen und ließ traurig die Schultern hängen. »Sie lebt bestimmt nicht mehr.«

Rosalinde bedeutete ihr zu schweigen und erklärte:

»Bastian Mühlenbergs Männer haben sie bisher nicht gefunden. Sie haben den ganzen Tag nach ihr Ausschau gehalten. Niemand hat sie gesehen und auch auf dem Boot war sie nicht. Zudem gibt es keinerlei Spuren, die auf einen Mord hindeuten und der Kapitän war in den letzten Tagen in Stürzelberg, wo er Geschäften nachgegangen ist. Soweit ich hörte, hat Bastian Mühlenberg seine Aussage überprüft. Der Kapitän ist immer noch ein freier Mann. Deshalb gehe ich davon aus, dass er die Wahrheit gesagt hat.«

»Aber mit dem Pferd ist es kaum ein halber Tagesritt nach Stürzelberg. Er könnte Clementia dennoch fortgebracht haben«, warf Agnes ein.

»Ihr seid ein allzu stures Kind. Seid froh, dass die Mutter Oberin Euch aus dem Verlies gelassen hat, und hört auf, weiter in der Sache herumzustöbern. Clementia wird früher oder später schon wieder auftauchen.«

Agnes wollte eben noch nach dem Teufelszeichen fragen, als Rosalinde sie so scharf ansah, dass sie sich auf die Zunge biss und schweigend an ihrem Tee nippte.

»Gleich wird die Glocke zur Nachtruhe erklingen. Ihr begebt Euch am besten sofort auf Euer Lager, und wehe, Ihr erhebt Euch vor dem ersten Sonnenstrahl.« Rosalinde wedelte mit ihrem knorrigen Zeigefinger. Um ihren Mund lag ein strenger Zug, aber in ihren Augen leuchtete Güte.

»Ich verspreche es«, sagte Agnes und erhob sich. Sie drückte Schwester Rosalinde kurz an sich und entfernte sich zögerlich aus der Küche.

* * *

Wernhart biss unzufrieden in den Brotkanten, den Marie ihm hingelegt hatte, bevor sie mit den Kindern nach oben zum Schlafen verschwunden war.

»Ich kann einfach nicht glauben, dass wirklich niemand Schwester Clementia gesehen haben will. Es ist, als hätte der Erdboden sie verschluckt«, nuschelte er mit vollem Mund.

»Vielleicht hat Schwester Agnes sich doch nicht geirrt und Clementia ist tot. Dann wäre es kein Wunder, dass wir sie nicht finden«, erwiderte Bastian.

»Pah.« Wernhart schüttelte den Kopf. »Was hast du für einen Narren an dieser Nonne gefressen? Sieh ihr doch nur einmal in die Augen und du kannst den Wahnsinn darin leuchten sehen.« Er pochte sich gegen die Stirn. »Die hat überhaupt nichts gesehen. Sie führt uns in die Irre mit ihrer Schwafelei. Von wegen, sie wäre dem Teufel begegnet. Und dann noch die Sache mit dem Wiegenlied. Wie passt das denn zusammen?«

Bastian schwieg. Wernharts Worte waren durchaus überzeugend. Ein Teufel und ein Wiegenlied passten ganz und gar nicht zueinander.

»Und wenn du richtigliegst und Agnes tatsächlich vom Teufel besessen wäre, hätte sie dann nicht die Kraft, einen Mord zu begehen? Schließlich hat sie die tote Margaretha gefunden und auch Clementias Verschwinden entdeckt. Kommt dir das nicht merkwürdig vor?«

»Und ob«, stieß Wernhart aus. »So gefällst du mir schon besser, mein Freund.« Er schob sich das letzte Stückchen Brot in den Mund und sprang auf. »Na los. Ich lege mich vor dem Haupthaus auf die Lauer und du übernimmst die Klosterpforte. Wir werden ja sehen, ob Schwester Agnes heute Nacht wieder draußen herumspaziert.« Mit grimmigem Gesicht pochte er auf das Kurzschwert an seinem Gürtel und schritt zur Tür.

Bastian hatte mit Katharina von Weinfels ausgemacht, dass sie sich, nachdem die Glocke des Klosters zur Nachtruhe geläutet hätte, an der Pforte treffen würden. Als sie dort ankamen, öffnete ihnen die Oberin höchstpersönlich.

»Seid gegrüßt. Niemand weiß, dass Ihr hier seid. Ich übernehme die Wache in der ersten Nachthälfte an der Klosterpforte. Schwester Bertha übernimmt anschließend.« Als Bastian sie überrascht anblickte, fügte sie schnell hinzu: »Ich gebe Schwester Bertha mit dieser Aufgabe die Möglichkeit, ihren Fehler wiedergutzumachen.«

Bastian nickte und begab sich mit Wernhart auf die vereinbarten Posten. Während sein Freund sich vor dem Hauptgebäude auf die Lauer legte, suchte er sich ein geschütztes Plätzchen in der Nähe der Kapelle. Von dort aus hatte er die Klosterpforte und auch einen Teil des Hauptgebäudes im Blick. Die Sterne und der Mond, der nicht mehr ganz so rund war wie in der Nacht zuvor, leuchteten ihm entgegen. Nach einer Weile kroch ihm die Kälte langsam die Stiefel und die Hosenbeine hoch. Er wackelte mit den Zehen, um warm zu bleiben. Trotzdem spürte er kurz darauf seine Füße kaum noch, denn die Nacht war ungewöhnlich kalt. In dem Gebüsch hinter ihm krächzte ein Rabe, der wahrscheinlich gestört worden war, und flog schimpfend über ihn hinweg. Das Klostergelände wirkte ruhig. Nur ab und an raschelte es im Unterholz, ohne dass es jedoch Bastians Aufmerksamkeit weckte. Erst als ein Ast in seinem Rücken knackte, fuhr er herum. Eine dunkle Gestalt huschte über den Klostergrund. Bastian hielt den Atem an und überlegte, ob sie über die Klostermauer geklettert war, denn sie kam weder von der Pforte noch vom Hauptgebäude. Mit zusammengekniffenen Augen beobachtete Bastian, wie die Person sich an der hüfthohen

Mauer des Klostergartens zu schaffen machte. Langsam kroch er auf die Gestalt zu, die gut zwei Köpfe kleiner war als er. Trotzdem konnte er in der Dunkelheit nicht erkennen, ob es sich um einen Mann oder eine Frau handelte. Oder vielleicht doch um den Teufel?

Jedenfalls konnte er keine Hörner sehen. Dafür vernahm er ein leises Husten. Ob der Teufel hustete? Nein, ein Dämon benahm sich anders und außerdem hätte er Bastians Anwesenheit gewiss längst gespürt.

Lautlos näherte er sich der Gestalt, bis er sah, was sie an der Gartenmauer tat. Sie hatte einen losen Stein herausgezogen und stopfte etwas in die Öffnung. Als sie den Stein wieder zurückschieben wollte, schnellte Bastian hoch und packte die Gestalt an der Schulter.

»Was habt Ihr hier zu suchen? Mitten in finsterer Nacht?«, fragte er scharf.

Die Gestalt fuhr herum.

»Nichts«, wimmerte eine dünne Stimme und Bastian erkannte Schwester Rosalinde.

X

GEGENWART

Torben Markowitz rannte so schnell wie ein Spitzensportler. Oliver gehörte nicht gerade zu den langsamsten Läufern, aber gegen Markowitz kam er nicht an. Der Mann vergrößerte den Abstand immer weiter und hatte bereits das Ende des Häuserblocks erreicht. Oliver sprintete, als würde er um eine olympische Medaille kämpfen. Doch als er am Ende des Blocks ankam, konnte er Markowitz nicht mehr sehen.

»Verdammt«, stieß er aus und stoppte mitten im Lauf. Torben Markowitz war irgendwo zwischen den parkenden Autos verschwunden. Oliver rannte zur Mitte des Parkplatzes und sah sich um. In einiger Entfernung leuchteten zwei weiße Rückfahrscheinwerfer auf. Ein Wagen schoss aus einer Parklücke und fuhr mit quietschenden Reifen davon, bevor Oliver ihn erreichen konnte. Immerhin schaffte er es, sich das Kennzeichen zu merken. Er griff in die Jackentasche, um den Autoschlüssel herauszuholen. Abermals fluchte er. Klaus hatte den Schlüssel eingesteckt. Eine Verfolgung hatte keinen Sinn. Bis Oliver die Schlüssel geholt hätte, wäre Torben Markowitz über alle Berge.

Frustriert telefonierte er mit der Leitstelle und gab eine Fahndung nach Markowitz' Wagen heraus. Dann lief er zurück zu Markowitz' Wohnung, wo Klaus und der Sozialarbeiter warteten.

»Und?«, fragte Klaus und verzog die Miene, als er Olivers Schulterzucken sah.

»Ich habe eine Fahndung nach seinem Wagen rausgegeben«, erklärte Oliver resigniert und wandte sich an Lukas Wachholz: »Sie haben nicht zufällig eine Ahnung, wo er hingefahren sein könnte?«

»Nein. Aber ich rufe ihn jetzt mal auf seinem Handy an, bevor er richtigen Mist baut.« Wachholz drückte eine Taste auf seinem Mobiltelefon und hielt es sich ans Ohr. Es dauerte eine Weile, bis er das Telefon kopfschüttelnd herunternahm. »Er geht nicht ran«, sagte er besorgt. »Das ist überhaupt nicht seine Art.«

»Er hatte Blut am Arm. Woher könnte das stammen?«

Wachholz hob hilflos die Hände. »Was weiß ich. Er arbeitet als Metzger. Vielleicht hat er nicht aufgepasst und sich geschnitten oder es ist von einem Tier.«

Metzger. Das Wort rauschte durch Olivers Hirn. Benutzten Metzger nicht ziemlich große Messer? Das musste er unbedingt prüfen. Plötzlich fiel ihm noch etwas anderes ein, das Lukas Wachholz zuvor erwähnt hatte.

»Sie sagten vorhin, Sie würden zusammen trainieren. Um welche Sportart geht es denn?«

»Asiatische Kampfkunst, genauer gesagt japanischer Schwertkampf. Das stärkt den Willen und die Geduld. Wir haben in der Vergangenheit gute Ergebnisse erzielt. Torben hat sehr viel Spaß am Training. Ich denke, es tut ihm gut. Er hat sogar sein Schlafzimmer geopfert, damit wir mehr Platz haben.« Wachholz wies auf eine Tür, der Oliver bisher keine Beachtung geschenkt hatte.

»Darf ich?«, fragte er und drückte die Klinke herunter, als Lukas Wachholz nickte.

Erstaunt musterte Oliver den leeren Raum. Auf dem Boden lagen ein paar Matten und in einer Ecke bewahrte Torben Markowitz zwei auf Hochglanz polierte Samuraischwerter auf. Oliver überprüfte die Klingen auf Blut, konnte jedoch keins sehen. Es war natürlich möglich, dass sie gereinigt worden waren. Nur das kriminaltechnische Labor wäre in der Lage, noch Blutspuren festzustellen.

»Ist Ihnen bekannt, warum Torben Markowitz im Gefängnis saß?«, fragte er und stellte ein Schwert zurück.

»Ich kenne diesen skeptischen Ton«, entgegnete Lukas Wachholz. »Wie gesagt, bei dem Training handelt es sich um ein neues Programm, das wir ausprobieren. Sie fragen sich, weshalb wir jemanden, der eine Straftat mit einem Messer begangen hat, ausgerechnet mit Schwertern trainieren lassen. Und das ist genau der Punkt. Wir üben den verantwortungsvollen Umgang mit Waffen. Unser Fokus liegt auf

Körperbeherrschung, Konzentration und Bildung des Charakters.«

Oliver wusste nicht, ob ihm diese Antwort gefiel.

»Dürfen wir die Schwerter zur Analyse mitnehmen?«, bat er und maß die Breite der Klingen ab, die seines Erachtens zur Art der Wunden von Markowitz' Eltern passte.

»Haben Sie einen richterlichen Beschluss? Ich kann nicht für Torben sprechen. Er wäre bestimmt nicht einverstanden, denn eine Untersuchung dauert ja wochenlang.«

»Haben wir nicht«, lenkte Oliver ein. »Hatte Herr Markowitz in letzter Zeit eigentlich Schwierigkeiten mit seinen Eltern?« Er dachte an das Familienfoto im Wohnzimmer, auf dem nur Annette Markowitz zu sehen war und Torben fehlte.

»Puh«, stieß der Sozialarbeiter aus. »Sie können sich denken, dass die Beziehung nicht die beste war. Ich kenne kaum einen Straftäter, dessen Eltern begeistert sind. Torben ist das schwarze Schaf der Familie.«

»Hatte er denn in den letzten Tagen Probleme mit seinen Eltern?«, hakte Klaus nach, der sich zu Oliver gesellt hatte und ebenfalls die beiden Samuraischwerter begutachtete.

»Er hat sie länger nicht gesehen. Ungefähr vor einem Monat gab es Streit. Torben wollte einen neuen Wagen kaufen und sich Geld leihen. Sie haben ihm nichts gegeben und er war ziemlich außer sich deswegen.« Lukas Wachholz machte ein betroffenes Gesicht.

»Er hat aber ganz sicher nichts mit ihrem Tod zu tun. Ich kenne ihn«, fügte er schnell hinzu.

Noch bevor Oliver erwidern konnte, dass er die Sache anders sah, klingelte sein Handy. Die Nummer auf dem Display kannte er nicht.

»Kriminalkommissar Oliver Bergmann«, meldete er sich.

»Hier spricht Hugo Meier, der Nachbar von Familie Markowitz. Sie müssen sofort herkommen. Er hat sie sich geschnappt.«

Oliver verstand kein Wort. »Wen meinen Sie denn?«

»Na, ihren Bruder. Er hält Annette in ihrem Haus fest. Sie hatte mich gefragt, ob ich ihr helfen und auf die Kinder aufpassen kann. Da kam Torben wie ein Wahnsinniger auf die Einfahrt gebraust, hat mich umgestoßen und ist zur Tür rein. Jetzt macht keiner auf und ich höre Schreie. Nun beeilen Sie sich schon.«

Oliver legte auf und gab Klaus ein Zeichen, ihm zu folgen.

»Ich weiß, wo Torben Markowitz ist«, rief er und rannte aus der Wohnung zurück zum Dienstwagen. Klaus kam hinterher und auch Lukas Wachholz lief nach draußen.

»Ich komme mit. Ich kenne ihn. Sie dürfen ihn nicht übermäßig reizen.«

Klaus versuchte, Wachholz aufzuhalten, doch Oliver winkte ab. Sie hatten keine Zeit für Diskussionen. Annette Markowitz steckte in ernsthaften Schwierigkeiten, womöglich sogar in Lebensgefahr. Torben Markowitz war Kampfsportler, zudem hatte er bereits vor

Jahren eine Frau mit einem Messer beinahe zu Tode malträtiert.

»Lass ihn einsteigen«, brüllte er, sprang in den Wagen und startete den Motor. Unterwegs forderte Klaus Verstärkung an. Sie wussten nicht viel über den Tathergang. Aber die potenzielle Geiselnahme einer Mutter mit zwei kleinen Kindern sorgte für helle Aufregung. Oliver fuhr die Strecke in der Hälfte der Zeit, die das Navigationssystem vorausberechnet hatte. Mit dem Blaulicht auf dem Autodach hatten sie weitestgehend freie Fahrt. Als sie an dem Haus in der Zonser Altstadt ankamen, in dem Annette Markowitz mit den Kindern seit der Trennung von ihrem Lebensgefährten allein wohnte, erwartete sie bereits Hugo Meier in der Einfahrt. Der alte Mann sprang flott zur Seite.

»Haben Sie noch mal irgendetwas gehört?«, fragte Oliver, nachdem er den Wagen geparkt hatte.

Hugo Meier schüttelte den Kopf. »Nein. Es ist alles still da drinnen.«

»Keine Schreie mehr?«

»Nein.« Meiers Stimme klang brüchig. »Leider gar nichts mehr.«

»Verstehe.« Olivers Magen gefror zu einem Eisklumpen. Er ging zur Haustür und klingelte. Erwartungsgemäß gab es keine Reaktion.

»Haben Sie die Handynummer von Annette Markowitz?«

Abermals schüttelte Hugo Meier den Kopf. »Tut mir leid. Ich habe den Zettel zu Hause gelassen. Ich habe nur die von ihrer Mutter abgespeichert.«

Oliver fluchte und suchte mit dem Smartphone die Festnetznummer im Internet heraus. Als er Annette Markowitz anrief, hörte er das Klingeln direkt hinter der Eingangstür. Doch es ging niemand ran.

»Torben Markowitz! Hier spricht die Polizei! Öffnen Sie die Tür!«, rief Oliver, weil er nicht auf das Einsatzkommando warten wollte. Eine innere Stimme sagte ihm, dass sie keine Zeit zu verlieren hatten.

»Torben, hier ist Lukas. Bau keinen Mist. Komm einfach raus, bevor es zu spät ist.«

Oliver fuhr zu Lukas Wachholz herum. »Mischen Sie sich bloß nicht ein. Wir haben es hier möglicherweise mit einer Geiselnahme zu tun. Wenn ich Sie brauche, sage ich es.«

Wachholz senkte schuldbewusst den Kopf. Noch immer war die Verstärkung nicht eingetroffen.

»Ich gehe hinten rum«, beschloss Oliver und bedeutete Klaus, vor dem Haus zu warten.

Er eilte in den Garten und rüttelte am ersten Fenster, das er sah. Es war geschlossen. Schnell warf er einen Blick hindurch. In der Küche war niemand. Oliver hastete weiter und gelangte auf die Terrasse. Die verglaste Tür ließ sich ebenfalls nicht öffnen. Im Wohnzimmer dahinter herrschte gähnende Leere. Die unheimliche Stille lähmte Oliver für einen Augenblick. Dann nahm er sich den Raum nebenan vor. Dort stand das Fenster auf. Der Duft nach frisch gewaschener Wäsche stieg ihm in die Nase. Oliver überlegte nicht lange und kletterte hinein. Er würde sich später eine Ausrede einfallen lassen, warum er ohne

Befugnis in dieses Haus eingedrungen war. Auf Zehenspitzen umrundete er die vollgehängte Wäschespinne, ging an der Waschmaschine vorbei und öffnete die Tür. Im Flur war das Licht ausgeschaltet. Es gab kein Fenster. Nur durch die offen stehenden Türen drang ein wenig Helligkeit herein. Oliver betrachtete die Treppe, die in einer leichten Kurve nach oben und nach unten führte, und beschloss, sich zuerst im Obergeschoss umzusehen. Er schaffte es beinahe geräuschlos die Stufen hinauf und gelangte in einen Flur, von dem fünf Türen abgingen. Zwei auf der rechten und drei auf der linken Seite. Oliver lauschte angestrengt, doch es war immer noch mucksmäuschenstill. Er sah ein blaues Auto auf der ersten Tür kleben und beschloss, mit dem Kinderzimmer des Jungen zu beginnen. Vorsichtig drückte er die Klinke herunter und stellte fest, dass im Zimmer niemand war. Er probierte es nebenan. Wieder öffnete er die Tür ganz langsam. Ein aufgeräumter Schreibtisch und ein ausladender Ledersessel gähnten ihn an. Die dicke Staubschicht auf der Schreibtischplatte verriet Oliver, dass das Arbeitszimmer in letzter Zeit nicht häufig genutzt wurde. Er versuchte es mit der Tür gegenüber und drückte sie geräuschlos auf. Was er sah, versetzte ihm einen Stich ins Herz. Gleichzeitig fühlte er sich erleichtert.

Annette Markowitz' Kinder hockten zusammen auf dem Bett. Die fünfjährige Maja hatte die Hand auf den Mund ihres kleinen Bruders gelegt, der Oliver mit großen Augen anstarrte. Die beiden machten keinen

Mucks. Oliver schlüpfte in das Zimmer und schloss die Tür hinter sich.

»Ich bin Polizist«, erklärte er leise und zeigte den beiden seinen Dienstausweis, um Vertrauen zu schaffen. »Wisst ihr, wo eure Mutter ist?«

Maja schüttelte den Kopf und presste weiter die Fingerchen auf die Lippen ihres Bruders.

»Ist euer Onkel hier?«

Die Kinder zeigten keine Reaktion.

»Ist ein Mann bei euch im Haus?«

Jetzt nickte Maja. »Ein böser Mann. Er hat Mami wehgetan und gesagt, wir müssen hier drinbleiben. Sonst haut er uns.«

»Weißt du, wo der Mann mit deiner Mami hinge-gangen ist?«

»Nein. Aber Mami hat geschrien.«

»Okay. Euch wird nichts geschehen. Wisst ihr was, ich bringe euch erst einmal in mein Auto. Dort ist Klaus, mein Kollege. Der ist auch Polizist«, sagte Oliver und überlegte krampfhaft, wie der dreijährige Junge hieß. Dann fiel es ihm ein.

»Frederik, wir gehen jetzt ganz leise die Treppe runter zur Haustür. Niemand darf uns hören. Wenn du still bist, erlaube ich dir, im Polizeiwagen zu spielen. Du darfst sogar die Lichter anmachen. Einverstanden?«

Frederik nickte eifrig. Maja löste ihre Finger von seinem Mund. Oliver nahm Frederik auf den Arm und das Mädchen an der Hand. Quälend langsam stiegen sie die Treppe ins Erdgeschoss hinab. Die hölzernen Stufen knarrten unter ihrem Gewicht. Oliver hoffte, dass

Torben Markowitz sie nicht bemerkte. Mit dem Kind auf dem Arm hätte er keine Möglichkeit, schnell zu reagieren. Außerdem wollte er die Kinder keiner unnötigen Gefahr aussetzen. Zu allem Unglück stolperte Maja auf der letzten Stufe. Sie schrie auf. Oliver zog sie am Handgelenk hoch und stürmte mit den Kindern zur Haustür. Er ließ Maja los, riss die Tür auf und drückte den Jungen in die Arme seines überraschten Partners.

»Bring sie in Sicherheit. Wo ist die Verstärkung?«

»Die treffen jeden Moment ein«, erwiderte Klaus und lief los, um die Kinder in den Dienstwagen zu verfrachten.

Oliver umfasste seine Dienstwaffe und ging wieder hinein. Die Haustür ließ er einen Spalt offen. Er hastete die Treppe abermals nach oben und nahm sich die übrigen Türen des Flurs vor.

Im Schlafzimmer war nur eine Hälfte des Doppelbettes bezogen. Oliver sah sich kurz um und begab sich zur gegenüberliegenden Tür, vermutlich das Badezimmer. Gerade als er die Klinke hinunterdrücken wollte, hörte er, wie unten schwere Schritte in das Haus drangen. Endlich war die Verstärkung eingetroffen.

Oliver öffnete die Tür und erblickte zwei Menschen, die vor einer Badewanne hockten. Sein Hirn brauchte ein paar Sekunden, bis er begriff, was sich hier abspielte. Sofort hatte er die Dienstwaffe im Anschlag.

»Hände hoch über den Kopf«, brüllte er und zielte direkt auf Torben Markowitz' Stirn.

»Er hat nichts getan«, beteuerte Annette Markowitz und löste sich aus der Umklammerung ihres Bruders.

Oliver hielt die Pistole starr auf Markowitz gerichtet.

»Entfernen Sie sich bitte von ihm.« Oliver winkte Annette Markowitz zu sich, ohne die Augen von ihrem Bruder zu lassen.

»Arme hoch«, befahl er erneut und trat zur Seite, als sich hinter ihm die Männer des Sondereinsatzkommandos näherten. Innerhalb weniger Sekunden war das Badezimmer überfüllt von in Schwarz gehüllten Beamten, die Torben Markowitz die Hände auf dem Rücken fixierten und seine Schwester nach unten geleiteten.

»Wo sind meine Kinder?«, schrie Annette Markowitz plötzlich und riss sich von den Beamten los.

Oliver eilte sofort zu ihr und beruhigte sie. »Keine Sorge, Frau Markowitz. Ihre Kinder sitzen in meinem Dienstwagen. Mein Kollege Herr Gruber ist bei ihnen. Kommen Sie bitte. Wir benötigen Ihre Aussage.«

Annette Markowitz warf ihm einen schwer zu deutenden Blick zu. »Er wollte uns nicht wehtun«, sagte sie leise, doch Oliver zweifelte an ihren Worten.

* * *

»Kannst du die Kleine mal nehmen?«, bat Anna und drückte Emily das Kind in die Arme.

»Na klar«, erwiderte ihre Freundin und schwenkte Clara durch die Luft, als wäre sie eine Spielzeugpuppe.

Clara schien dieses Spiel zu gefallen. Sie strahlte über das ganze Gesicht, und als Emily für einen Moment innehielt, verzog sie die Miene. Doch bevor sie anfing zu schreien, wirbelte Emily Clara wieder herum.

»Du bist ganz die Mama«, behauptete sie und lachte mit Clara um die Wette.

Anna lächelte. Sie liebte ihre Tochter über alles. Jedoch fühlte sie sich in den letzten Tagen so kraftlos, dass sie kaum einen klaren Gedanken fassen konnte. Sie funktionierte wie eine Maschine, deren Batterien bald leer waren. Sie kochte, fütterte, wechselte Windeln und wusch Wäsche. Ihr Dasein diente nur noch diesem einen Zweck. Sie sehnte sich nach etwas Abwechslung. Nicht, dass sie ihre Tochter nicht über alles liebte. Doch es herrschte zugleich eine Leere in ihr, die sie dringend ausfüllen musste.

Emily schien ihre Gedanken zu erraten.

»Mäuschen, wie wäre es, wenn wir ein wenig spazieren gehen? Bloß du und ich?« Sie stupste Clara an die Nase und trug das kichernde kleine Mädchen aus dem Zimmer.

Es dauerte eine Weile, bis Anna die Tür der Ferienwohnung zuschlagen hörte. Obwohl sie Clara jetzt schon vermisste, atmete sie auf. Dann begann sie ruhelos herumzulaufen. Irgendwie wusste sie nicht, wie sie die nächste halbe Stunde am besten verbringen sollte. Für einen Film war die Zeit zu knapp. Ein Buch anzufangen erschien ihr zu mühsam, und das, obwohl sie eigentlich eine Leseratte war. Sie blieb vor dem Tisch stehen und musterte Emilys Papierberge. Ihre Freundin recherchierte für eine neue Mittelalter-Reportage, die sich mit Hexen, Aberglauben und Teufelsmalen beschäftigte. Auch der aktuelle Fall von Oliver schien mit dieser Zeitperiode zusammenzuhängen. Er hatte gestern angerufen und Emily von einem alten Lied berichtet, das am Tatort gefunden wurde.

Anna wusste natürlich, dass es sie nichts anging, aber Oliver hatte so laut gesprochen, dass sie jedes Wort verstanden hatte, ohne es zu wollen. Als Mitarbeiterin in einer Bank war ihr der Umgang mit vertraulichen Informationen bekannt. Doch sie hatte schon mehr als einmal geholfen, wenn Emily für Oliver recherchierte. Und so überkam sie das Verlangen, in Emilys Unterlagen zu blättern.

Emily hatte seitenweise Dokumente aus dem Zonser Stadtarchiv ausgedruckt und kopiert. Ab und an war auch ein Bericht über Bastian Mühlenberg darunter. Annas Herz schlug sofort schneller, als sie an den Stadtsoldaten dachte, der Anfang des sechzehnten Jahrhunderts für die Sicherheit in Zons verantwortlich gewesen war. Er war ihr so vertraut, dass sie auf der Stelle das Gefühl hatte, er wäre bei ihr. Tatsächlich ging plötzlich ein Luftzug durch das Zimmer. Die obersten Blätter eines Papierstapels lösten sich. Anna schloss für einen Moment die Augen und sah Bastian vor sich. Sie ignorierte, dass der Luftzug vermutlich entstanden war, als Emily die Haustür geöffnet hatte und mit Clara hinausgegangen war.

Anna hob ein Blatt auf, das vom Tisch hinab auf den Boden gesegelt war. Es handelte sich um einen Auszug aus dem Tagebuch von Katharina von Weinfels, der einstigen Oberin des Franziskanerklosters. Sie beschrieb ein paar abscheuliche Verbrechen, die sich im Kloster zugetragen hatten. Eine Nonne war gebrandmarkt und erstochen worden. Ihr Körper musste grausam zugerichtet gewesen sein, denn die Oberin berichtete von viel Blut und einem fürchterlichen Gestank. Aufgeregt las Anna weiter, weil Bastian Mühlenberg den Nonnen geholfen hatte, den Mörder zu entlarven. Tatsächlich war er davon ausgegangen, dass sich der Täter unter den Nonnen bewegte oder zumindest Zugang zum Kloster hatte. Die Oberin zweifelte daran, dass eines ihrer Schäfchen die Schuld am Tod der Nonne Margaretha trug.

Gerade als es richtig spannend wurde, war die Seite zu Ende. Anna durchwühlte die Dokumente nach der Fortsetzung, konnte sie jedoch nicht finden. Schneller als erwartet stand Emily mit Clara wieder in der Tür. Die Zeit war wie im Flug vergangen. Anna seufzte und legte den Tagebuchauszug zurück auf einen der Stapel. Clara streckte die Händchen nach ihr aus und lächelte. Dieses süße Strahlen entschädigte Anna für alles. Glücklich nahm sie ihre Tochter in die Arme.

* * *

Oliver konnte es nicht fassen. In ihm brodelten so viele Gefühle, dass er am liebsten mit der Faust gegen die Wand geschlagen hätte, um sie mit Schmerz zu betäuben. Doch er saß in Steuermarks Büro und musste sich zusammenreißen.

»Die Sache hat sich für mich ganz anders dargestellt«, sagte er kleinlaut unter dem stechenden Blick von Hans Steuermark.

Sein Chef tigerte vor dem Schreibtisch auf und ab. Im Teppich hatte sich bereits eine Laufspur ausgeprägt. Sobald Steuermark sich aufregte, hielt ihn nichts mehr auf seinem Platz.

»Sie können doch kein Sondereinsatzkommando anfordern, wenn es gar keine Geiselnahme gibt. Haben Sie eine Ahnung, was das kostet? Wie soll ich das erklären?« Steuermark funkelte ihn an. »Sie haben auf die Worte eines über siebzigjährigen Mannes gehört, der glaubte, eine Frau wäre von ihrem eigenen Bruder überfallen worden? Und das auch noch, nachdem sie ihm selbst die Tür aufgemacht hat?« Steuermark hob beide Hände an den Kopf und rieb sich angestrengt die Schläfen. »Was zum Teufel ist mit Ihnen los, Bergmann? So kenne ich Sie überhaupt nicht. Hätten Sie nicht erst einmal mit Ihrem Partner die Lage sondieren können, bevor Sie einen Groß-alarm auslösen?«

Klaus, der neben Oliver saß, räusperte sich und sprang ihm zur Seite.

»Wir haben Hugo Meier als glaubwürdigen Zeugen eingeschätzt. Er hat auch bei dem Doppelmord keine Geschichten erfunden.«

Steuermarks strenger Blick richtete sich wie ein sengender Strahl auf Klaus, der sofort zusammenzuckte.

»Ich denke, dieser Hugo Meier hat Bergmann ange-rufen. Oder habe ich mich verhört?«

»Nein ... ich meine Ja«, stotterte Klaus. »Er hat Oliver angerufen, aber ich konnte einiges mithören.«

Jetzt blieb Steuermark stehen, und zwar genau vor

Klaus' Stuhl. Er beugte sich vor und fixierte ihn mit seinen dunklen Augen.

»Einiges? Sie haben also einiges mitgehört? Verdammt noch mal, wenn ich könnte, würde ich Sie beide auf der Stelle beurlauben. Wir sind die Kriminalpolizei und kein Kindergarten.«

Klaus rutschte in seinem Stuhl nach unten, als hätte ihn ein Wüstensturm getroffen.

»Ich bin mir sicher, dass Annette Markowitz lügt. Sie ist eindeutig von ihrem Bruder bedroht worden. Warum sie ihn jetzt schützt, weiß ich nicht«, warf Oliver rasch ein.

Steuermark fuhr zu ihm herum. Aus dem Augenwinkel konnte Oliver wahrnehmen, wie Klaus aufatmete.

»Wenn ich aus Ihrem Mund noch einmal die Worte *lügen* und *eindeutig* in einem Atemzug höre, versetze ich Sie ins Niemandsland. Da können Sie bleiben, bis Sie wieder bei Verstand sind. Fakt ist doch eines: Der Bruder und die Schwester wurden getrennt voneinander befragt. Wie durch ein Wunder beschrieben beide denselben Verlauf und nichts deutete auch nur ansatzweise auf eine Geiselnahme oder irgendeine Bedrohung hin.«

Oliver wusste, dass er lieber den Mund halten sollte, aber er konnte es nicht lassen.

»Wir haben die Kinder noch nicht befragt. Als ich sie antraf, wirkten sie völlig verängstigt. Die Tochter hat erzählt, dass ein Mann ihrer Mama wehgetan hat und dass sie in ihrem Zimmer bleiben mussten.«

Aus Steuermarks Kehle drang ein Laut der Verzweiflung. Mit einer Handbewegung brachte er Oliver zum Schweigen.

»Wissen Sie was, ich habe genug gehört. Gehen Sie raus und klären Sie diesen Doppelmord auf. Befragen Sie die anderen Nachbarn, checken Sie das gesamte Umfeld, beschaffen Sie die Tatwaffe, und kommen Sie erst wieder zurück, wenn Sie Beweise oder belastbare Indizien haben. Der Täter läuft da draußen frei herum, während wir uns mit uns selbst beschäftigen.« Steuermark ging um den Schreibtisch und setzte sich auf seinen Stuhl. Oliver und Klaus erhoben sich. Das Gespräch oder viel besser die Standpauke war beendet. In diesem Moment klingelte Steuermarks Telefon.

»Hans Steuermark«, brummte er schlecht gelaunt in den Hörer. Seine Miene erstarrte zu Eis. Wie in Zeitlupe ließ er den Hörer sinken.

»Sie werden erst einmal keine Nachbarn befragen. Das können die Kollegen übernehmen. Wir haben ein weiteres Opfer. Eine Frau.«

»Vom selben Täter?«, fragte Oliver erstaunt, denn Torben Markowitz hatte erst vor wenigen Minuten das Polizeirevier verlassen.

»Eine erstochene Frau mit einem eingebrannten Teufelssymbol auf der rechten Handfläche«, antwortete Steuermark tonlos. Dieses Mal war kein Vorwurf mehr in seiner Stimme mehr zu hören.

XI

VOR FÜNFHUNDERT JAHREN

»Schwester Rosalinde?«, fragte Bastian ungläubig und packte die ältere Nonne fester am Kragen. »Was habt Ihr um diese Zeit hier zu suchen?«

Er schob sie beiseite und tastete die Stelle an der Mauer ab, aus der Rosalinde den Stein gelöst hatte.

»Bitte«, flehte Rosalinde. »Tut ihr nichts. Sie ist doch nur ein dummes Kind.«

Bastian zog ein Stück Pergament aus dem Hohlraum.

»Um Himmels willen, was habt Ihr hier versteckt?« Er ging nicht auf Schwester Rosalindes Jammern ein, sondern hielt ihr das Fundstück vor die Nase. Es war zu dunkel, um es lesen zu können.

»Ich weiß nicht genau, was da steht«, beteuerte die Alte. »Schwester Agnes hat es unter Clementias Kissen entdeckt und deshalb ist sie ihr in der Nacht zum Hafen gefolgt. Es ist eine Nachricht von dem Mann, mit dem sie sich treffen wollte.«

Bastian stöhnte auf. Mittlerweile hatte er das Gefühl, die Nonnen wollten ihn an der Nase herumführen. Sie hatten offenbar für alles eine harmlose Erklärung bereit. Er überlegte, ob womöglich Schwester Agnes und Schwester Rosalinde gemeinsam den Mord an Margaretha begangen haben könnten. Aber woher sollten sie ein Schwert haben? In diesem Moment hörte Bastian ein leises Summen. Seine Muskeln spannten sich an. Er kannte dieses Lied.

»Ich wollte doch nicht ...«

»Schweigt still!«, unterbrach Bastian die Nonne, die offenbar nichts gehört hatte.

Die Alte zog den Kopf ein und verstummte. Bastian spitzte die Ohren.

»Es kommt aus dieser Richtung«, flüsterte er und befahl Rosalinde, schlafen zu gehen.

Bastian steckte das Schriftstück in sein Wams. Auf Zehenspitzen schlich er am Kräutergarten vorbei zum anderen Ende des Klosters. Das Summen wurde immer lauter, bis er schließlich an der Klostermauer stand. Das Summen kam von außerhalb. Er lief ein paar Schritte an der Mauer entlang und kehrte um, als das Summen leiser wurde. In die andere Richtung ging es nicht weiter. Ein dicker Dornenbusch hinderte ihn am Durchkommen. Er umrundete den Busch und erkundete die Mauer, die sich unüberwindlich vor ihm erhob. Nichts und niemand konnte hier irgendwo durchkriechen oder herüberklettern. Bastian musste außen herum, um jenseits der Klostermauer nachzuschauen. Er stürmte zurück zur Eingangspforte.

»Habt Ihr etwas entdeckt?«, fragte Katharina von Weinfels aufgeregt, die immer noch persönlich Wache an der Klosterpforte hielt.

»Ihr werdet es nicht glauben, aber ich habe das Wiegenlied gehört. Jemand steht auf der anderen Seite der Klostermauer.« Bastian deutete in die Richtung, aus der das Summen kam.

Die Oberin zögerte nicht lange. Sie öffnete die Pforte und lief aus dem Kloster. Bastian überholte sie nach wenigen Schritten. Als er das Kloster zur Hälfte umrundet hatte, blieb er stehen und schaute sich um. Der Mond schien, trotzdem konnte er nicht allzu viel erkennen. Hinter dem Kloster wuchsen Bäume und Gestrüpp, die ihm wie ein undurchschaubares finsteres Nichts vorkamen. Bastian lauschte, konnte jedoch bis auf die Schritte der Oberin kein weiteres Geräusch mehr ausmachen.

»Ich hole am besten eine Fackel«, schlug Katharina von Weinfels vor, als sie schwer atmend neben ihm stehen blieb, und drehte sich wieder um.

Bastian griff nach einem langen Stock und stocherte damit im Dickicht herum. Er stieß auf einen Widerstand und ging in die Hocke. Seine Finger ertasteten felsiges Gestein. Als er sich wieder aufrichtete, rammte er sich mit voller Wucht einen dornigen Ast in den Nacken.

»Verdammt«, fluchte er leise und drückte vorsichtig den gefährlichen Ast zur Seite.

Katharina von Weinfels kehrte bereits mit einer Fackel zurück.

»Warum habt Ihr nicht auf mich gewartet?«, fragte sie, leuchtete ihn von oben bis unten ab und entfernte ihm behutsam einen kräftigen Dorn aus dem Kragen.

»Danke«, brummte Bastian und nahm ihr die Fackel ab, um das Dickicht abzuleuchten. »Ich bin mir ziemlich sicher, dass das Summen von hier kam.« Der Feuerschein drang durch das Gestrüpp und erzeugte bloß ein Gewirr aus dunklen Schatten. Bastian ließ die Fackel gerade sinken, als die Oberin rief: »Wartet, da ist etwas. Leuchtet noch einmal.«

Die Oberin drängte sich an ihm vorbei. Offenbar war sie in ihrem langen Gewand gegen die Dornen gefeit.

»Dort«, stieß sie entsetzt aus. »Dort liegt jemand.«

Bastian sah nicht, was die Oberin meinte. Aber er umrundete das Gestrüpp und kämpfte sich von der anderen Seite an die Stelle heran. Ein bleiches Gesicht, eingerahmt von einem schwarzen Tuch, tauchte im Feuerschein auf.

»Elvira?« Die Oberin war ihm gefolgt. Sie drängte sich an ihm vorbei und rüttelte an dem leblosen Körper.

»E-l-v-i-r-a«, schrie Katharina von Weinfels abermals, und der Schmerz in ihrer Stimme erschütterte Bastian bis ins Mark.

Er übergab der Oberin die Fackel. Dann umfasste er die Arme der toten Nonne und zog sie aus dem Gestrüpp. Er kannte die Ursache ihres Todes schon, bevor er das flackernde Licht über ihren Körper gleiten ließ. Aus mehreren Stichwunden sickerte immer noch Blut.

»Es ist gerade erst passiert« stellte er fest und wünschte sich, er hätte früher etwas bemerkt und Elviras Tod verhindern können. Die Oberin weinte. Sie kniete sich neben die Tote und umfasste ihre Hand.

»Kein Brandmal«, schluchzte sie, während Bastian die andere Hand begutachtete.

»Hier auch nicht«, sagte er und richtete sich auf. Er sah sich um und folgte der Klostermauer ein Stück. Hinter einem dicken Baumstamm glühte ein schwaches Feuer. Es war fast erloschen. In den aufeinandergestapelten Ästen steckte ein langer Eisenstab. Bastian berührte ihn vorsichtig am Griff. Er fühlte sich warm, jedoch nicht heiß an. Langsam zog er ihn aus der Glut. Am unteren Ende des Eisens prangte das Teufelszeichen. Vermutlich hatten sie den Täter gestört. Er zückte sein Schwert und schaute sich nach allen Seiten um. Der Bastard konnte immer noch irgendwo in der Nähe lauern.

»Zeigt Euch!«, brüllte Bastian laut und hoffte, den Mörder damit aufzuschrecken.

Hinter ihm bewegte sich etwas. Sofort fuhr er herum und leuchtete die Umgebung ab. Es raschelte im Laub zu seinen Füßen. Wahrscheinlich eine Ratte oder irgendein anderes aufgescheuchtes Tier. Er fluchte leise. Mehrfach umrundete er das Feuer und suchte auf dem Boden nach Spuren. Ein Lederbeutel, ein Messer oder Schwert, ein Indiz, das Bastian auf die Fährte des Mörders führen könnte. Doch bis auf das Brandeisen hatte der Kerl offenbar nichts zurückgelassen. Bastian fragte sich, wie er die blinde Elvira überhaupt aus dem Kloster gelockt hatte. Was brachte eine alte, blinde Frau dazu, sich in eine derartige Lage zu bringen? Er oder die Oberin mussten Elviras Kleider durchsuchen. Vielleicht trug sie eine ähnliche Botschaft bei sich, wie er sie Schwester Rosalinde abgenommen hatte. Wobei Bastian sich kaum vorstellen konnte, dass sich eine Nonne wie Elvira wegen eines Mannes aus dem Kloster schlich. Er kehrte zurück zu der Stelle, an der sie die Tote gefunden hatten. Mit der erhobenen Fackel leuchtete er die Dunkelheit aus, konnte die Oberin jedoch nirgends entdecken.

Er rief ihren Namen, aber sie antwortete nicht. Ungläubig ging er ein Stück und erschrak, als er sie ausgestreckt auf dem kalten Boden fand. Katharina von Weinfels rührte sich nicht.

»O nein!« Sofort stürzte Bastian zu ihr. Er beugte sich über sie und tätschelte ihre Wangen.

»Wacht auf!«, rief er und fühlte eine tiefe Schuld in sich. Er hätte die Oberin nicht allein in der Finsternis zurücklassen dürfen. Der miese Bastard hatte ihn ausgetrickst. Hatte ihn zu der Feuerstelle gelockt und sich in der Zeit an der Oberin vergriffen. Rasch überprüfte Bastian ihre Kleidung. Immerhin fand er keine Einstiche und auch kein Blut.

»Wacht auf«, flehte er erneut.

Endlich vernahm er ein leises Stöhnen. Die Lider der Oberin zuckten und schließlich öffnete sie die Augen.

»Wo bin ich?«, fragte sie verwirrt.

Bastian war so erleichtert, dass er eine Träne wegblinzeln musste.

»Verzeiht mir. Ich hätte Euch nicht aus den Augen lassen dürfen. Der Mörder war noch ganz in der Nähe. Erinnert Ihr Euch, wie er Euch angegriffen hat?«

»Der Mörder ist hier?«

»Jetzt vermutlich nicht mehr.«

»Ich kann mich nicht entsinnen. Ich spürte einen Schlag auf den Kopf und danach wurde alles um mich herum schwarz.«

»Und Ihr habt niemanden gesehen?«

Katharina von Weinfels schüttelte den Kopf. »Nein. Er kam von hinten.«

Bastian verkniff sich einen Fluch und half der Oberin auf die Beine. Er geleitete sie ins Kloster und eilte danach zu Wernhart, der noch vor dem Hauptgebäude auf der Lauer lag. Gemeinsam begaben sie sich abermals zu der Feuerstelle hinter dem Kloster und suchten das Gelände nach dem Mörder ab.

Das Herz hämmerte Rosalinde gegen die Rippen. Sie wusste nicht, was in sie gefahren war. Entgegen der Anweisung von Bastian Mühlenberg war sie nicht ins Schlafgemach hinaufgegangen, weil sie einen Mann gesehen hatte, der hinter einem Busch lauerte. Zuerst wollte sie Alarm schlagen. Sie hatte bereits den Mund zu einem lauten Schrei geöffnet. Doch da kam unvermittelt Elvira aus dem Hinterausgang, der aus der

Küche in den Garten führte. Die blinde Nonne schleppte einen großen Korb mit sich, und Rosalinde staunte, wie kräftig die Alte war und wie sie sich trotz ihrer Blindheit auf dem Klostergelände zurechtfand. Zu ihrem Erstaunen war Elvira mit dem Korb in der Kapelle verschwunden, ohne dass der Mann hinter dem Busch es bemerkte. Rosalinde beschloss, später Alarm zu schlagen. Vielleicht hockte da auch ein Kerl von der Stadtwache, weil die alte Bertha an der Klosterpforte ständig einschlief. Es würde zur Oberin passen, zusätzliche Kräfte anzuheuern, selbst wenn es sich dabei um Männer handelte. Rosalinde hielt gar nichts davon. Sie wusste aus eigener Erfahrung, dass eine Frau dem anderen Geschlecht besser nicht zu nahe kam. Männer waren undurchschaubar, und saß die Frau erst in der Falle, konnte sie sich gegen ihre körperliche Überlegenheit kaum erwehren.

Also wartete sie eine Weile ab, nachdem Elvira in der Kapelle verschwunden war, und folgte ihr dann in sicherem Abstand. Zu ihrem Erstaunen war die Kapelle menschenleer, als sie eintrat. Sie schaute unter den Bänken nach, hinter dem Altar, in jeder Ecke. Elvira blieb fort. Rosalinde glaubte, die Kapelle in- und auswendig zu kennen. Sie lebte seit vielen Jahren in diesem Kloster. Es gab hier nur einen Eingang. Wenn Elvira sich nicht in Luft aufgelöst hatte, musste es einen Geheimgang geben, von dem sie bisher nichts wusste. Sie überlegte, wo sich in der Kapelle eine unsichtbare Tür befinden könnte, und klopfte die vier großen Säulen ab, die das Kapellendach stützten. Nichts deutete auf einen Hohlraum hin. Sie schaute sich um und untersuchte als Nächstes die Wand hinter dem Altar. Tatsächlich spürte sie auf einmal einen schwachen Luftzug, als sie vor einem Gemälde mit der Heiligen Jungfrau Maria stand. Rosalinde tastete den Rahmen vorsichtig ab. Sie fuhr mit den Fingerspitzen über die goldene Farbe, fand jedoch keinen Hebel oder etwas Ähnliches, womit sich vielleicht ein Geheimgang öffnen ließe. Wütend stampfte sie mit dem Fuß auf und trat dabei auf einen losen Stein am Boden. Zu ihrer Überraschung setzte sich daraufhin hinter dem Gemälde ein Mechanismus knarrend in Bewegung. Vor ihren Augen tat sich am rechten Rand des Gemäldes ein Spalt in der Wand auf. Er wurde größer und größer, bis sie schließlich hindurchschlüpfen konnte. Eine schmale Treppe führte sie hinunter in ein unbekanntes, riesiges Gewölbe unter der Kapelle. Eine brennende Fackel steckte in einem Halter über einem steinernen Grab. Sie war in einer Gruft gelandet. Warum kannte sie dieses Geheimnis nicht? Sie lebte fast genauso lange in dem Kloster wie die alte Elvira. Aber vielleicht fehlten ihr die entscheidenden Jahre. Rosalinde blickte sich nach der Blinden um, konnte sie jedoch nicht entdecken. Sie folgte einem Luftzug, der eine ihrer Haarsträhnen zum Fliegen brachte, und gelangte zu einer weiteren Tür, die nach draußen führte. Plötzlich stand sie jenseits der Klostermauer außerhalb ihres vertrauten Geländes.

Im Nachhinein wünschte sie sich, Schwester Elvira nie gefolgt zu sein. Dann könnte sie jetzt ruhig schlafen und von einem wunderschönen Sommertag träumen.

Von einem anderen Leben. Vielleicht einem in einem großen wohlhabenden Haus, zusammen mit ihrer Familie. Einem Gatten und Kindern. Rosalinde seufzte. Was sie nun sah, hätte sie sich niemals träumen lassen. Aus sicherer Entfernung beobachtete sie einen Akt der Barmherzigkeit, den sie Schwester Elvira nie im Leben zugetraut hätte. Die blinde Nonne pfiff durch ihre faulen Zähne, und wie aus dem Nichts erhoben sich dunkle Schatten, die auf sie zustürmten und sie von allen Seiten umringten. Im ersten Moment glaubte Rosalinde an einen Überfall, aber Elvira verteilte großzügig Reste aus der Küche an Bedürftige.

Beschämt zog sich Rosalinde zurück. Sie huschte durch den Gang, die schmale Treppe hinauf und verschloss den geheimen Eingang hinter sich, indem sie das Gemälde an die Wand drückte. Dann eilte sie schnurstracks zum Hauptgebäude und verspürte nur noch den Wunsch, sich endlich schlafen zu legen. Das Augenpaar, das sie dabei verfolgte, bemerkte sie nicht.

* * *

»Ich muss dir etwas sagen«, flüsterte Wernhart, doch Bastian winkte ab.

»Nicht jetzt«, erwiderte er und konzentrierte sich auf die Stiefelspuren, die sie neben der Leiche von Elvira entdeckt hatten. Bastian versuchte trotz des flackernden Lichtscheins seiner Fackel herauszufinden, ob sie mit dem Abdruck in der Klosterküche übereinstimmen konnten. Er seufzte, weil es unmöglich war, in der

Dunkelheit genug zu erkennen. Außerdem wuchs hinter der Klostermauer einfach zu viel Gras. Alles, was er fand, waren Teilabdrücke von Stiefeln. Er ging gebückt einer Spur nach, die direkt zur Feuerstelle führte, wo sie das Brandeisen gefunden hatten.

»Wir haben den Mistkerl bestimmt gestört«, vermutete Bastian und stocherte im erlöschenden Feuer herum. »Er war wohl gerade dabei, das Brandeisen zu erhitzen, um die arme Elvira mit dem Teufelsgesicht zu brandmarken. Nur gut, dass wir wenigstens das verhindern konnten.« Er schaute auf und wunderte sich, dass sein Freund nicht bei ihm stand.

»Wernhart?« Ein schreckliches Gefühl überkam ihn, und er eilte zurück zu Elvira, die sie noch nicht in die Kapelle geschafft hatten. Erleichtert stellte er fest, dass Wernhart auf dem Boden neben der Leiche hockte. Er lebte. Als er ihn bemerkte, verschränkte er die Arme vor der Brust und blickte ihn finster an.

»Was ist los?«, fragte Bastian.

»Du hörst mir nicht zu«, erwiderte Wernhart verstimmt und erhob sich. »Die ganze Zeit versuche ich dir zu sagen, wer Elvira getötet hat.«

»Wer?« Bastian biss sich auf die Zunge, weil er Wernhart tatsächlich mehrfach vom Reden abgehalten hatte.

»Ich bin Schwester Rosalinde gefolgt. Das war schließlich mein Auftrag.«

»Die alte Nonne soll das getan haben?« Bastian konnte es nicht glauben. »Wie kommst du darauf?«

»Ganz einfach. Sie hat sich aus dem Gebäude

geschlichen. Zuerst ging sie zum Klostergarten, wo du sie ertappt hast. Doch dann ist sie nicht zurückgekehrt, sondern zur Kapelle gelaufen. Als sie eine Ewigkeit nicht herauskam, bin ich rein und habe einen Gang entdeckt, der aus dem Kloster führt. Ich musste umkehren, damit Rosalinde mich nicht bemerkt. Aber ich bin mir sicher, dass dieser Gang irgendwo hier an der Mauer endet.«

Bastian war baff. »Verdammt noch mal, warum hast du das nicht gleich gesagt?«

Wernhart funkelte ihn wütend an.

»Tut mir leid«, entschuldigte sich Bastian. »Ich hätte dir wohl zuhören sollen.« Er klopfte Wernhart auf die Schulter. »Das hast du gut beobachtet. Hatte die Nonne ein Schwert dabei?«

Bastian war sich sicher, dass sie keines bei sich trug, als er sie am Kräutergarten überrascht hatte. Die Alte hatte sich angefühlt wie eine Feder, als er sie von der Mauer wegzog und sie am Kragen packte. Aber möglicherweise irrte er sich auch.

»Keine Ahnung, es war zu dunkel.«

Bastian kniete sich neben die tote Elvira und tastete ihre Kleider ab.

»Was suchst du?«

»Eine Botschaft oder etwas Ähnliches. Vielleicht hat der Mörder sie damit aus dem Kloster gelockt.«

»Und wenn sie denselben Weg genommen hat wie Schwester Rosalinde?«, fragte Wernhart.

»Wozu? Was wollte sie hier draußen, mitten in der Nacht?«

In diesem Moment knackte ein Ast. In Windeseile zogen Bastian und Wernhart ihre Schwerter und rannten in die Richtung, aus der das Geräusch gekommen war. Bastian lief an der Feuerstelle vorbei, das Schwert in der rechten und die Fackel in der anderen Hand. Vor ihm huschte ein dunkler Schatten davon. Er konnte seine Umrisse genau erkennen. Mit einem Schrei stürzte er sich auf die Gestalt und warf sie zu Boden.

»Hier ist noch einer«, brüllte Wernhart, während Bastian mit dem Mann unter sich kämpfte. Der Kerl war kräftig und rammte ihm den Fuß mit solcher Gewalt in die Rippen, dass er aufstöhnte. Er holte aus und drosch mit der flachen Klinge des Schwertes auf den kahlen Schädel des Mannes. Ein Pfeiflaut drang aus dessen Mund und dann sackte sein Kopf wie ein Steinbrocken zu Boden. Bastian richtete sich auf und drehte den Kerl um. Er hatte ihn noch nie gesehen. Schnell zerrte er das Seil aus seinem Wams und fesselte ihn an Händen und Füßen. Anschließend eilte er Wernhart zu Hilfe, der mit seinem Schwert einen zweiten Mann in Schach hielt.

»Nur ein weiterer Schritt und ich durchbohre Euch«, drohte er dem Unbekannten, dessen Miene zu einer hässlichen Fratze verzerrt war.

»Was treibt Ihr hier?«, wollte Bastian wissen und packte den Mann unsanft am Kragen.

»Wir haben nur Hunger«, jammerte der Mann. »Bitte lasst uns gehen. Wir haben nichts gestohlen.«

Bastian schüttelte den Kerl. »Gestohlen habt Ihr nichts, aber dafür die Nonne Elvira erstochen. Gesteht, oder Ihr sterbt eines qualvollen Todes!« Bastian drückte ihm die Schneide seines Schwertes an die Kehle.

»Wir waren das nicht«, beteuerte der andere Mann, der gefesselt am Boden lag und offenbar wieder zu sich gekommen war.

»Ja, wir sind unschuldig. Elvira gibt uns einmal in der Woche die Reste aus der Klosterküche. Wir waren heute zu spät und haben nur noch einen leeren Korb vorgefunden.«

»Wo ist dieser Korb?«, zischte Bastian und stieß den Kerl voran, damit er ihnen den Weg zeigte.

Der dürre und eher zu kurz geratene Mann führte sie zu einer Stelle an der Klostermauer in die Nähe der toten Elvira. Doch dann verschwand er urplötzlich hinter einem dicken Baum.

»Wo ist er hin?«, fragte Wernhart außer sich.

Bastian leuchtete mit der Fackel hinter den Baum. Der ausgemergelte Mann blickte sie aus hohlen Augen an.

»Hier«, sagte er mit zitternder Stimme und deutete auf einen umgefallenen Korb aus Weidengeflecht. »Er ist leer«, fügte er hinzu.

Bastian inspizierte den Korb. Ein paar Spuren Mehl fanden sich darin und etliche Krümel. Für einen Moment glaubte er dem Mann.

»Wie ist Euer Name?«

»Edwin Helmer.«

»Und der Eures Begleiters?«

»Berthold Wankum.«

»Hebt die Arme über den Kopf und haltet still«, befahl Bastian dem Mann.

Wernhart war sofort zur Stelle, er tastete ihn ab und beförderte einen länglichen Gegenstand zutage.

»Was zur Hölle ist das?«, fragte er barsch und hielt das Ding dicht an Bastians Fackel.

»Könnte die Mordwaffe sein«, stieß Bastian aus, als er die breite Klinge sah.

»Wo habt ihr das her?«

»Vom Schmied«, erwiderte der Mann zitternd. »Ich habe dieses Messer selbst gefertigt.«

Bastian griff den Kerl fest am Oberarm. »Wernhart, du nimmst den anderen. Die beiden werden die Nacht im Juddeturm verbringen.«

Er zog den Mann mit sich, ohne auf dessen Wehklagen zu achten. Diese Taugenichtse hatten Dreck am Stecken, das konnte er spüren. Rosalinde und diesen geheimen Gang würde er sich gleich am Morgen vornehmen. Bis dahin mussten sie die arme Elvira in die Kapelle gebracht haben. Obwohl sie eine weitere Tote zu beklagen hatten, fühlte sich Bastian erheblich besser als noch vor ein paar Stunden. Denn nun waren sie endlich auf eine vielversprechende Fährte gestoßen und hatten vielleicht gerade den oder die Mörder gefasst.

XII

GEGENWART

Die Frau war grauenvoll zugerichtet. Sie hatten sie wie Christiane Markowitz auch auf den Rücken drehen müssen, um das ganze Ausmaß der Gewalt zu erkennen. Oliver hielt den Atem an, weil es in dem Schlafzimmer nach einer Mischung aus Tod und verbranntem Fleisch roch. Er hatte keine Ahnung, wie er das aushalten sollte, ohne sich übergeben zu müssen.

»Nehmen Sie hiervon«, schlug Ingrid Scholten vor und gab ihm ein Döschen mit Mentholsalbe.

»Danke.« Oliver schmierte sich ein wenig Menthol unter die Nase. Die scharfe Salbe brannte auf seiner Haut. Aber immerhin löste sich der unangenehme Geruch auf.

»Okay, was haben wir hier?«, fragte er und deutete auf den neongelben Zettel in der linken Hand des Opfers.

»Ich dachte, wir lassen Ihnen den Vortritt«, sagte

Ingrid Scholten und bat Klaus, der auf der anderen Seite des Bettes wartete: »Vielleicht schauen Sie gleich mal im Nachttisch nach. Ich wette, die Nachricht ist dieselbe wie bei der ersten Toten.«

Klaus bückte sich, öffnete die oberste Schublade und holte einen MP3-Player heraus, auf dem ein neongelber Zettel klebte.

»Bingo. Hier steht: *Spiel mich ab*«, verkündete er und drückte die Abspieltaste. Wieder erklang das Kinderlied, das sie bereits kannten. Als es endete, zog Oliver mit einer Pinzette den Zettel aus der geschlossenen Faust des Opfers und faltete ihn auf.

»*Schau in die Schublade rechts am Bett*«, las er vor und verdrehte die Augen. »Die Vorgehensweise ist nahezu identisch. Wissen wir eigentlich schon, wo er sich diesen MP3-Player besorgt haben könnte?«

Ingrid Scholten zuckte mit den Achseln. »Diese Dinger kann man überall kaufen. Es gibt sie bereits für fünf Euro im Handel. Sie müssen nur eine SD-Karte mit der Aufnahme reinstecken und fertig. Das Gerät, das der Täter benutzt hat, stammt aus China. Es macht keinen Sinn, da irgendwas zurückzuverfolgen. Wir haben übrigens wegen des Liedes recherchiert. Es lässt sich ebenfalls überall im Netz kostenlos runterladen. Ist ein Kinderchor aus den Siebzigern.«

»Verdammt, der Täter spielt mit uns, und wir haben immer noch keine Ahnung, wer es sein könnte«, schimpfte Oliver.

Ingrid Scholten kräuselte die Stirn. »Ich denke, für Torben Markowitz hätte ausreichend Gelegenheit bestanden. Nach der Leichenstarre zu urteilen, ist diese Frau vor ein oder zwei Tagen gestorben.«

»Sind Sie sicher?«, wollte Klaus wissen und verfrachtete das Abspielgerät in eine Asservatentüte.

»Ich würde natürlich die Meinung der Rechtsmedizin abwarten, aber ich lehne mich damit mal aus dem Fenster.« Sie hob zur Demonstration einen Arm der Toten an und beugte ihn am Ellenbogen. »Die Totenstarre löst sich bereits wieder. Bei normaler Zimmertemperatur beginnt dieser Prozess nach ein bis zwei Tagen, und wie Sie sehen, ist dieses Gelenk schon wieder leicht beweglich.« Scholten ließ den Arm der Frau sinken und demonstrierte noch einmal die sich lösende Totenstarre am Kniegelenk.

»Torben Markowitz kommt also auch hier als Verdächtiger in Betracht. Vielleicht können wir eine Verbindung zwischen ihm und dem Opfer herstellen.«

»Mareike König, zweiunddreißig Jahre alt, unverheiratet, keine Kinder. Ihre Tante hatte sich Sorgen gemacht, weil sie ihre Nichte weder zu Hause noch auf der Arbeit erreichen konnte. Die Tante lebt in einem Pflegeheim nicht weit von hier. Jedenfalls ist eine Streife vorbeigekommen und hat die Tote entdeckt.« Die Leiterin der Spurensicherung drückte Oliver den Schnipsel des Berichts in die Hand. Er überflog den Zettel und legte ihn beiseite.

»Ich zähle sieben breite Einstiche, vermutlich dieselbe Tatwaffe«, fasste er zusammen. »Er hat die Frau wieder auf das Bett gelegt, wobei er sie höchstwahrscheinlich ebenfalls nicht im Schlafzimmer ermordet hat.«

Ingrid Scholten nickte bei jeder Feststellung, die er tätigte, und fügte hinzu: »Mein Kollege hat ein paar Blutspuren im Flur entdeckt. Ich zeige sie Ihnen gleich.«

»Dieser Mord gleicht dem an Christiane Markowitz bis aufs Haar. Nur der tote Partner fehlt.«

»Das liegt wohl daran, dass die Frau alleinstehend war«, brummte Klaus, der in einem Fotoalbum des Opfers blätterte. »Den Fotos nach zu urteilen, hatte sie seit Ewigkeiten keine Beziehung mehr.« Er drehte das Album herum und deutete auf ein Foto, das das Opfer mit einem lächelnden schwarzhaarigen Mann zeigte. »Die Aufnahme ist fünf Jahre alt.«

»Vielleicht hat sie auch einfach kein Fotoalbum mehr benutzt und die Fotos digital auf ihrem Handy gespeichert. Der Täter scheint es jedenfalls nicht unbedingt auf Ehepaare abgesehen zu haben«, stellte Oliver fest.

»Sieht nicht so aus«, stimmte ihm Ingrid Scholten zu. »Im Mülleimer in der Küche haben wir übrigens eine Gaskartusche gefunden. Selbe Marke, keine Fingerabdrücke. Ich schätze, dass er das Brandeisen wieder mit einem Gasbrenner erhitzt hat.«

Oliver nahm die rechte Hand der Toten und betrachtete angewidert das Brandmal mit dem Teufelskopf.

»Aber es muss doch eine Gemeinsamkeit zwischen den drei Opfern geben.« Oliver grübelte und schaute sich im Schlafzimmer um. »Vielleicht hatten sie dasselbe Hobby, kannten dieselben Personen.«

Klaus zuckte mit den Achseln. »Wir werden es herausfinden. Geldsorgen hatte Mareike König jedenfalls nicht. Sieh dir mal diesen Kontoauszug an. Die hätte glatt in Geld baden können.« Er warf Oliver einen Hefter von einer lokalen Sparkasse zu. Oliver staunte über den hohen Betrag, der zumindest im letzten Monat als Gutschrift auf dem Auszug zu sehen war.

»Dreißigtausend Euro?« Er pfiff durch die Zähne. »Das könnte ich auch gut gebrauchen.«

Klaus grinste. »Du willst wohl deine Schäfchen ins Trockene bringen, weil du immer noch Angst hast, Steuermark könnte dich wegen der angeblichen Geiselnahme beurlauben oder versetzen.«

Oliver funkelte ihn sauer an. »Das war kein Fake. Annette Markowitz lügt genauso wie ihr Bruder. Ich habe mit der kleinen Maja gesprochen, und sie hat mir erzählt, ein böser Mann wäre in ihr Haus gekommen und hätte ihrer Mutter wehgetan.«

»Und wenn sie überhaupt nicht ihren Onkel meinte?«, warf Ingrid Scholten ein.

Daran hatte Oliver bisher gar nicht gedacht. Er konnte sich allerdings auch nicht vorstellen, dass noch eine dritte Person im Haus von Annette Markowitz gewesen war. Das wäre ein zu großer Zufall und vermutlich hätte Maja ihm davon berichtet.

»Ich werde die Kinder bei Gelegenheit erneut befragen lassen. Am besten von einer geschulten Psychologin. Dann werden wir ja sehen.«

»War nicht böse gemeint.« Klaus legte die Hand auf Olivers Schulter. »Du hast alles richtig gemacht, Kumpel. Steuermark ist immer sehr auf sein Ansehen bedacht. Die Sache hätte schließlich auch anders ausgehen können.«

»Ich denke, Annette Markowitz wollte ihren Bruder nicht in Schwierigkeiten bringen«, sagte Oliver und sah Klaus an. »Du hast recht. Steuermark müsste sich eigentlich bei uns entschuldigen.«

Scholten lachte laut auf. »Darf ich bitte dabei sein, falls das in diesem Leben noch geschieht?«

»Selbstverständlich«, erwiderte Oliver und sah sich weiter in der Wohnung um.

* * *

Lukas Wachholz drehte den Schlüssel in seinen Händen. Er wusste gar nicht, warum er ihn nicht zurück auf den Türrahmen gelegt hatte. Torben Markowitz würde ihn früher oder später wiederhaben wollen. Verständlicherweise. Aber er hatte verhindern wollen, dass die Kriminalpolizei noch einmal zurückkam und die Schwerter mitnahm. Schließlich waren dort auch überall seine Fingerabdrücke drauf. Vermutlich sogar seine DNA. Er hatte sich beim vorherigen Training in den Finger geschnitten. Er seufzte. Morgen würde er den Schlüssel wieder zurücklegen, bevor es jemand mitbekam.

Lukas versuchte, sich auf seinen Schützling zu konzentrieren, aber es fiel ihm heute unendlich schwer.

Eigentlich liebte er seinen Job, doch in den letzten Wochen hatte der Stress rapide zugenommen. Das lag hauptsächlich an seiner Kollegin, die ständig über seine Methoden meckerte und glaubte, alles besser zu können. Sie hatte ihm eine Notiz geschrieben, dass sie die Betreuung von einigen seiner Schützlinge übernehmen wolle. Auch Torben war unter ihnen. Lukas spürte, wie die Wut ihn übermannte. Sogar den Leiter des Vereins hatte sie von ihrem Anliegen überzeugt. Seine Vorgehensweise ließ angeblich die professionelle Distanz vermissen. Er durfte gar nicht weiter darüber nachdenken. Abermals versuchte er, sich auf sein Gegenüber zu konzentrieren. Schließlich wollte er nur das Beste aus den Menschen herausholen und ihre Verfehlungen als das begreifen, was sie waren. Einzelne Fehler, die wiedergutgemacht werden konnten. Meistens jedenfalls.

»Du musst versuchen, etwas Sinnvolles in deinem Leben zu finden«, sagte er monoton. Manchmal kam er sich vor wie eine Schallplatte. »Es ist immer besser, die Dinge selbst in die Hand zu nehmen, statt sie anderen zu überlassen. Du triffst Entscheidungen. Das können gute oder auch schlechte sein.«

»Ich weiß selbst nicht, warum ich mich nicht kontrollieren kann«, jammerte sein Schützling.

Der Mann schlug die Lider nieder. Seine langen dunklen Wimpern gefielen Lukas.

»Du musst den Auslöser für deine Aggressionen finden. Was hat deine Mutter denn gesagt, dass du so wütend wurdest?«

»Ich kann mich nicht erinnern. Es war eine Belanglosigkeit. Wahrscheinlich hat sie mich nur schief angeguckt.«

Lukas sah ihm in die Augen. Dort war nichts außer dieser stumpfen Leere, die er von vielen Gewalttätern kannte. Da halfen auch die langen Wimpern nichts. Er würde ihn nicht in sein Programm aufnehmen. Die Entscheidung stand fest. Er reichte dem Mann ein Buch mit Entspannungsübungen. »Lies es bitte einmal durch. Versuche, jeden Tag zwei Übungen zu machen, auch wenn es dir schwerfällt. Falls du Fragen hast, rufe mich an. Wir sehen uns dann nächste Woche wieder.«

Egal, was er tat. Dieser Kerl würde früher oder später erneut in Schwierigkeiten geraten. Es gab nur wenige Straftäter, die über die innere Stärke verfügten, etwas Besseres aus ihrem Leben zu machen.

Er sah zu, wie der Mann sein Büro verließ. Die Tür ging erneut auf. Erstaunt hob Lukas den Kopf und begann zu lächeln. *Endlich*, dachte er und winkte den nächsten Problemfall herein.

* * *

»Und wie sah dieser Mann aus?«, fragte Oliver und zückte seinen Kugelschreiber, um sich Notizen zu machen.

Die Nachbarin von Mareike König, eine Frau mittleren Alters mit einem großporigen, geröteten Gesicht, rückte die Hornbrille zurecht und setzte ein breites Lächeln auf.

»Er war um die dreißig, blond, gut aussehend, und ich denke, er war nicht zum ersten Mal bei ihr.« Gabriele Voss zwinkerte und machte eine bedeutungsvolle Pause. »Ich habe mich ein paarmal mit Mareike unterhalten und sie war nach der letzten Pleite wieder auf der Suche. Wissen Sie ...« Plötzlich verstummte die Nachbarin und wischte sich über die Augen.

»Ach, nichts. Das tut nichts zur Sache. Für einen Moment hatte ich vergessen, dass Mareike ...« Sie sprach nicht weiter, sondern faltete die Hände und schüttelte den Kopf.

»Dieser blonde Mann war jedenfalls vorgestern hier. Es war so gegen achtzehn Uhr. Das weiß ich genau, weil an diesem Tag immer meine Kochsendung im Fernsehen läuft und ich mich gewundert habe, wer um diese Uhrzeit klingelt.«

»Könnten Sie den Mann beschreiben? Erinnern Sie sich zum Beispiel daran, was er getragen hat?«, fragte Klaus, der ebenfalls einen Stift in der Hand hielt, jedoch noch nichts notiert hatte.

»Er trug Jeans und eine schwarze Lederjacke. Die Haare waren ein wenig nach hinten gegelt.« Sie hob die Schultern und verzog unsicher die Lippen. »Die Augenfarbe konnte ich durch den Spion nicht erkennen. Die meiste Zeit sah ich ihn nur von hinten oder im Profil.«

»Und wie hat Mareike König auf diesen Mann reagiert? Wirkte sie überrascht oder ängstlich?«

Gabriele Voss neigte nachdenklich den Kopf. »Das kann ich nicht sagen. Sie hat die Tür geöffnet, aber er stand die ganze Zeit vor ihr. Ich konnte sie überhaupt nicht sehen. Die Tür ging auf und wieder zu.«

»Und wie lange dauerte dieser Besuch?«

Die Nachbarin schluchzte: »Wissen Sie, normalerweise könnte ich Ihnen das erzählen. Aber an diesem Abend rief meine Tochter an und wir haben über eine Stunde telefoniert. Sie will sich scheiden lassen und steckt in einer schwierigen Situation. Jedenfalls habe ich deshalb nicht mehr an diesen Mann gedacht. Ausgerechnet dieses eine Mal.« Sie wischte sich eine Träne aus dem Gesicht und schluchzte erneut. »Mareike hatte ein gutes Herz. Ihr Leben lang hat sie sich um andere gekümmert. Es ist nicht zu fassen, dass jemand ihr so etwas angetan hat.«

»Dürften wir Ihnen jemanden vorbeischicken, der mit Ihnen ein Phantombild von dem Mann erstellt, den Sie gesehen haben?«, fragte Oliver.

Gabriele Voss nickte. »Selbstverständlich.«

»Sie erwähnten, dass dieser Mann nicht zum ersten Mal hier gewesen sei. Wann ist er Ihnen denn schon einmal aufgefallen?«

»Vor ein paar Monaten. Da trug er allerdings eine Mütze. Aber die Körpergröße und die Haltung kamen mir bekannt vor.«

»Sie sind sich also nicht sicher?«, hakte Oliver nach.

»Nicht wirklich«, erwiderte die Nachbarin.

Oliver erhob sich und drückte ihr eine Visitenkarte in die Hand.

»Rufen Sie mich unbedingt an, falls Ihnen noch etwas einfällt.«

Sie verließen die Wohnung und stiegen wieder in ihren Dienstwagen.

»Wenn der Kerl tatsächlich blond ist, dann hätten wir einen weiteren Verdächtigen«, brummte Klaus missmutig und zog die Tür auf der Beifahrerseite zu.

Oliver trat aufs Gas. »Er könnte sich die Haare gefärbt oder eine Perücke getragen haben. Für mich bleibt Torben Markowitz Hauptverdächtiger, auch wenn er mangels Beweisen noch frei herumläuft.«

Der Fall lag Oliver inzwischen schwer im Magen. Sie hatten zuvor die Tante des dritten Opfers besucht und ihr die traurige Nachricht vom Tod ihrer Nichte überbracht. Die arme Frau war daraufhin zusammengebrochen. An eine Befragung der pflegebedürftigen Frau war nicht zu denken gewesen. Sie wussten fast nichts über Mareike König, außer dass sie sozial ziemlich isoliert gelebt hatte. Oliver hätte gern mehr über ihren Ex-Freund erfahren. Doch dazu brauchten sie die Aussage der Tante. Eine Freundin, einen Freund oder Bekannte hatten sie bisher nicht auftreiben können.

»Weißt du was«, sagte Oliver und bog in die entgegengesetzte Richtung ab, die er eigentlich hatte nehmen wollen, »lass uns zu Mareike Königs Arbeitsplatz fahren. Vielleicht kannten sie dort einige Kollegen näher und haben sie mit diesem blonden Mann gesehen. Womöglich erfahren wir seinen Namen.«

* * *

Annette Markowitz fühlte sich miserabel. Sie hatte tatsächlich die Polizei belogen. Dieser große dunkelhaarige Kriminalkommissar glaubte ihr nicht. Sie hatte es in seinen Augen gesehen. Ob er sie nun verhaften würde? Wahrscheinlich sammelte er bereits Beweise gegen sie. Welche Strafe gab es für Irreführung der Polizei? Oder hieß es Behinderung von Ermittlungen? Sie hatte keine Ahnung. Tränen stiegen in ihr hoch, liefen ihr über die Wangen und tropften auf den Kragen ihrer Bluse. Sie brauchte unbedingt Zeit für sich. Sie musste die Beerdigung ihrer Eltern organisieren und irgendwie einen klaren Kopf bekommen. Wenn sie die Sache wieder geradebiegen wollte, dann jetzt. Mit zitternden Händen wählte sie Katjas Nummer.

»Hi, ich bin es«, begann sie sofort. »Sag mal, könntest du Maja und Frederik heute aus dem Kindergarten mitnehmen?« Annette konnte ein Schluchzen nicht zurückhalten. »Ich habe noch so viel für die Beerdigung zu erledigen und die Kinder sollen möglichst wenig mitbekommen.«

»Na klar«, erwiderte Katja. »Ich muss heute nur länger arbeiten. Aber ich frage gleich mal Gerold. Er hat sicher nichts dagegen. Warte mal kurz.«

Annette hörte, wie Katja mit ihrem Festnetztelefon ihren Mann anrief.

»Kein Thema. Gerold passt auf die Kleinen auf«, erklärte sie einen Augenblick später. »Wenn du willst, können sie auch über Nacht bleiben. Es tut mir wirklich leid für dich, Liebes. Das ist alles so furchtbar.«

»Danke, Katja. Ich bin sehr dankbar für das, was du

für mich tust«, sagte Annette gerührt und legte auf. Zumindest hatte sie nun eine Sorge weniger. Gerold war ein guter Vater, ganz im Gegensatz zu Patrick, der sich überhaupt nicht blicken ließ. Dabei hätten die Kinder ihren Vater jetzt gebraucht. Jemanden, der ihnen Ruhe und Sicherheit vermitteln konnte. Nicht eine nervöse Mutter wie sie, die vor Trauer, Wut und Angst nicht mehr ein noch aus wusste und die einen gewalttätigen Bruder hatte. Torben war in ihr Haus gestürmt und hatte sie alle zu Tode erschreckt. Er warf ihr vor, ihm nichts vom Tod ihrer Eltern erzählt zu haben und ihn auszuspionieren. Außerdem hätte sie ihn bei der Polizei verraten, was überhaupt nicht stimmte. Er hatte sie am Hals gepackt und gewaltsam auf den Stuhl am Esstisch gedrückt. Die Kinder hatte er in Majas Zimmer geschickt. Annette würde die Angst in ihren Augen nie vergessen. Sie kannten ihren Onkel ja gar nicht und nun hielten sie ihn für ein Monster. Nachdem sich die Kinder in das Zimmer begeben hatten, zwang Torben sie, nach oben ins Bad zu gehen. Er wollte nicht, dass die Nachbarn sie durch die Fenster sahen. Noch immer spürte sie seinen festen Griff im Nacken. Einige schreckliche Augenblicke lang hatte sie befürchtet, er könnte auf sie losgehen. Was, wenn Torben ein Mörder war? Diese Frage hatte sie ihm natürlich nicht gestellt. Im Bad war er dann zusammengebrochen und sie hatte Mitleid mit ihm bekommen. Er schien völlig durcheinander. Schließlich war das letzte Zusammentreffen mit ihren Eltern für Torben nicht gut ausgegangen. Es hatte einen riesigen Streit gegeben, und nun würde er nie mehr Gelegenheit haben, sich zu entschuldigen.

Genau in dem Moment, als sie ihn noch einmal nach dem Zettel an ihrem Auto fragen wollte, war die Hölle losgebrochen. Der Kriminalkommissar erschien im Badezimmer, gefolgt von einer ganzen Kompanie schwer bewaffneter Polizisten. Sie spürte zugleich jedoch einfach nur Erleichterung, dass es vorbei war. Sie wurde nach unten geführt und später brachte sie es nicht mehr fertig, Torben anzuschwärzen. Er war schließlich trotz allem ihr Bruder.

Die Büros der Sozialarbeiter wirkten alt und heruntergekommen. Trotzdem gab es ein paar Schreibtische, die mit modernen Computern ausgestattet waren. Der Blick durch die Fenster ging immerhin aufs Grüne hinaus. Olivers Schuhe quietschten auf dem grauen Bodenbelag im Flur. Er hätte besser keine Sportschuhe angezogen. Weder Klaus noch der dürre Mann, der sie durch die Räumlichkeiten führte, machten irgendein Geräusch.

»Hier entlang«, sagte Andreas Borgmann, der Leiter des Vereins, und bog um die nächste Ecke. »Da vorne ist mein Büro. Kommen Sie.«

Oliver und Klaus nahmen an einem eckigen Besprechungstisch Platz und warteten, bis Borgmann die Tür geschlossen hatte.

»Es ist eine schlimme Geschichte«, sagte er und

setzte sich zu ihnen an den Tisch. »Frau König war eine sehr nette und engagierte Mitarbeiterin. Ich kann mir gar nicht vorstellen, dass sie tot ist. Sie war sehr liebenswürdig.«

»Wir hoffen, dass Sie uns helfen können, den Fall rasch aufzuklären«, erwiderte Oliver. »Die Tante von Frau König lebt in einem Pflegeheim und ist vom Tod ihrer Nichte verständlicherweise sehr mitgenommen. Leider wurde das Handy von Mareike König in ihrer Wohnung nicht gefunden, sodass wir ihre persönlichen Kontakte bisher nicht ermitteln konnten. Deshalb sind wir hier. Wir möchten so viel wie möglich über Mareike König erfahren. Vielleicht können Sie uns von ihr erzählen und uns sagen, ob es insbesondere in den letzten Tagen Konflikte gab.«

Andreas Borgmann strich sich über das schüttere Haar.

»Nun, über private Dinge weiß ich nicht sonderlich viel. Ich habe natürlich von ihrer Tante gehört und dass sie vor einem Jahr ins Pflegeheim musste. Die beiden standen sich sehr nahe, obwohl es die zweite Frau ihres Onkels war, sozusagen eine Stieftante. Soweit mir bekannt ist, lebte meine Mitarbeiterin in keiner Beziehung und schien mir damit auch zufrieden.«

»Können Sie mir eine Kollegin oder einen Kollegen nennen, mit dem sie sich gut verstand?«, fragte Oliver.

Borgmann verzog die Miene und schüttelte schließlich den Kopf. »Sie hat nicht sehr viel über sich preisgegeben, aber sie hat sich gerne um andere gekümmert. Mit einem Kollegen, der seit zwei Jahren bei uns ist, ist sie ein paarmal ausgegangen. Doch seitdem er in alternative soziale Projekte eingestiegen ist, gibt es zwischen den beiden Reibereien.« Borgmann räusperte sich. »Also keinen Streit, der in einem Mord enden würde. Nein, auf keinen Fall. Verstehen Sie mich nicht falsch. Aber die beiden hatten Meinungsverschiedenheiten über die Herangehensweise an bestimmte Dinge. Der Kollege legt beispielsweise viel Wert auf einen engen persönlichen Kontakt, während Mareike König Probleme eher sachlich anging. Sie fand die Vorgehensweise ihres Kollegen nicht zielführend und erst vor ein paar Tagen gab es Probleme bei der Aufteilung.«

»Interessant«, erwiderte Oliver hellhörig. »Und um welche Aufteilung ging es dabei?«

»Wer wen betreut. Mein Mitarbeiter hat ein neues Programm ausgearbeitet. Sehr innovativ übrigens. Über die Entwicklung von mentaler Stärke möchte er die Betroffenen zurück zu einem eigenständigen erfolgreichen Leben führen. Doch er hat aus meiner Sicht zu einigen Betroffenen eine zu persönliche Beziehung aufgebaut. Es fehlte die professionelle Distanz. Deshalb sollte Frau König die Betreuung dieser Personen übernehmen. Sie steht eher für den klassischen Weg. Beschaffen von Jobmöglichkeiten, Hilfe bei der Bewerbung, bei Behördengängen und so weiter.« Borgmann unterbrach sich und schüttelte den Kopf. »Sie können sich wahrscheinlich vorstellen, dass Herr Wachholz nicht sonderlich begeistert war. Aber Sie sind ja nicht hier, um über fachliche Themen zu sprechen. Dass Frau König und Herr Wachholz nicht so gut miteinander konnten, ist für Ihre Ermittlungen sicherlich völlig belanglos.«

In Olivers Kopf schrillte eine Alarmglocke.

»Sagten Sie Wachholz?«, fragte er.

Andreas Borgmann nickte.

»Lukas Wachholz, der mit den ehemaligen Straftätern auf asiatische Kampfkunst setzt?«

Andreas Borgmanns Augen weiteten sich erstaunt.

»Richtig. Woher wissen Sie das?«

Anna saß auf einer Bank am Rande eines Spielplatzes und fuhr mit der Spitze ihres Kugelschreibers über die hässliche Fratze, die sie von einem Blatt Papier anstarrte. Zwei kohlrabenschwarze Augen, ein gerader Strich als Mund und zwei Hörner. So hatte sich die Oberin des Franziskanerklosters im Mittelalter offenbar den Teufel vorgestellt. Sie hatte das Tagebuch mitgenommen, weil sie noch ein wenig darin lesen wollte, aber die altdeutsche Schrift war nur schwer zu entziffern. Anna bewunderte Emily, die diese alte Schrift problemlos lesen konnte. Wie viel Mühe musste es sie wohl gekostet haben, sich diese Fähigkeit nebenbei anzueignen? Sie würde Emily nach ihrem Spaziergang bitten, die nächste Seite des Tagebuchs für sie ins Hochdeutsche zu übersetzen. Es interessierte Anna, was damals im Kloster passiert war. Vor allem wollte sie natürlich wissen, was Bastian Mühlenberg im Kloster herausgefunden hatte. Anna steckte das Papier wieder in ihre Handtasche und schob den Kinderwagen hin und her. Sie war mit Clara an die frische Luft gegangen, damit Emily währenddessen in Ruhe für ihre Reportage recherchieren konnte. Außerdem wollte Emily für Oliver etwas über das Lied herausfinden, das am Tatort gefunden worden war. Anna beanspruchte ihre Freundin in diesem Urlaub sowieso viel zu viel. Clara konnte manchmal ein sehr anstrengendes Baby sein. Gerade in der letzten Nacht hatte sie kaum ein Auge zugetan, weil die Kleine nicht schlafen wollte. Die ungewohnte Umgebung war sicherlich ein Grund dafür und zudem schien sie leichte Verdauungsprobleme zu haben.

Anna gähnte und lehnte sich auf der Bank zurück. Sie schloss die Augen und bewegte den Kinderwagen weiter, damit Clara nicht aufwachte. Ein bekanntes Gesicht erschien vor ihrem inneren Auge. Anna lächelte und folgte Bastian in Gedanken über das Klostergelände. Er nahm ihre Hand, und seine Berührung fühlte sich so gut an, dass sie leise seufzte. Sie rannten durch die sternenklare Nacht zur Kapelle. Bastian führte sie zum Altar. Anna stellte sich vor, wie es wäre, seine Ehefrau zu sein. Doch er leitete sie am Altar vorbei zu einem großen Gemälde mit der Jungfrau Maria. Er betätigte einen Mechanismus am Boden und auf einmal erschien ein Spalt in der Wand hinter dem Gemälde. Sie schlüpften hindurch und stiegen eine schmale Treppe hinab. Bastian führte sie durch einen langen dunklen Gang. Sie klammerte sich an seine Hand, die sich jedoch plötzlich auflöste. Entsetzt bemerkte sie, dass sie allein in der Dunkelheit stand. Mit rasendem Herzen stolperte sie weiter. Ein Wimmern drang an ihr Ohr. Das Weinen eines kleinen Kindes. Und sie hörte noch etwas. Jemand summte ein Lied. Eines, das Anna schon einmal gehört hatte. Aber sie konnte sich nicht an den Namen erinnern. Es war zu lange her. Sie erreichte endlich das Ende des Tunnels und trat hinaus ins Freie. Erleichtert stellte sie fest, dass Bastian dort auf sie wartete. Sie machte einen Schritt auf ihn zu und blieb unvermittelt wieder stehen. Die dunkle Gestalt war doch nicht Bastian. Es war ein großer Mann mit Hörnern. Er stach wie von Sinnen mit einem Schwert auf eine Nonne ein. Anna versteckte sich schockiert hinter einem Felsbrocken. Abermals summte jemand das Kinderlied. Vorsichtig beobachtete sie, wie dem Mann mit den Hörnern das kleine weinende Baby übergeben wurde. Anna wollte losstürmen und das Kind retten, als plötzlich Bastian neben ihr stand.

»Wach auf!«, rief er und schlagartig öffnete sie die Augen.

Sie blickte auf den Kinderwagen. Ein Mann beugte sich zu ihrer Tochter herunter. Er trug einen schwarzen Mantel, und für einen Augenblick glaubte Anna, dieselbe Gestalt wie in ihrem Traum zu sehen.

»Was machen Sie denn da?«, schrie sie so laut, dass andere Eltern sich zu ihr umdrehten.

Der Mann fuhr hoch und rannte ohne ein einziges Wort davon.

»Ist alles in Ordnung?«, rief eine junge Mutter, die von der Rutsche zu Anna herübereilte.

»Hier war ein fremder Mann«, stammelte Anna und sprang auf, um ihre Tochter in den Arm zu nehmen.

»Geht es der Kleinen gut?«, fragte die Frau.

Anna nickte und presste Clara an sich. Sie hatte keine Ahnung, wer dieser Mann war.

XIII

VOR FÜNFHUNDERT JAHREN

Katharina von Weinfels wirkte unnatürlich blass. Sie hielt sich ein feuchtes Leinentuch an die Stirn und scheuchte eine Nonne fort, die ihr eine Tasse Tee gebracht hatte und gerade die Wunde an ihrem Kopf begutachtete.

»Das wird schon wieder«, fauchte die Oberin. »Jetzt lasst mich mit Bastian Mühlenberg sprechen. Wir haben Wichtigeres zu tun, als wegen einer kleinen Platzwunde alles aufzuhalten.«

Die Nonne errötete und zog sich zurück. Nachdem sie die Tür hinter sich geschlossen hatte, sprach die Oberin weiter.

»Ich wusste doch gleich, dass mit Schwester Rosalinde etwas nicht stimmt. Wisst Ihr, sie hatte in der Vergangenheit bereits mit Problemen zu kämpfen. Regeln sind ihr oft zuwider. Ihr habt ja selbst mitbekommen, wie sie sich zu Schwester Agnes ins Verlies geschlichen hat.«

»Ich bräuchte Eure Erlaubnis, dass ich die persönlichen Dinge von Schwester Rosalinde durchsuchen darf.« Bastian konnte sich zwar nicht recht vorstellen, dass eine Nonne wie Rosalinde zu dem Mord an einer ihrer Schwestern fähig wäre, aber er konnte es ebenso wenig ausschließen. Zudem bestand die Möglichkeit, dass Rosalinde etwas Wichtiges gesehen hatte.

»Tut, was immer Ihr tun müsst. Ihr habt mein vollstes Vertrauen, Bastian Mühlenberg.« Die Oberin versuchte zu lächeln, doch offenbar schmerzte sie die Kopfwunde so sehr, dass sie nicht mehr als ein Zähnefletschen zustande brachte.

»Da ist noch etwas. Wir sind auf einen versteckten Gang gestoßen, der von der Klosterkapelle nach draußen führt. Habt Ihr davon Kenntnis?«

Die Farbe wich vollends aus dem Gesicht der Oberin. Hätte sie einfach nur still dagesessen, wäre Bastian dem Glauben erlegen, sie hätte diese Welt verlassen. Aber Katharina von Weinfels blinzelte und nahm das Tuch herunter.

»Euch bleibt anscheinend nichts verborgen«, erklärte sie zögerlich. »Die Ältesten von uns kennen diesen Gang. In schlechten Zeiten haben wir ihn genutzt, um ungesehen aus dem Kloster zu gelangen und wieder hinein. Wir mussten Vorräte heranschaffen und sonstige Dinge des täglichen Lebens. Wie Ihr wisst, gab es früher schwierige Zeiten, in denen die Schwestern des Ordens in der Öffentlichkeit nicht gerade willkommen waren. Aber das ist viele Jahre her. Fast zwei

Jahrzehnte. Inzwischen brauchen wir diesen Gang nicht mehr.«

»Offenbar hat Elvira ihn genutzt, um die Reste aus der Küche des Klosters an Arme zu verteilen«, bemerkte Bastian.

Die Oberin hob die Arme. »Die arme Elvira. Sie war von Herzen gut. Man sagt, der Glaube kann Berge versetzen. Schwester Elvira war der lebende Beweis dafür. Auch ohne Augenlicht schritt sie durch dieses Kloster wie eine Sehende.«

»Verzeiht mir, wenn ich Euch unterbreche«, hakte Bastian ein, »aber ich muss wissen, ob Euch bekannt war, dass sie Küchenreste verteilt hat.«

»Nein, das war mir nicht bekannt«, erwiderte die Oberin. »Schwester Elvira hatte ihren eigenen Kopf.«

Bastian wunderte sich über Katharina von Weinfels' Reaktion. Sie schien sich nicht sonderlich daran zu stören.

»Ihr hättet vielleicht noch einiges davon verwenden können«, wandte er vorsichtig ein. »Ist denn in der Küche niemandem aufgefallen, dass etwas fehlte?«

Die Oberin schüttelte den Kopf und diesmal lag Verzweiflung in ihrer Miene. »Offenbar nicht und wenn, dann wird Elvira dafür gesorgt haben, dass ich es nicht erfahre. Wusstet Ihr nicht, dass sie – zwar nur für eine kurze Zeit – vor ihrer Erblindung Oberin dieses Klosters war?«

Jetzt verstand Bastian, warum Schwester Elvira so viele Freiheiten genossen hatte.

»Wer gehört noch zu den Ältesten, wie Ihr sagt, die diesen geheimen Zugang kennen?«

»Zwei von ihnen sind tot: Margaretha und Elvira. Außer ihnen wussten es auch Clementia, Gertrud, Theodora und Bertha.«

»Und Ihr«, ergänzte Bastian und dachte nach.

»Glaubt Ihr, der Mörder kennt diesen Geheimgang ebenfalls?«

Katharina von Weinfels atmete tief aus.

»Ich hoffe nicht. Vielleicht sollten wir ihn auf der Stelle verriegeln.«

»Das wäre eine gute Idee«, sagte Bastian. »Zumindest wäret Ihr dann sicherer.« Er wandte sich zum Gehen, doch die Oberin hielt ihn auf.

»Wartet. Warum fragt Ihr mich das alles? Gibt es einen Zusammenhang zwischen den Ältesten dieses Klosters und den Morden?«

Bastian hatte sich diese Frage bereits gestellt, wollte die Oberin jedoch nicht beunruhigen.

»Ich denke nicht«, antwortete er deswegen, wohl wissend, dass zwei der ältesten Schwestern tot waren und eine verschwunden. »Ich stelle heute Nacht noch mehr Männer zu Eurem Schutz zur Verfügung, und sorgt bitte dafür, dass dieser Gang verschlossen wird.«

Er verabschiedete sich und machte sich auf den Weg zu Schwester Rosalinde. An der Pforte hatte man ihm gesagt, dass er sie in der Klosterküche finden würde. Bastian eilte dorthin und blieb vor der schweren Holztür stehen, weil er dahinter etwas hörte. Er lauschte erstaunt den bekannten Tönen. Dann stieß er die Tür auf.

Schwester Rosalinde knetete Teig in einem hölzernen Bottich und summte dabei das Wiegenlied vor sich hin. Als sie Bastian erblickte, verstummte sie augenblicklich. Bastian musterte sie misstrauisch. Er traute dieser Nonne die Morde nicht zu, doch ihr Verhalten schien reichlich merkwürdig.

»Ich muss mit Euch sprechen und zudem Eure persönlichen Dinge begutachten.«

Die Nonne ließ vom Teig ab und wusch sich die Hände.

»Es tut mir leid, dass ich die Nachricht vor Euch versteckt habe. Inzwischen ist mir klar, dass sie für Euch wichtig ist, damit der Mörder von Schwester Margaretha gefunden werden kann.«

»Und der von Schwester Elvira«, fügte Bastian blitzschnell hinzu und beobachtete, wie Rosalindes Augen sich vor Schreck weiteten.

»Habt Ihr davon noch nichts gehört?«, fragte er und überlegte, ob die knorrigen Hände der alten Nonne ein Schwert oder eine breite Klinge halten konnten.

»Nein. Um Himmels willen! Ich hatte keine Ahnung.« Rosalinde wirkte ehrlich entsetzt. »Ich habe sie doch gestern noch gesehen.«

»Wann?«, fragte Bastian.

Schwester Rosalinde senkte schuldbewusst das Haupt.

»Nachdem Ihr mich mit der Botschaft am Kräutergarten ertappt habt.«

»Ihr seid also nicht auf direktem Wege in Euer Schlafgemach zurückgekehrt?«

Rosalinde schüttelte den Kopf. »Ich bin Elvira gefolgt, als sie mit einem Korb aus der Küche kam, und habe beobachtet, wie sie Küchenreste an die Armen verteilte.«

Bastian hätte Schwester Rosalinde am liebsten geschüttelt, weil sie schon wieder nicht alles erzählte. Doch er wollte wissen, ob sie imstande war, ihm mitten ins Gesicht zu lügen.

»Wo habt Ihr sie denn gesehen?«

»Nun ja, sie verließ das Kloster und hat die Reste draußen hinter der Klostermauer verschenkt.«

Bastian schwieg. Schwester Rosalinde kratzte sich nervös am Hals.

»Ich bin durch einen Gang unter der Kapelle hinausgelangt. Schwester Elvira war zu diesem Zeitpunkt wohlauf.«

»Kennt Ihr den Mörder?«, fragte Bastian frei heraus.

Rosalinde schlug sich entsetzt die Hand vor den Mund.

»Nein. Wo denkt Ihr hin? Ich habe nichts damit zu tun.«

»Findet Ihr es nicht merkwürdig, dass Ihr zufällig einer Nonne folgt, die kurz darauf erstochen aufgefunden wird?« Er deutete auf ein paar Messer, die auf dem Küchentisch lagen. »Erstochen und mausetot.«

Rosalindes Blick irrte durch die Küche. »Ich bin es nicht gewesen und ich habe auch sonst nichts gesehen.

Ich war einfach nur neugierig, weil ich diesen Gang nicht kannte.«

»Wie viele Bettler waren dort und kanntet Ihr sie?«

»Lieber Himmel. Es war dunkel. Ich weiß nicht. Es waren einige. Vielleicht zehn oder mehr. Und nein, ich kenne keinen dieser Menschen.«

Bastian starrte Rosalinde eine Weile schweigend an.

»Ich werde Euch im Auge behalten«, sagte er zum Abschluss und machte sich auf den Weg.

* * *

Agnes traute ihren Ohren nicht. Sie stand vor der Küchentür und lauschte dem Gespräch zwischen Schwester Rosalinde und Bastian. Konnte es wirklich wahr sein, dass Schwester Elvira nicht mehr unter ihnen weilte? Sie hob ihr Gewand an und eilte zur Kapelle, bevor Bastian Mühlenberg sie beim Lauschen erwischte. Die Oberin hatte die Nonnen bisher nicht zusammengerufen. Es wurde gemunkelt, dass sie krank sei. Ob das alles miteinander zusammenhing? Erst Margaretha, dann die verschwundene Clementia und nun auch noch Elvira.

Agnes rannte in die Kapelle hinein und blieb wie angewurzelt vor dem Altar stehen. Auf dem Boden lag Elvira. Ihre Augen waren geschlossen und ihre strengen Gesichtszüge verblichen. Ihre Haut wirkte glatt wie die eines Engels und so weiß wie Schnee. Eine Träne rollte Agnes über die Wange. Sie kniete sich hin und sprach leise ein Gebet für Elvira. Anschließend lief sie los, um

Rosalinde zu holen. Aber als sie die Klosterküche erreichte, war Rosalinde nicht da. Agnes eilte hinauf zu den Schlafgemächern, doch dort sah sie, wie Bastian Mühlenberg Rosalindes Sachen durchsuchte. Mit rasendem Herzen sprang sie die Stufen wieder hinab. Sie wusste nicht, wohin sie sich wenden sollte. Trotzdem trugen sie ihre Füße weiter und weiter und plötzlich stand sie vor der Klosterpforte.

Die alte Bertha schaute sie mürrisch an und fragte:

»Was ist heute los? Wollt Ihr auch zum Marktplatz? Schwester Rosalinde ist gerade zur Pforte hinaus.«

Agnes spürte, wie ihr die Hitze in die Wangen schoss. Sie brachte es nicht fertig zu lügen und nickte deshalb nur schwerfällig.

»Kommt ja nicht erst nach Sonnenuntergang zurück«, rief Bertha ihr hinterher, als sie in Richtung Juddeturm davonstürmte.

Sie durfte überhaupt nicht darüber nachdenken, dass sie schon wieder die Klosterregeln verletzte. Es war nicht erlaubt, die Klostermauern zu verlassen, und auf dem Marktplatz hatte sie auch nichts zu suchen. Sie hatte Schwester Bertha getäuscht, weil sie Rosalinde des Öfteren zur Hand ging. Ihr schlechtes Gewissen wog so schwer, dass sich ihre Füße wie Blei anfühlten. Erst als sie in die Schloßstraße einbog und Schwester Rosalinde in der Ferne erspähte, schöpfte sie neue Kraft und nahm die Beine in die Hand.

Als sie Rosalinde fast eingeholt hatte, wollte sie nach ihr rufen. Doch Rosalinde bog zum Hafen ab. Agnes folgte ihr und erreichte atemlos das Ende der Schloßstraße. Dort traute sie ihren Augen nicht. Rosalindes Name blieb ihr im Hals stecken, denn die Nonne lief neben einem Unbekannten her. Sie sprachen miteinander und irgendwie wirkten die beiden seltsam vertraut.

Agnes stand da, als hätte sie der Schlag getroffen. Erst als der Mann den Kopf ein wenig zur Seite drehte, sprang sie hinter einen Mauervorsprung und versteckte sich. Was um Himmels willen ging hier vor sich? Hatte Bastian Mühlenberg womöglich recht und Schwester Rosalinde hatte tatsächlich etwas mit den Morden zu tun? Agnes überlegte, was sie jetzt machen sollte. Bastian Mühlenberg Bescheid geben? Innerlich sträubte sich alles in ihr. Das wäre Verrat und sie liebte Schwester Rosalinde viel zu sehr. Bestimmt handelte es sich bloß um ein großes Missverständnis. Agnes lugte hinter der Mauer hervor. Rosalinde und der Mann sprachen immer noch miteinander. Plötzlich wusste Agnes, was sie zu tun hatte, und prägte sich das Gesicht des Mannes genau ein.

Bastian seufzte. Im Gegensatz zu Schwester Agnes schien Rosalinde zumindest auf dem Nachtlager keine Geheimnisse zu verstecken. Er hatte das Stroh mehrfach durchwühlt und auch das Kopfkissen gründlich abgetastet. Die dünne Wolldecke war so zerschlissen, dass er hindurchsehen konnte. Kein Wunder, dass die Nonnen meist in ihrem Gewand schliefen. In dem zugigen

Schlafsaal würden sie sonst wohl erfrieren. Er sah sich ein letztes Mal um und beschloss, den Kräutergarten aufzusuchen. Womöglich versteckte die Alte noch mehr in der löchrigen Mauer.

Er verbrachte eine Ewigkeit damit, hinter jedem losen Stein nachzuschauen. Doch er wurde nicht fündig. Irrte er sich? Nachdenklich ging er nochmals alle Ereignisse durch. Zunächst hatte er Schwester Agnes in Verdacht gehabt. Aber Wernhart behauptete steif und fest, dass sie in der letzten Nacht das Kloster nicht wieder verlassen hatte. Im Gegensatz zu Schwester Rosalinde. Natürlich konnte Wernhart falschliegen. Allerdings hatte er Schwester Rosalinde auch in dem geheimen Gang gesehen, der unterhalb des Klosters nach draußen führte, fast genau zu der Stelle, an der sie Schwester Elvira tot aufgefunden hatten.

Doch falls Schwester Rosalinde eine Mörderin war, wo verbarg sie ihre Waffe? Bestimmt nicht hinter einem dieser Mauersteine. Bastian ließ den Blick über den Kräutergarten und das Klostergelände schweifen. Es wäre hoffnungslos, wenn er hier alles nach einem Schwert oder einer breiten Klinge absuchen wollte. Plötzlich fiel ihm eine andere Möglichkeit ein. Vielleicht konnte der Schmied ihm weiterhelfen. Immerhin musste jemand das Brandeisen gefertigt haben und zudem saßen Edwin und Berthold im Juddeturm. Bei Edwin hatte er ein selbst gemachtes riesiges Messer gefunden. Noch hatte Josef Hesemann keinen Blick auf die tote Elvira geworfen, aber Bastian konnte sich vorstellen, dass es sich bei Edwins Messer um die Mordwaffe handelte. Er brach seine Suche ab und begab sich schnurstracks zum Schmied von Zons.

* * *

Hubertus Wohlhagen, der nach dem Tod von Jakob Schorn die Schmiede übernommen hatte, betrachtete das eiserne Teufelszeichen lange und drehte es hin und her. »Ich sage Euch eines. Wer auch immer dieses Eisen angefertigt hat, tat dies nicht zum ersten Mal. Es ist handwerklich einwandfrei gearbeitet. Im Metall finden sich keine Einschlüsse. Die Oberfläche wirkt glatt und die Darstellung des Gesichtes deutet auf einiges an Geschick hin.« Der Schmied gab Bastian das Teufels-symbol von Agnes' Schlafstätte zurück und beugte sich dicht zu ihm. »So viel kann ich verraten: Von meinen Leuten wäre niemand in der Lage, eine solche Arbeit anzufertigen. Bringt mir den Burschen, der dieses Eisen geschlagen hat, und ich zahle ihm einen guten Lohn.«

Bastian seufzte. Der Schmied hatte offenbar keine Ahnung, dass eine Nonne mit solch einem Eisen gebrandmarkt wurde und eine zweite demselben Schicksal nur knapp entgangen war. Über das Brand-eisen aus der Feuerstelle sagte er vorerst nichts. Je weniger Menschen darüber Bescheid wussten, desto besser.

»Und was ist mit diesem Messer hier? Edwin trug es bei sich und ich habe es ihm abgenommen.«

Der Schmied warf Bastian einen vielsagenden Blick zu.

»Stimmt es, dass Edwin eine Nonne erdolcht hat?«

»Wie habt Ihr davon erfahren?«, fragte Bastian verwundert. Zons war ein kleines Städtchen, in dem viel getratscht wurde, aber mit einer solchen Geschwindigkeit hatte er nicht gerechnet.

Der Schmied kroch abermals dicht an ihn heran und flüsterte: »Ich kenne diesen Unhold. Er hat ein paarmal bei mir ausgeholfen. Ich habe sein Jammern aus dem Juddeturm gehört und mir gedacht, dass er etwas angestellt hat.«

»Wann?«

»Heute noch vor dem ersten Sonnenstrahl. Der Brunnen, aus dem wir unser Wasser schöpfen, liegt beim Juddeturm. Der Kerl war nicht zu überhören.« Der Schmied deutete auf das Messer in Bastians Händen.

»Das Ding habe ich ihm geschenkt.« Er schüttelte den Kopf und setzte einen mitleidigen Blick auf. »Damit kann man aber nicht mal ein Kaninchen aufschlitzen.«

»Wirklich nicht?«, fragte Bastian und stieß das Messer in die Luft.

Der Schmied zuckte mit den Achseln. »Mit Gewalt geht natürlich alles, aber schneiden könnt Ihr mit dem Ding nichts. Ihr zerfetzt allerhöchstens das Fleisch.«

»Da habt Ihr wohl recht«, entgegnete Bastian und nahm sich vor, mit Josef Hesemann darüber zu sprechen. Vielleicht konnten sie anhand der Wunden feststellen, ob Edwins Messer benutzt worden war.

»Wie geht es Wilfried, Eurem Gehilfen? Ist seine verbrannte Hand geheilt?«, wollte Bastian wissen.

»Wilfried? Wer soll das sein?« Der Schmied machte

eine ausladende Handbewegung. »Die drei da drüben sind meine Gehilfen. Meint Ihr einen von denen?«

»Nein. Wilfried ist ein hochgewachsener, hagerer Kerl.«

Der Schmied verzog die Miene. »Der arbeitet hier nicht. Aber wenn er so ein kunstvolles Brandeisen fertigen kann, schickt ihn vorbei.«

»Das mache ich«, versprach Bastian und spürte zugleich, wie sein Puls in die Höhe schoss. Wilfried war kein Gehilfe des Schmieds, falls dies überhaupt sein Name war. Er musste ihn finden. Hastig verabschiedete er sich und begab sich zum Juddeturm, wo sein Freund Wernhart mit Edwin und Berthold beschäftigt war. Er sollte ihm helfen, diesen Wilfried zu schnappen. Noch bevor er den Gefängnisturm von Zons betrat, hörte er einen grausigen Schrei. Hätte er nicht gewusst, dass im Moment nur Edwin und Berthold im Juddeturm festsaßen, hätte er geglaubt, ein Tier hätte den gequälten Laut ausgestoßen. Bastian hastete die Treppen hinauf. Hinter der Tür wimmerte jemand. Bastian öffnete sie und erblickte Edwin, der zusammengesunken auf dem Boden kniete. Wernhart stand vor ihm und schüttelte den Kopf.

»Dieser Mann ist nicht nur ein Mistkerl, sondern auch ein erbärmlicher Feigling«, stieß sein Freund aus, als er Bastian bemerkte. »Seit dem ersten Sonnenstrahl versuche ich, die Wahrheit aus ihm herauszukriegen, aber er hat inzwischen halb Zons des Mordes an der Nonne Elvira beschuldigt. Jeder könnte es gewesen sein, außer ihm.« Wernhart spuckte abfällig aus und umklammerte das Handgelenk des wimmernden Edwin.

»Jetzt gebt Euer Verbrechen endlich zu oder sollen wir die Daumenschrauben ausprobieren?«

Edwin warf Bastian einen mitleidheischenden Blick zu.

»Bitte, Bastian Mühlenberg, helft mir. Euer Freund glaubt mir einfach nicht, aber ich spreche doch nur die Wahrheit. Nichts als die Wahrheit, so wahr mir Gott helfe.«

»Nun denn«, antwortete Bastian und nahm auf einem Schemel Platz. »Erzählt mir Eure Wahrheit, und ich werde entscheiden, wie Wernhart mit Euch weiter verfährt.«

Edwin nickte eifrig und hob die Hände wie zum Gebet. »Ich wusste, Ihr seid ein guter Mann.« Er sah finster zu Wernhart hinüber und fuhr fort: »Wie ich Euch berichtete, waren Berthold und ich gestern spät dran. Einmal in der Woche schenkt uns Schwester Elvira – der liebe Herr sei ihrer Seele gnädig – die Küchenreste des Klosters. Als wir ankamen, war der Korb bereits leer. Wir wollten gerade wieder verschwinden, als Ihr und Euer Freund aufgetaucht und über uns hergefallen seid.«

»Und könnt Ihr mir verraten, wie Ihr in der Dunkelheit über den leeren Korb gestolpert seid, jedoch nicht über die tote Elvira? Vielleicht hättet Ihr der armen Frau noch helfen können. Jemand hat sie erstochen mit einem Messer wie Eurem. Sie war nicht sofort tot, sondern hat anscheinend sehr gelitten.«

Edwin nahm die Hände an den Kopf und wand sich, als wollte er Ungeziefer von sich abschütteln. »Nein, nein, nein. Es war nicht mein Messer. Es ist kein Blut daran.«

Wernhart beugte sich zu Edwin hinunter. »Wollt Ihr uns zum Narren halten? Ihr habt es doch gleich abgewischt.«

»Aber ich spreche die Wahrheit. Es war kein Blut daran, und warum wir Schwester Elvira nicht entdeckt haben, kann ich nicht sagen. Es war stockfinster. Wir dachten, sie wäre längst wieder im Kloster.«

»Und es erschien Euch nicht merkwürdig, dass sie ihren Korb zurückgelassen hat?«, fragte Bastian. »So lief es schließlich jedes Mal, wenn sie vor die Klostermauer trat und Euch mit Almosen versorgte. Sie stellte den Korb ab, und sobald er leer war, nahm sie ihn wieder mit.«

»Das stimmt«, erwiderte Edwin kleinlaut. »Ich habe mir nichts dabei gedacht.«

»Fest steht doch, dass einer von Euch Bettlern sie getötet hat. Wäre es anders, hätte dieser Korb nicht dagelegen«, erklärte Bastian und musterte den schlotternden Mann. »Wollt Ihr nicht einfach gestehen? Das entlastet Euer Gewissen«, fügte er ruhig hinzu.

Edwin machte sich noch kleiner, als er ohnehin war.

»Aber ich hätte Elvira niemals etwas getan«, flüsterte er heiser. Er blickte aus verquollenen Augen auf. »Es ist nicht mehr mein Messer«, sagte er schließlich. »Ich habe es Berthold geschenkt und dann sah ich es neben dem leeren Korb und habe es eingesteckt. Nur deshalb habt Ihr es bei mir gefunden.« Edwin verzog das Gesicht und begann zu weinen. »Es tut mir leid. Ich wollte Berthold nicht verraten. Es tut mir leid, so leid, so leid ...« Edwin wiederholte die letzten Worte fortwährend.

Wernhart stöhnte. »Verdammt. So geht das schon den ganzen Morgen.«

Er zeigte in Richtung Wand. »Berthold hockt nebenan. Lasst uns hinübergehen und überprüfen, ob Edwin die Wahrheit gesagt hat.«

Wernhart stieß die Tür des Nachbarraumes auf. Berthold wirkte im Gegensatz zu seinem Freund Edwin nicht verängstigt. Er nickte Bastian zu, als wären sie alte Bekannte.

Noch bevor Wernhart eine Frage stellen konnte, sagte er: »Ich war es. Ich habe die alte Elvira umgebracht, weil sie für uns kein Essen zurückbehalten hat. Wir haben tagsüber im Steinbruch geschuftet, und wir waren so hungrig, da konnte ich einfach nicht an mich halten.«

Für Bastian kam dieses Geständnis ein wenig zu schnell. Andererseits stimmten seine Worte mit denen von Edwin überein oder widersprachen sich zumindest nicht.

»Wie seid Ihr in das Kloster hineingekommen, als Ihr Schwester Margaretha getötet habt?«, wollte er wissen.

Berthold runzelte die Stirn. »Ich habe denselben Weg genommen wie die Nonne Elvira.«

»Was habt Ihr mit der Leiche von Margaretha ange-

stellt?«, zischte Wernhart und winkte mit den Daumenschrauben.

»Ich habe sie erstochen, so wie Elvira.«

»Und was noch?«, hakte Bastian nach.

Berthold öffnete den Mund und wollte etwas sagen,
als die Tür mit einem schweren Tritt aufgestoßen wurde.
Balthasar, einer von Bastians besten Männern, stand
mit roten Wangen in der Tür.

»Es tut mir leid, wenn ich störe. Aber es ist wichtig.
Wir haben Schwester Clementia gefunden.«

»Wirklich?« Bastian richtete sich kerzengerade auf.

»Ja, sie lag am Ufer des Rheins ein Stück fluss-
aufwärts.«

»Wir müssen mit ihr reden. Bringt sie her.«

Balthasar machte eine betrübte Miene.

»Ich fürchte, das geht nicht. Schwester Clementia ist
tot. Jemand hat ihr mit sieben Stichen den Garaus
gemacht.«

XIV

GEGENWART

Oliver fühlte sich wie vor den Kopf geschlagen. Warum waren sie nicht gleich darauf gekommen, dass Mareike König und Lukas Wachholz beim selben karitativen Verein tätig waren? Nur gut, dass sie mit Andreas Borgmann gesprochen hatten. Leider wusste auch der Leiter des Vereins nicht viel über die privaten Umstände des dritten Opfers. Es kam Oliver fast so vor, als hätte Mareike König überhaupt kein Privatleben gehabt. Selbst die Kollegin, mit der sie sich das Büro geteilt hatte, konnte kaum etwas von ihr berichten. Geschweige denn von dem blonden Mann, den die Nachbarin vor Mareike Königs Wohnung gesehen haben wollte.

»Mach dich nicht verrückt«, sagte Klaus. »Immerhin haben wir mit Lukas Wachholz jetzt noch jemanden, dem wir genauestens auf den Zahn fühlen sollten. Wachholz und Markowitz hatten die Gelegenheit und Letzterer hatte dazu noch ein Motiv. Er brauchte Geld.«

»Und warum hätte er Mareike König umbringen sollen?«, fragte Oliver nachdenklich.

Klaus verzog die Miene. »Vielleicht hat sie zu viel gewusst oder sie kam ihm irgendwie in die Quere.« Er deutete auf eine ausgedruckte Kalenderseite von Mareike König, die sie von ihrem Vorgesetzten erhalten hatten.

»Sie hatte vor zwei Wochen einen Termin mit Torben Markowitz. Und jetzt ist sie tot.«

Oliver nickte. Sein Partner hatte recht. Es war nicht völlig abwegig, dass Torben Markowitz die Sozialarbeiterin getötet hatte. Vielleicht war dieses Gespräch irgendwie schiefgelaufen. Womöglich hatte er ihr mehr erzählt, als er wollte. Es kam häufig vor, dass Täter Dinge preisgaben, die sie verrieten. Insbesondere wenn ihnen jemand zuhörte, und das hatte Mareike König mit Sicherheit getan.

»Und Lukas Wachholz?«, fragte Oliver. »Was wäre sein Motiv? Könnte er Mareike König getötet haben, weil sie ihm beruflich in die Quere kam?«

Klaus rollte nachdenklich den Marker in seinen Händen. »Klingt extrem dünn, aber eine Kränkung seines Ego könnte durchaus zu einer solchen Eskalation geführt haben.«

»Und warum hätte er die Eltern von seinem Schützling umbringen sollen? Wollte er Torben Markowitz einen Gefallen tun?«

»Können wir nicht ausschließen«, erwiderte Klaus. »Er wusste von Torben Markowitz' Geldnöten.«

»Das ist eine Möglichkeit. Wir sollten Hugo Meier

befragen und ihm ein Foto zeigen. Vielleicht erkennt er Wachholz.«

»Was ist mit diesen Samuraischwertern in der Wohnung? Glaubst du, Steuermark winkt einen Durchsuchungsbeschluss durch?«

Oliver schüttelte den Kopf. »Nach der Pleite mit der Geiselnahme bestimmt nicht. Alles, was wir haben, sind Vermutungen. Wenn ihn wenigstens jemand in der Tatnacht vor dem Haus des Ehepaares oder vor Mareike Königs Wohnung gesehen hätte.«

»Und wenn wir uns die Schwerter einfach holen?« Klaus grinste schief. »Wir könnten vorbeifahren. Der Wohnungsschlüssel klemmt oben im Türrahmen.«

Oliver schwieg. Er übertrat nicht gern die geltenden Gesetze, aber die Versuchung war groß. Würden sie Spuren eines der Opfer an den Schwertern finden, wären die Mordfälle schnell aufgeklärt.

»Das lassen wir besser sein«, sagte er trotzdem. »Wir sollten sowieso noch einmal mit Torben Markowitz sprechen. Hier auf dem Revier hat er ja nur die Geiselnahme abgestritten.«

Klaus griff zum Autoschlüssel. »Und gleich danach statten wir Lukas Wachholz einen Besuch ab. Es ist mir völlig egal, dass er sich für heute krankgemeldet hat.«

Eine halbe Stunde später klingelten sie an Torben Markowitz' Tür.

»Ich rede nicht mit Ihnen. Nicht ohne meinen Anwalt oder zumindest nicht ohne Lukas«, erklärte Markowitz und knallte ihnen die Tür vor der Nase zu.

Oliver wartete, bis sich Markowitz entfernt hatte.

Dann tastete er hastig die Oberseite des Türrahmens ab. Der Schlüssel lag noch da.

»Lass das«, zischte Klaus.

»Ich wollte nur mal nachschauen.« Oliver seufzte und ließ sich von Klaus nach draußen befördern.

* * *

»Es ist wirklich total nett, dass die Kinder bei euch übernachten dürfen und du auf sie aufpasst, Gerold«, sagte Annette ins Telefon und setzte sich auf einen Karton. Davon gab es etliche auf dem Dachboden ihrer Eltern.

»Das mache ich sehr gerne«, erwiderte Gerold. »Außerdem weißt du ja, wie gut sich die Kinder verstehen.«

Annette beneidete Katja einen Moment lang um einen solchen Partner. Dabei waren Katjas Kinder nicht einmal seine eigenen. Gerold war erst vor ein paar Monaten mit ihr zusammengekommen, nachdem der leibliche Vater der Kinder sie für eine andere Frau verlassen hatte. Annette fand, ihre Geschichten ähnelten sich. Vermutlich machte das ihre Freundschaft mit Katja aus.

»Kann ich dir sonst noch helfen?«, fragte Gerold.

Annette starrte auf den neongelben Zettel in ihrer Hand und auf das Foto ihres Bruders, das sie gerade aus einem Karton gefischt hatte. Gerold könnte sie bei so einigen Dingen unterstützen. Aber keines ihrer Probleme konnte sie ihm tatsächlich anvertrauen.

»Nein, danke. Wenn du auf die Kinder aufpasst, hilfst du mir schon genug. Ich bin euch sehr dankbar. Ich mache das auf jeden Fall wieder gut«, sagte sie und beendete das Telefonat. Sie würde Maja und Frederik erst morgen vom Kindergarten abholen. Bis dahin hätte sie Zeit, die Dinge zu regeln.

Abermals betrachtete sie die Schrift auf dem gelben Zettel und überlegte, Kriminalkommissar Oliver Bergmann anzurufen. Falls die Nachricht wirklich von Torben stammte, schwebte sie dann nicht in Gefahr? Und wer sonst, wenn nicht die Polizei, konnte ihr helfen? Sollte Torben ihren Eltern das angetan haben, gehörte er für immer weggesperrt. Sie würde ihm niemals verzeihen. Tief in ihrem Inneren konnte sie sich allerdings nicht vorstellen, dass seine Tränen im Badezimmer nicht echt gewesen waren. Aber vielleicht bereute er seine Tat ja auch nur. Er war schließlich wegen schwerer Körperverletzung verurteilt worden und neigte offenbar nach wie vor zu Gewalt. Das wusste Annette.

Sie hob das Telefon und tippte die ersten Ziffern von Oliver Bergmanns Nummer ein. Dann fiel ihr Blick auf das Foto ihres Bruders und sie ließ das Handy wieder sinken. Sie nahm sich eine weitere Kiste vor, obwohl sie eigentlich noch genug Dinge für die Beerdigung zu erledigen hatte. Vielleicht war es einfach eine alte Gewohnheit. Schon als Kind hatte sie sich immer auf den Dachboden zurückgezogen, sobald es Probleme gab. Wahrscheinlich war sie deshalb hier gelandet. Sie hatte ihr Elternhaus zum ersten Mal seit dem Mord betreten.

Obwohl der Tatort gründlich gereinigt worden war, hatte Annette das Gefühl, dass es nach Tod roch. Nur hier auf dem Dachboden hüllte sie die bekannte, ein wenig muffige Luft ein. Sie öffnete den Karton und wollte ein Fotoalbum herausnehmen. Obenauf lag eine Dokumentenmappe. Neugierig öffnete Annette sie und konnte kaum glauben, was sie sah.

* * *

Lukas Wachholz schien tatsächlich krank zu sein. Seine blonden Haare hingen schlaff herab. Seine blasse Gesichtsfarbe hatte einen leichten Grauschleier angenommen und seine spröden Lippen verrieten, dass er möglicherweise an einem Magen-Darm-Problem litt. Oliver hielt so viel Abstand wie möglich von ihm und versuchte, nichts anzufassen. Er konnte es sich auf keinen Fall leisten, jetzt krank zu werden. Klaus schien ähnliche Gedanken zu haben. Er hatte eine Tüte mit Kräuterbonbons aus der Hosentasche gezerrt, die er sich nach und nach in den Mund schob. Er bot Oliver eines an, doch er lehnte ab. Er konnte den Geschmack nicht ausstehen.

»Wir müssen Ihnen leider mitteilen, dass Ihre Kollegin Mareike König getötet wurde. Können Sie uns ein paar Fragen beantworten?«, begann Oliver, als sie in Wachholz' Küche Platz genommen hatten.

Wachholz nickte schwerfällig. »Herr Borgmann hat es mir bereits erzählt. Ich bin total geschockt. Gestern und auch vorgestern Abend war ich zu Hause, falls Sie das wissen wollen, und ansonsten können Sie meinen Vorgesetzten ansprechen. Ich habe tagsüber gearbeitet. Er wird das bestätigen.« Wachholz seufzte. »Es fühlt sich so unwirklich an. Wir standen uns in letzter Zeit nicht mehr besonders nahe, aber die Nachricht hat mich wie ein Schlag getroffen. Und bevor Sie fragen: Ja, wir hatten vor einem Jahr eine kurze Affäre. Nichts Ernstes. Vermutlich ist das auch der Grund, warum wir uns danach beruflich nicht mehr sonderlich gut verstanden haben. Mit ihrem Tod habe ich jedoch nichts zu tun.«

Wachholz' Worte hörten sich in Olivers Ohren so an, als hätte er seinen Text vorher auswendig gelernt. Er glaubte, in Wachholz' Stimme sogar ein wenig Erleichterung zu hören.

»Sie betreuen ja unter anderem Torben Markowitz. Wir haben gehört, dass Mareike König die Betreuung übernehmen wollte, weil sie gute Jobaussichten für ihn sah.«

Lukas Wachholz rieb sich die Schläfen. Die nächsten Worte kamen ihm schwerfällig über die Lippen, als ob er jedes einzelne genau abwägte.

»Mareike hat sich gerne in andere Sachen eingemischt. Insbesondere in meine. Sie hielt nichts von meinem Ansatz, mittels asiatischer Kampfkunst Körper und Geist von ehemaligen Straftätern zu stärken und damit ein neues Gleichgewicht in ihrem Leben zu schaffen. Dabei hat sich gerade Torben in letzter Zeit unauffällig verhalten. Es gab keine Beschwerden mehr über ihn.«

»Kannten Sie Torbens Eltern?«, fragte Oliver und ließ Wachholz keine Sekunde aus den Augen.

Wachholz wirkte überrascht. Auf seinem blassen Gesicht machte sich eine leichte Röte breit. Er schüttelte den Kopf.

»Nein. Ich hatte mit ihnen nichts zu tun.«

»Haben Sie ihm dazu geraten, seine Eltern um finanzielle Unterstützung zu bitten?« Dieses Mal stellte Klaus die Frage. Wachholz' Blick schnellte in seine Richtung, nicht ohne vorher noch kurz Oliver zu streifen.

»Ich habe Torben zumindest nicht abgeraten. Fragen schadet schließlich nichts.«

»Und wie war das, als Torben das Geld nicht bekam? Wie haben Sie reagiert?«, hakte Oliver nach.

Wachholz zuckte mit den Schultern. »Ich habe ihm gesagt, dass ein neues Auto nicht so wichtig wäre wie ein gutes Verhältnis zu seinen Eltern.«

»War Torben sehr wütend?«

»Na ja, er war nicht gerade glücklich«, antwortete Lukas Wachholz vorsichtig.

»Hatten Sie vor, ihn in dieser Angelegenheit zu unterstützen? Wollten Sie zum Beispiel mal mit den Eltern sprechen?«

»Natürlich nicht. Ich darf mich in so etwas nicht einmischen.« Wachholz' Stimme schien ein wenig zu zittern.

Oliver fragte sich, ob es von seiner Erkrankung kommen könnte oder ob er wegen des Themas nervös wurde. Eines musste er Wachholz zudem lassen: Er wirkte äußerst beherrscht und redegewandt. So leicht würde er ihnen nicht in die Falle tappen.

»Wir würden gerne die Samuraischwerter auf Spuren untersuchen«, versuchte Oliver es mit einem anderen Thema. »Könnten Sie Torben Markowitz dazu bringen, sie uns auszuhändigen? Wir haben noch keinen Durchsuchungsbeschluss. Aber vielleicht können Sie uns unterstützen.«

Wachholz fühlte sich sichtlich in die Enge gedrängt. Er verschränkte die Arme vor dem Oberkörper.

»Ich kann mit ihm sprechen. Aber ich weiß nicht, ob er auf mich hört.«

»Versuchen Sie es«, bat Oliver ihn und erhob sich. »Es wäre gut, wenn Sie sich in den nächsten Tagen zu unserer Verfügung halten.« Er vermied es, Wachholz zum Abschied die Hand zu geben. Ganz bewusst wartete er, bis Klaus die Wohnung verlassen hatte. An der Wohnungstür drehte Oliver sich noch einmal zu Lukas Wachholz um.

»Eine Sache wäre da noch. Die Nachbarin von Mareike König hat vor drei Tagen einen blonden Mann gesehen, der sie in ihrer Wohnung besucht hat. Sie hatten jedoch erwähnt, dass Sie zu Hause waren. Richtig?«

Unter Wachholz' rechtem Auge begann es zu zucken.

»Ich habe nichts mit ihrem Tod zu tun. Ich wollte bloß nicht in Schwierigkeiten geraten, deshalb habe ich meinen Besuch bei ihr verschwiegen. Als ich gegangen bin, war sie quicklebendig und übrigens sehr wütend.«

»Ach wirklich?«, erwiderte Oliver und fragte sich, ob er kurz davor stand, ein Geständnis zu hören.

* * *

Anna machte sich schwere Vorwürfe. Sie hätte niemals einnicken dürfen. Sie drückte Clara so fest an sich, dass die Kleine sich beschwerte.

»Hör auf, dich fertigzumachen.« Emily legte ihr einen Arm um die Schulter. »Es ist doch alles gut gegangen und wahrscheinlich steckte ohnehin nichts Schlimmes dahinter. Ich bin mir sicher, dass er nicht vorgehabt hat, die Kleine mitzunehmen. Selbst wenn, wäre der Kerl mit dem Kinderwagen auch nicht weit gekommen.«

»Das sagst du so leicht. Ich bin nur durch Zufall aufgewacht.« Anna verzichtete darauf, zu erzählen, dass es Bastian Mühlenberg gewesen war, der sie gerade noch rechtzeitig aus ihrem Traum geholt hatte.

»Hör zu, Anna. Ich wollte eigentlich an meiner Mittelalter-Geschichte weiterschreiben, und Oliver benötigt mehr Informationen zu diesem Wiegenlied. Aber ich glaube, du brauchst dringend Ablenkung. Wie wäre es, wenn ich mit Clara einen Spaziergang unternehme und du dir stattdessen die Unterlagen anschaust?« Emily legte ihr die Kopien des Tagebuchs von Katharina von Weinfels hin. »Du hattest doch mit dem Tagebuch der Oberin schon angefangen. Ich habe einige Wörter für dich übersetzt, damit du schneller vorankommst. Diese Morde damals im Kloster sind ziemlich interessant. Alle Nonnen wurden mit sieben Schwerthieben niedergemetzelt. Als ob der Täter sie abgezählt hätte. Leider enden die Notizen vor Aufklärung der Morde. Vermutlich gibt es irgendwo ein weiteres Tagebuch. Ich habe eine Kollegin gebeten, im Archiv für mich nachzuschauen.« Emily umarmte sie kurz und zog sich an.

»Wir sehen uns«, sagte sie ein wenig später und schob den Kinderwagen mit Clara zur Tür hinaus.

Anna konzentrierte sich auf die Aufzeichnungen. Den Traum, den sie auf dem Spielplatz gehabt hatte, konnte sie jedoch nicht abschütteln. Deshalb suchte sie zunächst nach dem Wort Kapelle. Sie wollte herausfinden, ob die Oberin sich hierzu Notizen gemacht hatte. Doch sie fand nichts Passendes im Text. Anna überflog die Zeilen und blätterte in den Unterlagen, um nach einem Gang zu suchen, der vielleicht erwähnt wurde. Als sie fast schon aufgeben wollte, entdeckte sie tatsächlich eine Passage, in der die Oberin von einem geheimen Gang berichtete, der von der Kapelle aus nach draußen führte. Anna sah den Gang sofort vor sich. Sie konnte es nicht glauben. Das war genau der Gang, von dem sie auf dem Spielplatz geträumt hatte. Bastian hatte sie hineingeführt. Sie konnte die felsigen Stufen unter den Füßen spüren und den kalten Luftzug, der ihr entgegenkam. Der Gang war von den Nonnen in schweren Zeiten zur Versorgung benutzt worden. Nach den Morden wurde er jedoch wieder verschlossen, weil die Nonnen befürchteten, der Mörder könnte auf diesem Weg ins Kloster gelangen und weitere von ihnen umbringen.

Anna standen die Haare zu Berge, als die Oberin vom Teufel schrieb, der sich des Klosters bemächtigt hatte. Sie selbst hatte in ihrem Traum eine Gestalt mit Hörnern gesehen. Anna erfuhr, dass nicht nur die Nonne Margaretha, sondern auch zwei weitere Nonnen ermordet worden waren. Sie fragte sich, aus welchem Grund es jemand ausgerechnet auf Nonnen abgesehen hatte. Katharina von Weinfels schwieg hierzu. Die Oberin berichtete von einem Geheimnis, das nur wenigen Nonnen des Klosters bekannt war. Ein Geheimnis, das sie schwor, mit ins Grab zu nehmen.

Anna zog die Augenbrauen hoch. Was hatte die Oberin gewusst, dass dafür drei Nonnen ihr Leben lassen mussten? Sie blätterte eine Seite um und stieß auf eine Skizze von Bastian Mühlenberg. Sie zeigte ein Schwert mit einer breiten Klinge, vermutlich die Mordwaffe. Und dann las Anna noch etwas, das sie stutzig machte. Bastian schrieb von einem Wiegenlied, das der Täter gesummt hatte.

XV

VOR FÜNFHUNDERT JAHREN

Josef Hesemann machte ein ernstes Gesicht. »Ich habe beim Anblick der toten Margaretha gedacht, so etwas habe ich noch nie gesehen und werde es hoffentlich auch nie wieder ...« Er strich sich über das Kinn. »Wie ich mich doch getäuscht habe. Jetzt sind es schon drei tote Nonnen und jede von ihnen wurde mit sieben Schwertstichen ermordet. Der Täter hat wie ein Wahnsinniger auf sie eingestochen.« Der Arzt schüttelte ungläubig den Kopf. »Welcher Zorn hat diese schrecklichen Taten ausgelöst?«

Bastian erwiderte nichts, sondern starrte nur auf die beiden toten Nonnen, die steif auf dem Boden der Kapelle lagen. Sein Magen hatte sich in einen harten Klumpen verwandelt. Bis zuletzt hatte er gehofft, Schwester Clementia sei einfach aus dem Kloster geflohen und lebe noch. Offensichtlich hatte sie aber die meiste Zeit seit ihrem Verschwinden tot im Rheinwasser gelegen. Ihr Leichnam war fürchterlich aufgequollen.

Das Gesicht war kaum mehr erkennbar. Immerhin verrieten die Kleidung und der Ring an ihrem Finger, dass sie eine Ordensschwester aus dem Zonser Franziskanerkloster war. Bastian überfuhr eine Gänsehaut. Er versuchte, sich vorzustellen, wie Berthold Wankum über sie hergefallen war. Wie er sie niedergemetzelt und anschließend gebrandmarkt hatte. Er sah den Landstreicher vor sich. Die blassblauen Augen und die dünnen Arme.

Berthold hatte den Mord an Elvira und Margaretha gestanden. Allerdings störte Bastian etwas, das er nicht genau erklären konnte. Berthold hatte kein Wort über Clementia verloren und zudem geizte er mit Details seiner Taten. Bisher hatten sie ihm jede Einzelheit aus der Nase ziehen müssen. Bastian fragte sich, ob der Mann die Wahrheit sagte. Doch warum sollte er Morde gestehen, die er nicht begangen hatte? Das ergab keinen Sinn, denn Berthold erwartete die Todesstrafe. Die Schöffen würden ihn am Gerichtsbaum aufhängen lassen, daran gab es keinen Zweifel.

»Die verwendete Waffe hat wieder dieselbe Art von Wunden verursacht«, fuhr Josef Hesemann fort und seufzte dabei. »Es war genauso eine breite Klinge wie bei Margaretha.«

Bastian legte ihm das Messer hin, das er bei Edwin gefunden hatte. »Passt diese Waffe?«

Josef Hesemann betrachtete die Klinge nachdenklich und schüttelte schließlich den Kopf. »Sie ist nicht breit genug. Der Täter hat mehrere kräftige Stiche ausgeführt.« Zur Demonstration machte er einen

Ausfallschritt und fuhr mit dem Arm nach vorn. »Er hat dabei nicht nach oben und unten geruckelt. Die Wundränder zeigen das. Sie sind ziemlich glatt und vor allem gleichmäßig. Es wurde nicht nachgestochen.« Er zeigte Bastian an einer Stichwunde am Leib der alten Elvira, was er meinte.

»Und was ist mit dem Brandmal?«, fragte Bastian. Er brachte es nicht fertig, die aufgequollene Hand von Schwester Clementia zu berühren, und schüttelte sich.

»Ich schaue nach«, sagte der Arzt schnell und drehte die rechte Handfläche der Toten nach oben. Die Brandwunde wirkte ebenfalls aufgequollen, aber trotzdem erkannte Bastian dasselbe Mal wie bei Margaretha. »Schwester Agnes hat sich jedenfalls nicht geirrt, als sie die tote Clementia auf dem Boot am Hafen sah. Ich habe ihr nicht geglaubt.« Bastian ärgerte sich über sich selbst. Vielleicht hätte er Schwester Elvira retten können, wenn er nicht so engstirnig gewesen wäre.

»Die drei ermordeten Nonnen haben alle ein höheres Alter erreicht«, bemerkte Josef. »Hat Berthold gesagt, warum er sie ausgewählt hat?«

Bastian schüttelte den Kopf. »Aus dem Kerl ist leider nicht viel herauszukriegen. Aber Ihr habt recht. Ich werde mich mit diesen Details noch genauer befassen müssen. Falls Ihr noch etwas Wichtiges entdeckt, gebt mir umgehend Bescheid.«

Josef nickte und Bastian stürmte aus der Kapelle. Er musste dringend zum Juddeturm und erneut mit Berthold sprechen.

* * *

Agnes' Herz klopfte bis zum Hals, als sie zum Kloster zurückrannte. Sie verstand nicht, mit was für einem Mann sich Schwester Rosalinde auf dem Marktplatz getroffen hatte. War es ein Zufall gewesen oder eine feste Verabredung? Vielleicht sollte sie Rosalindes Sachen durchsuchen, dann wäre sie möglicherweise klüger. Schwester Bertha bedachte sie mit einem wissenden Blick, als sie durch die Klosterpforte schlüpfte.

»Ihr lasst doch nicht etwa Schwester Rosalinde die Einkäufe vom Markt alleine tragen?«, herrschte sie Agnes an.

»Mir ist nicht wohl«, krächzte Agnes und fühlte sich sofort noch schlechter, weil sie schon wieder gelogen hatte.

Sie steuerte auf das Hauptgebäude zu und nahm die Stufen ins Obergeschoss im Eilschritt. Als sie das Nachtlager von Rosalinde inspizierte, fiel ihr ein, dass Bastian Mühlenberg es bereits durchforstet hatte. Enttäuscht sank sie daneben zusammen. Daran hatte sie überhaupt nicht mehr gedacht. Ihr Plan ergab gar keinen Sinn, denn falls Schwester Rosalinde etwas verbarg, dann hatte Bastian Mühlenberg es längst herausgefunden.

Agnes überlegte, was sie nun tun könnte, um die Wahrheit zu erfahren. Sollte sie vielleicht doch mit Bastian Mühlenberg reden? Sie musste unbedingt wissen, ob Rosalinde etwas mit den Morden zu tun hatte. Sie könnte Bastian Mühlenberg einfach fragen. Es war ja kein Geheimnis, dass er auf der Suche nach dem Mörder ihrer Mitschwestern war. Sie musste sich nur eine Ausrede für die alte Bertha einfallen lassen, wenn sie gleich wieder das Kloster verließ.

* * *

»Cle-Clementia.« Berthold brachte es kaum fertig, den Namen auszusprechen. »Ist sie auch tot?«, fragte er und räusperte sich. »Entschuldigt. Ich habe noch eine Nonne getötet, kannte aber ihren Namen nicht. Deshalb meine Frage.«

Wernhart verdrehte die Augen. Langsam schien auch ihm ein Licht aufzugehen, dass hier etwas ganz und gar nicht stimmte.

»Mit wie vielen Stichen habt Ihr Schwester Clementia getötet?«, fragte er barsch und baute sich vor Berthold auf.

Der zuckte mit den Achseln. »Hab nicht gezählt. Vielleicht waren es drei oder vier. Hm. Ja, ich denke, es waren vier.«

Wernhart warf Bastian einen Blick zu.

»Wollen wir noch weitermachen?«

Bastian schüttelte den Kopf. »Nein. Aber er bleibt eingesperrt.« Er schlug die Kerkertür hinter Wernhart zu und ging mit ihm die Treppe hinunter. Entweder gab Berthold absichtlich falsche Antworten, um sie zu verwirren, oder – was ihm wahrscheinlicher erschien – er hatte die Nonnen nicht ermordet. Doch wer war es dann? Edwin Helmer? Der kam ihm ebenso unglaubwürdig vor. Nachdenklich setzte er sich in der Wachstube über dem Verlies auf einen Schemel und kramte sein Notizbuch hervor. Wenn er seine Aufzeichnungen noch einmal gründlich studierte, fiel ihm womöglich eine Lösung ein.

»Ich denke, der Kerl ist ein Halunke, aber die alte Elvira hat er genauso wenig erstochen wie Clementia oder Margaretha. Balthasar hat übrigens die Habseligkeiten von Berthold und Edwin durchsucht und mit dem Wirt gesprochen. Da war nichts.« Wernhart grinste. »Fast nichts.«

Bastian horchte auf. »Was hat er herausgefunden?«

Wernharts Grinsen verbreitete sich. »Im Grunde nichts Besonderes, jedoch eine Erklärung, warum der eine den anderen deckt.« Er machte eine bedeutungsvolle Pause. »Edwin ist der jüngere Bruder von Berthold, auch wenn man es den beiden kaum ansieht. Der Wirt hat es unseren Leuten gesteckt. Er hatte ihnen in seiner Scheune Unterschlupf gewährt.«

Schlagartig ergab Bertholds Verhalten einen Sinn.

»Berthold muss seinen kleinen Bruder sehr lieben, wenn er für ihn am Galgen baumeln will.«

»So ist es«, bestätigte Wernhart. »Fragt sich nur, wer dann die Nonnen ermordet hat?«

Die Erinnerung an eine Brandwunde schoss in Bastian hoch. Er sah das Gesicht von Wilfried, dem falschen Gehilfen des Schmiedes, vor sich. Er hatte keine Stiefel getragen und deshalb hatte Bastian ihn nicht gleich verdächtigt. Doch nun lag die Sache anders, der Kerl war zumindest ein Lügner.

»Wir müssen diesen Wilfried, oder wie auch immer sein richtiger Name lauten mag, finden. Er könnte hinter all den Morden stecken.« Bastian griff nach Feder und Tinte und zeichnete aus dem Gedächtnis heraus das Gesicht des Mannes. Die leicht gekrümmte Nase, die schmalen Augen und das dünne Haar waren ihm in Erinnerung geblieben.

Wernhart betrachtete die fertige Skizze. »Den Kerl habe ich noch nie in Zons gesehen«, stellte er fest.

»Du nicht. Aber Josef Hesemann kennt ihn. Er hat seine Hand behandelt. Vielleicht fragen wir ihn, ob Wilfried danach noch einmal bei ihm aufgetaucht ist. Und dem Schmied sollten wir die Zeichnung ebenfalls vorlegen. Wilfried hat behauptet, sein Gehilfe zu sein. Doch sein Name hat Hubertus Wohlhagen überhaupt nichts gesagt.« Bastian riss die Skizze aus dem Notizbuch und winkte Wernhart mit sich.

Als sie die Schloßstraße passierten, rannte eine junge Nonne auf sie zu.

»Bastian Mühlenberg«, rief sie atemlos. »Ich muss mit Euch sprechen.« Sie betrachtete Wernhart an seiner Seite argwöhnisch.

»Keine Sorge. Vor meinem Freund braucht Ihr Eure Zunge nicht zu hüten. Kein Wort, was wir reden, wird er weitergeben.« Bastian nickte Schwester Agnes beruhigend zu.

»Ich wollte fragen, ob Ihr schon wisst, wer unsere Schwestern Margaretha, Elvira und Clementia getötet hat?« Die Stimme der jungen Nonne überschlug sich fast.

Bastian beäugte sie misstrauisch.

»Nun, leider wissen wir es noch nicht. Aber ich kann Euch den Mann zeigen, den wir im Juddeturm festhalten. Womöglich erkennt Ihr ihn. Ihr habt ihn doch in jener Nacht gesehen, als Schwester Margaretha starb?«

Schwester Agnes wurde blass. »Ihr habt ihn? Und es war ein Mann?«

Bastian betrachtete die Nonne verwirrt. »Warum fragt Ihr das?«

»Ich ... ich weiß nicht«, stotterte Agnes und senkte den Blick. »Mir kam nur zu Ohren, dass es womöglich eine von uns gewesen sein könnte.«

»Eine Nonne, die ihre Mitschwestern tötet? Und das mit einem Schwert?«, stieß Wernhart aus und schlug sich auf die Schenkel. »Na, das wäre ja mal ganz was Neues.«

»Wie kommt Ihr darauf? Kennt Ihr eine Schwester, die in Besitz einer Waffe ist?«, wollte Bastian wissen.

Schwester Agnes schüttelte heftig den Kopf.

»Nein, es ist bloß, weil ihr Rosalindes Sachen durchsucht habt.«

Bastian verstand. »Ich denke nicht, dass Schwester Rosalinde imstande wäre, ein Schwert zu führen. Das erfordert Kraft und Rosalinde ist nicht mehr die Jüngste.«

Er bemerkte, wie sich Agnes auf die Unterlippe biss. Irgendetwas verschwieg sie ihnen.

»Hat Schwester Rosalinde im Kloster ein Schwert versteckt?«, fragte er, doch Agnes schüttelte energisch den Kopf. »Nein. Um Himmels willen. Wir besitzen keine Waffen. Gott behüte.«

»Nun denn, folgt mir bitte. Es wäre sehr wichtig, dass Ihr Euch Berthold und auch Edwin einmal anschaut. Vielleicht erkennt Ihr einen der beiden.«

Bastian und Wernhart geleiteten Agnes zum Juddeturm. Dort verbanden sie Berthold die Augen, damit er die Nonne nicht zu Gesicht bekam. Bastian führte ihn anschließend in einen Raum, wo Schwester Agnes wartete. Sie brauchte keinen Wimpernschlag lang bis sie den Kopf schüttelte.

»Er war es nicht«, flüsterte sie. »Der ist viel zu klein.«

Danach wurde Edwin zu ihnen gebracht.

Schwester Agnes schüttelte abermals den Kopf. »Er hatte einen anderen Gang. Ich kann es nur schwer beschreiben. Aber er lief leichtfüßig wie auf Wolken und stampfte nicht so schwerfällig.«

Bastian ließ auch Edwin wieder in seine Zelle bringen.

»Ich danke Euch, Schwester Agnes. Das war sehr mutig von Euch. Wernhart wird Euch zurück ins Kloster geleiten, damit Ihr sicher dort ankommt.« Bastian zog sein Notizbuch hervor, und dabei löste sich das Blatt mit dem Gesicht von Wilfried, das er nur lose hineingesteckt hatte. Schwester Agnes bückte sich flink, um es aufzuheben. Ihr Blick haftete unverwandt auf Bastians Zeichnung.

»Kennt Ihr diesen Mann?«, fragte er neugierig.

»Schwester Rosalinde hat ihn heute getroffen«, entfuhr es Agnes. Sie schlug die Hand vor den Mund.

»Tut mir leid. Das wollte ich nicht ausplaudern. Ich kenne ihn nicht.«

Bastian kniff die Augen zusammen. Schon wieder hörte er Rosalindes Namen. Er würde ihr nochmals auf den Zahn fühlen.

»Angeblich heißt er Wilfried«, sagte er zu Agnes. »Wenn Ihr ihn irgendwo seht, dann ruft mich bitte unverzüglich.«

Schwester Agnes nickte verschreckt und verabschiedete sich rasch. Bastian blickte ihr nachdenklich hinterher. Was um alles in der Welt hatte Wilfried mit Schwester Rosalinde zu tun?

* * *

»Sagt mir, Josef, war dieser Wilfried noch einmal bei Euch?« Bastian wedelte mit seiner Zeichnung vor Josefs Augen.

»Ihr meint den kräftigen Burschen mit der Brandwunde?« Josef goss sich einen Becher Met ein und reichte Bastian ebenfalls einen.

»Danke«, erwiderte Bastian und nahm einen kräftigen Schluck. »Ja, der Kerl, den ich vor ein paar Tagen zu Euch gebracht habe. Ihr wolltet ihm eine Salbe mitgeben.«

»Ich entsinne mich nur schwach. Seither habe ich ihn jedenfalls nicht wieder gesehen, obwohl er zur Kontrolle kommen sollte. Vermutlich war es ihm keinen Schilling wert, weil es ihm bereits besser geht.«

»Was hat er Euch erzählt, wie seine Verletzung

zustande kam?«

»Bastian, Ihr habt berichtet, er sei ins Schmiede-feuer gestolpert. Der Bursche selbst hat kaum die Zähne auseinandergebracht. Er hat nur zum Schluss davon gebrabbelt, dass er in Stürzelberg etwas zu erledigen hätte. Tut mir leid, Bastian. Ich habe ihm ehrlich gesagt nicht richtig zugehört, weil schon der nächste Patient auf mich wartete.«

»Stürzelberg? Interessant«, murmelte Bastian. »Das könnte eine wichtige Information sein. Vielleicht kann ich den Kerl dort ausfindig machen.«

Bastian stürzte den restlichen Met hinunter, bedankte sich und begab sich zum Schmied.

Hubertus Wohlhagen schüttelte den Kopf, als er das Bild von Wilfried betrachtete.

»Der Name sagt mir nichts und das Gesicht noch viel weniger. Dieser Kerl hat meine Schmiede noch nie betreten.« Wohlhagen winkte seine Gehilfen herbei und ließ sie einen Blick auf Bastians Zeichnung werfen.

»Den kennen wir nicht«, erklärten die beiden Burschen ohne zu zögern.

Bastian zeigte das Bild als Nächstes den Wachen am Feldtor, und als diese Wilfried auch nicht erkannten, beschloss er, nach Stürzelberg zu reiten und dort sein Glück zu versuchen.

* * *

Er wusste, wie es sich anfühlte, wenn der Magen sich vor Hunger zusammenkrampfte. Wenn man so schwach war, dass man lieber sterben als weiterleben wollte. Diese Erfahrung hatte ihn stark gemacht. Trotzdem hätte er getrost auf sie verzichten können. Sie hatten ihn ausgesetzt wie einen räudigen Köter. Niemand scherte sich um sein Schicksal. Keiner zeigte Barmherzigkeit und nahm ihn auf. Stattdessen gaben sie ihn in einer frostigen Winternacht fort. Auch er war ein Geschöpf Gottes und deshalb genauso willkommen wie jeder andere. Er hatte zu ihnen gehört und sie hatten ihn verstoßen.

Dafür würden sie nun büßen. Er griff zum Pergament und schrieb den dritten Namen nieder. Dahinter malte er ein schwarzes Kreuz. Er fügte vier weitere Namen hinzu. Sieben waren es nun insgesamt, die in schöner geschwungener Schrift dort standen, geschrieben von jemandem, der eigentlich gar nicht hätte leben sollen. Aber er hatte sich zurückgekämpft ins Leben, und er würde nicht aufgeben, bis er Vergeltung geübt hatte für all das Böse, das ihm zugestoßen war. Er rollte das Pergament ein und schob es vorsichtig in das Holzkreuz. Dort war es sicher vor neugierigen Blicken.

Sein Schwert war nicht das beste und vor allem nicht das schärfste, doch es erfüllte seinen Zweck. Bereits als er es in den Leib der Nonne Margaretha gestoßen hatte, war eine schwere Last von ihm abgefallen. Er hatte so viel Glück gespürt, dass er das Lied seiner Mutter gesummt hatte. Ein uraltes Lied, das kleine Kinder vor der Dunkelheit schützen sollte. Ein Schutz, der ihm versagt geblieben war. Er schwang das

Schwert hoch über den Kopf und stellte sich vor, wie er sein nächstes Opfer mit Stichen durchsiebte. Sie sollten bluten aus allen Wunden, die er ihnen zufügte. Und sie sollten gebrandmarkt sein mit dem wahren Gesicht, das sie hinter ihrer Maske verbargen. Sie alle waren des Teufels, bösartige Dämonen, denen jegliche Barmherzigkeit fehlte.

Früher oder später würden die Menschen es verstehen, und sie würden ihm dankbar dafür sein, dass er das Böse aus ihrer Mitte ausgelöscht hatte. Denn nichts anderes tat er. Er reinigte die Welt, damit mehr Platz für das Gute blieb. Er wirbelte das Schwert noch ein paarmal durch die Luft und ließ es dann sinken. Die Klinge war befleckt mit Blut. Ein metallischer Geruch drang ihm in die Nase. Er mochte diesen Gestank nicht. Es erinnerte ihn zu sehr an seine eigenen Qualen. Er benetzte ein Tuch mit Wasser und wischte sorgfältig das Blut ab. Fortwährend summte er das Lied und ließ all den Schmerz heraus, der ihm zugefügt worden war. Er war zum Mann geworden. Stark und kräftig. Niemand konnte ihn mehr unbeachtet lassen. Ihn der Kälte und dem Hunger aussetzen. Heute nahm er sich, was er brauchte, und keine Menschenseele konnte ihn davon abhalten. Er polierte das Schwert mit einem trockenen Tuch, bis es so blank war, dass sich sein Gesicht in der Klinge spiegelte. Zufrieden schlug er es in ein dunkelrotes Samttuch und legte es zurück in die Truhe. Bald würde er das nächste Kreuz hinter den vierten Namen setzen. Er klappte den Deckel zu und träumte davon, dass sein Leben anders verlaufen wäre.

XVI

GEGENWART

Er betrachtete das glänzende Metall und warf den rot gefleckten Lappen in den Mülleimer. Ein Gefühl von Macht durchströmte ihn. Endlich würde er zurückbekommen, was ihm gestohlen wurde. Sein Schicksal würde sich erfüllen, jetzt wo er die Dinge zurechtgerückt hatte. Jedes Leben erfüllte einen bestimmten Zweck und er hatte seinen Platz gefunden. Zufrieden öffnete er die Truhe und holte das dunkelrote Samttuch heraus. Er ergötzte sich an dem prächtigen Wappen, mit dem das Tuch verziert war, und wickelte das Schwert ein. Er fühlte sich stark und wie neugeboren. Seine Aufgabe war noch nicht ganz erledigt, doch er war guter Dinge. Niemand konnte ihn aufhalten. Er griff in die Truhe und nahm das vergilbte Pergament heraus. Sieben Namen standen darauf in schwarzer Tinte geschrieben. Liebevoll strich er über die Buchstaben. Hinter drei dieser Namen hatte bereits ein Kreuz gestanden, zwei weitere hatte er selbst hinzugefügt. Er würde vollenden, was vor über fünfhundert Jahren begonnen hatte, und dann würde sich sein Schicksal erfüllen. Vielleicht würde er nun all das bekommen, was man ihm und den seinen bisher versagt hatte. Schließlich floss mit großer Sicherheit adliges Blut durch seine Adern. Er prägte sich den nächsten Namen gut ein und legte das Pergament zurück in die Truhe. Danach verschloss er sie und versteckte den Schlüssel unter einer losen Diele im Fußboden. Zufrieden schaltete er das Licht aus und bereitete sich gedanklich auf die kommende Aufgabe vor.

* * *

»Warum haben Sie mich hierhergebracht? Ich habe doch mehrfach gesagt, dass ich nichts mit dem Tod von Mareike König zu tun habe.«

Oliver nickte und schwieg. Klaus saß neben ihm und sagte ebenfalls keinen Ton. Sie konnten regelrecht dabei zusehen, wie sich Lukas Wachholz' Gesicht rot färbte. Sie hatten ihn sofort mit aufs Revier genommen, nachdem ihm rausgerutscht war, dass er Mareike König vor ihrem Tod einen Besuch abgestattet hatte und doch nicht den ganzen Abend zu Hause gewesen war. Oliver wusste nur noch nicht, wie Torben Markowitz in dieses Spiel hineinpasste. Möglicherweise machten sie gemeinsame Sache. Schließlich schienen sie sich ziemlich gut zu verstehen. Sie kannten sich seit Jahren, trainierten regelmäßig zusammen und tauschten sich über ihre Probleme aus. Zumindest Torben Markowitz tat es.

Ob sie allerdings auch gemeinsam mordeten? Die beiden Männer tauchten Oliver jedenfalls entschieden zu oft im Dunstkreis der Opfer auf.

»Wer ist das?«, fragte er und zog triumphierend das Phantombild aus einer Mappe, das mithilfe von Mareike Königs Nachbarin angefertigt worden war. Er legte die Zeichnung vor Lukas Wachholz auf den Tisch.

»Woher soll ich das wissen?«

»Vielleicht schauen Sie mal in den Spiegel«, erwiderte Klaus scharf. »Ich sehe da nämlich eindeutig Sie.«

»Mich?«, rief Wachholz entrüstet. »Wieso sollte ich das sein? Der Typ sieht aus wie ein Allerweltsmann. Mit dunklen Haaren könnten das auch Sie sein.« Er deutete auf Oliver und pochte dann auf die Phantomzeichnung. »Jetzt mal im Ernst. Wer hat mich denn wo gesehen? Sie versuchen doch nur, ein Geständnis aus mir herauszuholen. Offenbar ist Ihnen dazu jedes Mittel recht. Ich kenne diese Geschichten hinreichend. Schließlich arbeite ich mit ehemaligen Straftätern zusammen. Lassen Sie es also sein, mich unter Druck zu setzen, oder ich hole mir auch einen Anwalt und sage gar nichts mehr.«

Oliver hob interessiert die Augenbrauen. »Sie tauschen sich mit Torben Markowitz ja anscheinend über jede Einzelheit aus. Sie wissen also, dass Ihr Freund auf anwaltlichen Rat hin schweigt.«

»Ich betreue Torben Markowitz seit Langem. Sobald er ein Problem hat oder in Schwierigkeiten gerät, wählt er meine Nummer. Ist doch klar. Sonst würde ich meinen Job ziemlich mies machen. Finden Sie nicht?«

»Ich frage mich, wo die Grenze zwischen einer beruflichen Betreuung und einer privaten Freundschaft liegt. Ehrlich gesagt denke ich bei Ihnen und Markowitz an Letzteres. Andreas Borgmann und auch Mareike König haben die Dinge ähnlich eingeschätzt.«

»Und wenn schon. Was hat das mit dem Mord an Mareike König zu tun?«

Oliver verschränkte die Arme und blickte Wachholz durchdringend an. »Vielleicht können Sie uns das verraten.« Er tippte auf die Phantomzeichnung. »Es gibt Zeugen. Sie kennen ja die Nummer von wegen Kooperation mit den Ermittlungsbehörden.«

Lukas Wachholz geriet ins Stocken. »Ich war bei Mareike, um noch einmal mit ihr zu sprechen. In den letzten Tagen lief es nicht so gut zwischen uns, und Andreas Borgmann wollte, dass wir uns wieder vertragen.« Wachholz fuhr sich durch das blonde Haar. »Hat aber nicht funktioniert«, fügte er leise hinzu.

»Und Ihnen kommt es nicht merkwürdig vor, dass die Kollegin einen Tag später tot ist?«, fragte Klaus.

Lukas Wachholz schwieg und zuckte mit den Achseln.

»Können Sie uns sagen, wo Sie am Freitagabend letzter Woche waren?« Oliver griff zu seinem Stift.

»Zu Hause«, erwiderte Wachholz.

»Gibt es irgendwelche Zeugen?«

Wachholz schaute ihn ungläubig an. »Nein«, stieß er aus. »Und nun? Wollen Sie mich festnehmen?«

»Haben Sie die Eltern von Torben Markowitz ermordet?«

Wachholz schüttelte den Kopf. »Es ist wohl Zeit, mit einem Anwalt zu sprechen«, erwiderte er tonlos.

* * *

Annette legte das Dokument zurück und verschloss den Karton. Ihr war heiß und kalt gleichzeitig. Irgendwo tief in ihrem Inneren hoffte sie, dass das alles nur ein großes Missverständnis war. Sie schloss die Augen und wünschte sich, alles wäre wie früher. Dann öffnete sie den Karton erneut und holte das Dokument wieder hervor.

»Nein«, krächzte sie.

Ihre Augen füllten sich mit Tränen. Konnte es wirklich sein, dass ihr Leben eine einzige große Lüge war? Sie schaltete die Taschenlampe des Handys ein und leuchtete auf den Stempel des Notars, der die Urkunde beglaubigt hatte. Sowohl die Unterschrift als auch der Stempel schienen echt. Eine Träne tropfte auf ihren Finger. Schnell trocknete sie sich die Augen, damit die Urkunde nicht beschädigt wurde. Sie legte sie beiseite, griff den Karton und kippte ihn aus. Neben der Urkunde lagen nun fünf alte Fotoalben und ein paar Kinderzeichnungen ihres Bruders auf dem Boden. Ihre Mutter hatte fast jedes kleine Kunstwerk aus ihrer Kindheit aufgehoben. Annettes erste Malversuche wurden in einem anderen Karton aufbewahrt. Sie durchforstete Torbens Zeichnungen, fand darunter jedoch nichts Relevantes mehr.

Sie schlug das Fotoalbum mit dem Titel *Unser Baby*

auf und betrachtete die Aufnahmen, auf denen sie erst wenige Monate alt war. Annette blätterte vor und zurück. Sie schaute sich das komplette Album an. Ein eisiger Kranz legte sich um ihr Herz, denn einige Fotos fehlten. Sie durchsuchte die Dokumentenmappe und überflog die Angaben zu Torben. Schließlich sprang sie auf und beschloss, ihm einen Besuch abzustatten.

Völlig kopflos rannte sie zum Auto, das vor dem Haus ihrer Eltern in der Einfahrt stand. Sie knallte die Wagentür zu und startete den Motor. Zuerst ertönte das vertraute Tuckern, doch dann erlosch es mit einem leisen Stottern. Annette versuchte erneut, den Motor zu zünden. Wieder tuckerte der Wagen, aber nur, um kurz darauf zu verstummen.

»Verdammt«, fluchte Annette und probierte es noch einmal.

Nach dem zehnten Versuch gab sie auf. Es hatte keinen Zweck. Ratlos schaute sie auf die Uhr. Es war bald Mitternacht. Wie lange würde ein Pannendienst brauchen, um den Wagen wieder fit zu machen? Oder musste er möglicherweise abgeschleppt werden? Wie sollte sie dann Maja und Frederik abholen? Annette wurde flau im Magen. Egal was sie tat, es dauerte alles viel zu lange. Zudem brächte sie es nicht fertig, die ganze Zeit im Haus ihrer ermordeten Eltern zu warten. Vielleicht konnte Katja sie zu ihrem Bruder fahren. Doch im selben Moment fiel ihr ein, dass ihre Freundin heute eine Betriebsfeier hatte. Annette wollte auf keinen Fall stören. Ob Gerold ihr helfen konnte? Mit zitternden Fingern wählte sie seine Nummer und atmete erleichtert auf, als er bereits nach dem zweiten Klingeln ranging. Zumindest schien sie ihn nicht aus dem Schlaf geholt zu haben.

»Hi, hier ist Annette. Tut mir echt leid, dass ich so spät anrufe, aber mein Wagen streikt, und ich weiß nicht, was ich machen soll.«

»Kein Problem«, erwiderte Gerold sofort. »Soll ich dich irgendwohin fahren? Wo steckst du denn gerade?«

Annette verkniff sich ein Schluchzen. »Ich stehe vor dem Haus meiner Eltern. Eben wollte ich zu meinem Bruder fahren und ausgerechnet da lässt mich der Wagen im Stich. Er startet, stottert und geht wieder aus.«

Am anderen Ende der Leitung herrschte kurzes Schweigen. Annette befürchtete bereits, sie würde Gerold mit ihrem Anliegen überfordern.

Doch dann sagte er: »Ich bin gleich bei dir. Muss nur noch eine Datei sichern. Mach dir keine Sorgen, ich fahre dich. Morgen bringen wir dein Auto in die Werkstatt. Ich kann dich abschleppen, wenn du willst.«

Annette schickte ein Dankgebet zum Himmel. Sie lehnte sich auf ihrem Sitz zurück und versuchte sich zu entspannen. Wieder ins Haus wollte sie nicht. Das würde sie morgen tun, sobald es hell war. Es dauerte kaum zehn Minuten und hinter ihr leuchteten die Scheinwerfer von Gerolds Wagen auf. Annette sprang aus ihrem Auto und stieg bei ihm ein. Gerold rollte rückwärts aus der Ausfahrt.

»Du siehst ganz schön mitgenommen aus«, sagte er, als er auf die Hauptstraße fuhr. »Dein Verlust tut mir so leid. Um die Kinder brauchst du dir jedenfalls keine Sorgen zu machen. Die schlafen bereits und hatten tagsüber großen Spaß bei uns. Katjas Mutter passt zu Hause auf.«

»Danke schön«, murmelte Annette völlig gedankenverloren. In den Händen hielt sie die Mappe mit der Urkunde, die sie auf dem Dachboden gefunden hatte.

Gerold brauste über die nächtlichen Straßen, ohne dass einer von ihnen sprach. Als er an einer roten Ampel stoppte, konnte Annette plötzlich ein Schluchzen nicht mehr zurückhalten. Es war, als würde die ganze Anspannung schlagartig aus ihr herausbrechen. Gerold schaute sie mitleidig an und schaltete die Warnblinkanlage ein, als die Ampel wieder grün wurde. Statt weiterzufahren, blieb er stehen und legte ihr mitfühlend die Hand auf die Schulter.

»Ich weiß, das hört sich jetzt blöd an. Aber dir wird es wieder besser gehen. Trauer braucht ihre Zeit.«

»Das ist es nicht«, flüsterte sie heiser und schaffte es nicht, seinem besorgten Blick standzuhalten. Tränen kullerten ihr über die Wangen.

»Was ist es denn dann?«, fragte Gerold.

Annette wollte es ihm nicht sagen, doch die Worte platzten blitzschnell aus ihr heraus.

»Ich habe gerade erfahren, dass ich adoptiert wurde. Meine leiblichen Eltern sind gar nicht ermordet worden«, sagte sie und ihre Stimme hörte sich dabei merkwürdig fremd an.

* * *

»Wir können es uns nicht leisten, leichtfertig den Mitarbeiter eines karitativen Vereins festzunehmen.« Steuermarks Stimme überschlug sich beinahe. Er bedeutete Oliver mit einer harschen Geste, zu schweigen.

»Ich weiß, was Sie sagen wollen. Aber es ist mir egal. Ich bin hier der Leiter des Kriminalkommissariates und ich werde die politische Dimension dieses Falls nicht vernachlässigen. Lukas Wachholz bleibt so lange auf freiem Fuß, bis wir einen Haftbefehl erwirkt haben. Das ist mein letztes Wort.« Steuermark blickte scharf in die Runde.

Klaus zog den Kopf ein und Ingrid Scholten begann auf ihrem Block zu kritzeln. Oliver öffnete den Mund, ohne dass ein Ton herauskam. Die Gesichtsfarbe seines Chefs sorgte dafür, dass er lieber nichts mehr sagte. Protest war zwecklos, er kannte ihn inzwischen zu gut.

»Sie können die beiden Verdächtigen überwachen. Mehr ist nicht drin.« Hans Steuermark scheuchte sie mit einer Handbewegung aus seinem Büro.

Klaus ließ sich das nicht zweimal sagen, er sprang auf und war der Erste an der Tür, gefolgt von Ingrid Scholten, die hocherhobenen Hauptes hinterherging. Oliver trollte sich ebenfalls.

»Wir hätten ihn festnehmen können, wenigstens für vierundzwanzig Stunden«, maulte er, als sie zu ihrem Büro gingen. »Wer weiß, was der Mistkerl in dieser Zeit alles anstellt. Wenn ihr mich fragt, dann hat er Geschmack an seinen Bluttaten gefunden und sicher längst das nächste Opfer im Visier.«

»Jetzt setz dich erst mal hin und schnapp ein bisschen Luft«, erwiderte Klaus und stieß die Tür zum Büro auf.

Oliver schlurfte missmutig zu seinem Platz, während Ingrid Scholten geschäftig ein paar Blätter auf seinen Schreibtisch fallen ließ.

»Ich wollte die Diskussion in Steuermarks Büro nicht unnötig in die Länge ziehen«, erklärte sie. »Ich weiß nicht, inwieweit es zur Aufklärung des Falls beiträgt, aber wir haben versucht, anhand der Tiefe, der Breite und des Einstichwinkels die verwendete Tatwaffe zu rekonstruieren.«

Oliver griff sich eines der Blätter und studierte das abgebildete Schwert, das mit Maßangaben versehen war.

»Sieht aus wie aus dem Mittelalter oder von den Wikingern, aber das wundert ja auch nicht«, brummte er. »Gibt es Erkenntnisse darüber, wo der oder die Täter sich die Waffe beschafft haben könnten?«

»Ein Kollege von mir hat sich die Mühe gemacht und ein paar Händler abgeklappert. Leider passen jede Menge Modelle zu der Skizze, auch wenn die Klinge eher ungewöhnlich breit ist mit acht Zentimetern.«

»So etwas habe ich mir schon gedacht«, erwiderte Oliver. »Wahrscheinlich hat sich der Täter die Waffe auf irgendeinem Marktplatz oder von einem Kunstschmied besorgt.« Er seufzte. Sie würden die Quelle vermutlich nie herausfinden.

»Wir wissen, dass die Verdächtigen regelmäßig mit Samuraischwertern trainieren. Bedeutet das jetzt, diese

Art von Schwertern können wir als Tatwaffe ausschließen?«

Ingrid Scholten spitzte die Lippen. »Samurai-schwerter sind an der Spitze meist leicht gebogen. Es gibt jedoch auch Varianten mit gerader Klinge. Diese könnten natürlich als Tatwaffe infrage kommen.«

Olivers Computer piepste und kündigte eine neue Nachricht an. Auch Klaus schien eine E-Mail erhalten zu haben.

»Endlich, der Obduktionsbericht ist da«, verkündete Klaus und kroch beinahe in seinen Bildschirm hinein.

Oliver öffnete die Datei ebenfalls und überflog den Inhalt.

»Sie hatten recht«, sagte er und winkte Ingrid Scholten zu sich. »Mareike König ist mehr als vierundzwanzig Stunden vor ihrem Auffinden ermordet worden. Unsere beiden Verdächtigen haben kein Alibi für den Tatzeitraum.« Oliver seufzte. »Aber das wird Hans Steuermark wohl trotzdem nicht dazu bewegen, einer Festnahme zuzustimmen.«

Er überlegte, wie ihre nächsten Schritte aussehen könnten, und erhob sich.

»Wir sollten der Nachbarin von Mareike König ein Foto von Lukas Wachholz zeigen. Vielleicht kann sie ihn identifizieren. Anschließend soll Hugo Meier einen Blick auf das Foto werfen. Zumindest zieht sich die Schlinge um Lukas Wachholz' Hals dann noch ein bisschen enger.«

»Vergiss Torben Markowitz nicht. Womöglich

erkennt die Nachbarin auch ihn.« Klaus zwinkerte Oliver zu und griff nach den Wagenschlüsseln.

Keine halbe Stunde später erreichten sie den Wohnblock in Zons, in dem Mareike König gelebt hatte. Als wären sie von der Nachbarin erwartet worden, summte der Türöffner nicht mal eine Sekunde nach dem Klingeln. Gabriele Voss stand auf dem Treppenabsatz und winkte sie aufgeregt in ihre Wohnung. Sie lotste sie ins Wohnzimmer, und kaum dass sie Platz genommen hatten, fragte sie:

»Haben Sie den Mörder gefunden? Deswegen sind Sie doch hier, oder?« Sie rieb sich die Hände und setzte sich gegenüber von Oliver und Klaus in einen üppigen Sessel, den sie nicht mal zur Hälfte ausfüllte.

»Wir stecken noch am Anfang der Ermittlungen«, erklärte Oliver und holte ein paar Fotos von Lukas Wachholz aus der Tasche. »Sie haben uns mit dem Phantombild schon sehr weitergeholfen. Wir konnten daraufhin einen Mann identifizieren. Haben Sie ihn schon einmal gesehen?«

Die Nachbarin musterte die Aufnahmen mit hochrotem Kopf. Schließlich nickte sie.

»Ich habe ihn ja nur flüchtig von vorne gesehen, aber ich bin mir sicher, dass er es war. Also der Mann, der Mareike König zuletzt besucht hat.«

Oliver sammelte die Fotos zufrieden ein und legte Gabriele Voss eine Aufnahme von Torben Markowitz hin.

»Was ist mit diesem Mann? Kennen Sie ihn zufällig auch?«

Abermals konzentrierte sich die Nachbarin auf das Foto.

»Ich bin unsicher. Tut mir leid. Vielleicht war er vor ein paar Monaten schon mal hier. In den letzten Wochen jedenfalls nicht.«

Oliver und Klaus bedankten sich. »Sie haben uns sehr geholfen. Sobald wir weitere Fragen haben, melden wir uns noch einmal.«

»Ja, gerne«, antwortete Gabriele Voss eifrig und geleitete sie zur Tür.

Als sie wieder im Dienstwagen saßen, schimpfte Klaus und wischte sich mit einem Taschentuch über die Nase.

»Es wäre ja zu einfach gewesen, wenn sie sich auch an Torben Markowitz erinnert hätte. Ich bin gespannt, was Hugo Meier uns gleich erzählen wird, wenn wir ihm die Fotos zeigen.« Er trat das Gaspedal durch und manövrierte den Wagen durch die historischen Straßen von Zons.

Nach einigen engen Kurven klingelten sie bei Hugo Meier. Es dauerte eine Weile, bis der Siebzigjährige mit freiem Oberkörper in der Haustür erschien. Er steckte in einer kurzen Hose und weißen Sportschuhen. In der linken Hand hielt er eine Hantel.

»Haben wir Sie beim Training gestört?«, fragte Klaus überrascht.

Oliver staunte, wie muskulös Hugo Meier wirkte. Und er überlegte, ob Meier eine Verbindung zu Mareike König haben könnte.

»Man tut, was man kann«, antwortete Meier und

präsentierte grinsend seinen Bizeps. »Ich werde ja nicht jünger und kämpfe gegen den Zerfall.«

»Wir hätten da noch ein paar Fragen an Sie. Dürfen wir reinkommen?«, bat Oliver.

Hugo Meier nickte und ließ sie durch. »Nur herein in die gute Stube. Ich war mit dem Training sowieso gerade fertig.«

»Wo trainieren Sie denn?«, wollte Klaus wissen.

»Im Keller. Ich habe mir einen Fitnessraum eingerichtet mit allem Drum und Dran.«

Als sie auf dem Sofa saßen, legte Oliver die Fotos von Lukas Wachholz auf den Wohnzimmertisch. Klaus verschwand kurz auf die Toilette.

»Herr Meier, haben Sie diesen Mann schon einmal gesehen? Vielleicht bei Familie Markowitz?«, fragte Oliver.

Meiers Augen weiteten sich. »Natürlich. Das ist doch dieser Sozialarbeiter, der sich um Torben kümmert. Der Kerl war hier an dem Tag, an dem sich Torben mit seinen Eltern zerstritten hat.« Meier deutete nach oben. »Vom Obergeschoss aus habe ich ihn gesehen. Er hat auf Christiane eingeredet und wollte die Situation schlichten, doch die wollte nichts von ihm hören. Sie hat die ganze Zeit immer nur gesagt, dass es sich nicht gehört, nach so viel Geld zu fragen, und dass er sich da auch gar nicht einmischen solle.« Meier tupfte sich die schweißnasse Stirn ab. »Lutz war ebenfalls ziemlich aufgebracht. Er hat an den Fähigkeiten des Sozialarbeiters gezweifelt und wollte sich über ihn beschweren. Es ging eine ganze Weile hin und her. Alle vier haben laut

durcheinandergeredet. Deshalb konnte ich einen Groß-
teil von hier oben aus verstehen. Irgendwann sind
Torben und sein Betreuer abgehauen und dann war
Ruhe.«

»Und Sie sind sicher?« Oliver wollte nicht noch
einen Fehler machen. Die angebliche Geiselnahme lag
ihm nach wie vor schwer im Magen.

Hugo Meier nickte energisch. »Der Kerl war hier. Ich
schwöre es bei meinem Leben.«

Klaus kam ins Wohnzimmer und setzte sich neben
Oliver aufs Sofa. »Sie kennen Lukas Wachholz?«

»Wenn er so heißt, dann ja. Er war mit Torben hier,
als es Streit wegen des Geldes gab. Dafür lege ich meine
Hand ins Feuer.«

»Und die Kollegin von Wachholz, kommt Ihnen die
vielleicht auch bekannt vor?« Klaus öffnete den Browser
auf seinem Handy und suchte ein Bild von ihr.

Oliver verstand nicht genau, was Klaus vorhatte.
Aber er schien auf etwas Bestimmtes aus zu sein.
Deshalb wartete er geduldig ab. Hugo Meier studierte
Mareike Königs Gesicht, ohne eine Miene zu verziehen.

»Die kenne ich nicht«, sagte er nach einer Weile.
»Haben Sie denn eine heiße Spur? Gestern ist die arme
Annette hergekommen. Ich habe sie drüben ins Haus
gehen sehen. Die Ärmste tut einem wirklich leid. Sie
wirkte völlig mitgenommen. Ihr Wagen steht immer
noch auf der Einfahrt.«

»Wir dürfen leider nicht über Ermittlungsergebnisse
sprechen. Aber sobald wir den Täter verhaftet haben,
erfahren Sie es«, versprach Oliver und steckte die Foto-

grafien ein. Klaus hob eine Augenbraue, während er sein Handy wegsteckte. Irgendetwas ging hier vor sich.

»Vielen Dank, Herr Meier«, sagte Klaus schnell und erhob sich. »Wir melden uns bei Ihnen.«

Sofort als sie im Auto saßen, fragte Oliver, was los sei. Sein Partner machte eine ernste Miene.

»Ich war nicht auf der Toilette, sondern im Fitnessraum. Und jetzt rate mal, was ich da unten neben den ganzen Trainingsgeräten entdeckt habe.«

In Olivers Kopf ratterte es. Er brachte nur zwei Wörter über die Lippen.

»Ein Schwert.«

XVII

VOR FÜNFHUNDERT JAHREN

»**U**nd Ihr wisst nicht, wohin Wilfried verschwunden ist?« Bastian steckte die Zeichnung mit Wilfrieds Gesicht wieder ein.

Er hatte die letzte Stunde bei dem Schmied in Stürzelberg zugebracht. Der kräftige Mann ballte die Fäuste. »Wenn ich das wüsste, würde ich dem Kerl die Ohren langziehen. Er hat mir zwanzig Schillinge gestohlen. Falls Ihr ihn zu fassen bekommt, dann lasst es mich wissen. Ich werde aus ihm herausprügeln, was er mit meinem Geld angestellt hat.« Der Schmied spuckte wütend aus und sprach weiter: »Ausgerechnet Wilfried, dem ich eine gute Ausbildung und ein Dach über dem Kopf gegeben habe, musste mich betrügen. Mein Weib schläft des Nachts nicht mehr, weil sie es nicht verwinden kann. Wir haben Wilfried fast behandelt wie unser eigen Fleisch und Blut.«

Bastian nickte und dachte nach. Immerhin wusste er

jetzt, dass Wilfried seinen wahren Namen genannt und dass er tatsächlich als Gehilfe für einen Schmied gearbeitet hatte. Doch leider hatte er immer noch keine Ahnung, wohin er verschwunden war. Egal wie er es drehte und wendete, Wilfried erschien ihm schon allein aus diesem Grund hochverdächtig. Hinzu kam, dass der Schmied von Wilfrieds verbrannter Hand nichts wusste. Und die Aussage von Schwester Agnes, die ihn offensichtlich kannte und ihn sogar mit Schwester Rosalinde auf dem Marktplatz gesehen haben wollte. Was besprach der Gehilfe eines Schmiedes mit einer Nonne? Hatte er bei ihr wegen seiner Brandwunde um Hilfe ersucht?

Nein, das konnte nicht die Antwort sein. Schließlich war er bereits bei der blinden Elvira gewesen, als sie noch lebte. Oder hatte Wilfried Elvira erstochen, weil ihr Rat nichts wert gewesen war? Ob er nun mit Schwester Rosalinde fortfahren wollte? Sie nachts wie Clementia aus dem Kloster locken und erstechen?

»Sobald ich seiner habhaft werde, erfahrt Ihr es«, versprach Bastian dem Stürzelberger Schmied und entfernte sich.

Er ritt zurück nach Zons, wobei in seinem Kopf die Gedanken wild umhersprangen. Mal glaubte er, Wilfried wäre der Nonnenmörder, und dann wiederum fielen ihm tausend Gründe ein, warum vielleicht doch Berthold in Betracht kommen könnte oder sogar Edwin. Die Oberin Katharina von Weinfels hatte ihm die Namen der Nonnen aufgeführt, die zu den Ältesten gehörten und deshalb noch den geheimen Gang in der

Kapelle kannten. Bastian wurde das Gefühl nicht los, dass der Mörder es genau auf sie abgesehen hatte. Rosalinde zählte zwar nicht zu diesem Kreis, aber sie war offenkundig nicht mehr die Jüngste, und außerdem hatte sie ebenfalls Kenntnis von dem Geheimgang. Die Nonne verbarg etwas. Ob bösartig oder nicht, konnte Bastian nicht sagen. Er mochte die Alte, jedoch hatte das nichts zu bedeuten. Sie wäre nicht der erste Mensch, in dem er sich täuschte. Das Böse verstand es, sich zu tarnen. Er musste die Augen offen halten und durfte sich nicht von Freundlichkeit blenden lassen.

Wenn er also Wilfried aufspüren wollte, wie ließe sich das am besten anstellen? Die Antwort lag für Bastian auf der Hand. Er würde Schwester Rosalinde nicht mehr aus den Augen lassen und die anderen Nonnen, die den Geheimgang kannten, ebenfalls nicht. Wernhart würde ihm helfen, sie zu beschützen. Die Nacht begann sich langsam herabzusenken, und Bastian gab seinem Pferd die Sporen, damit er Zons mit dem letzten Tageslicht erreichte.

Agnes war den ganzen Tag um Schwester Rosalinde herumscharwenzelt, ohne ein Wort mit ihr sprechen zu können. Etwas belastete die in die Jahre gekommene Nonne. Das konnte sie spüren. Bestimmt hing es mit diesem Wilfried zusammen. Agnes hatte keine Ahnung, warum Rosalinde überhaupt mit ihm gesprochen hatte. Sie wusste nur, dass ihre liebste Schwester im Kloster

Trübsal blies. Sie war zwar körperlich anwesend, doch ihr Geist schien nicht hier zu sein.

»Agnes, schert Euch in die Küche!«, rief Schwester Bertha und fuchtelte wild mit den Armen. Sie näherte sich mit schnellen Schritten und packte Agnes am Oberarm. »Ich bin nicht dumm. Ihr hättet gestern das Kloster gar nicht verlassen dürfen. Wenn Ihr noch weiter hier draußen herumsteht, verrate ich es der Oberin. Also macht schon. Die Küche muss bis morgen glänzen.«

»Ich danke Euch, Schwester Bertha«, murmelte Agnes und warf einen letzten sehnsüchtigen Blick in den Kräutergarten, wo Schwester Rosalinde sich an einem Korb mit Kräutern zu schaffen machte.

Agnes eilte ins Hauptgebäude, damit Schwester Bertha nicht erneut zu schimpfen anfing. Der Tag neigte sich dem Ende zu, und sie wollte fertig sein, bevor sie zu Bett ging. Sie betrat die Küche und begann, die Teller abzuwaschen. Das Feuer knisterte hinter ihr und gab ihr ein wohliges Gefühl. Agnes schrubbte mehrere Schüsseln und nahm sich anschließend die Messer vor. Sie polierte das Metall, bis es glänzte, und schreckte dann vor ihrem eigenen Spiegelbild zurück. Dicke dunkle Ringe hatten sich unter ihren Augen gebildet. Sie sollte nachts wohl besser nicht herumschleichen, sondern schlafen. Agnes sortierte die Messer und hielt plötzlich inne. Draußen vor der Küche knarrten die alten Treppenstufen. Mit einem Messer in der Hand schlich sie zur Küchentür, um nachzusehen, was dort vor sich ging.

* * *

Wie beschrieb man den Schmerz, den eine Mutter erlitt, die ihr Kind verlor? Es gab keine Worte und keine Bilder, mit denen dieser Schmerz auch nur annähernd ausgedrückt werden konnte. Neun Monate lang hatte sie das kleine Herz und die Bewegungen in ihrem Bauch gespürt. Sie hatte das kleine Leben aus sich herausgepresst, es in den Armen gehalten und dann hatte man es ihr weggenommen.

Rosalinde kniete vor dem Kreuz in der Kapelle und sandte ein stummes Gebet in den Himmel. Sie hatte sich so oft gefragt, wie es ihrem Sohn wohl erging. Wie er aussah. Ob er groß und kräftig war und ein gütiges Herz hatte wie sein Vater. Sie hätte sich niemals auf ihn einlassen dürfen. Ihre Mutter hatte sie vor dem gut aussehenden Händler gewarnt, der sie einmal im Jahr mit Schmuckstücken aus aller Welt versorgte. Doch Rosalinde hatte nicht hören wollen, und obwohl sie wusste, dass er weiterziehen würde, hatte sie sich ihm hingegeben. Sie hatte ihr Leben zerstört wegen dieser einen Nacht. Matthäus war nie zurückgekehrt, und ihre Eltern hatten sie ins Kloster geschickt, noch bevor ihr Bauch richtig rund wurde. Ihre Schande sollte auf keinen Fall sichtbar werden.

Rosalinde seufzte und schob die schlimmen Erinnerungen beiseite. Sie hatte alles verloren und doch so viel gewonnen. Sie dachte an Agnes und es wurde ihr warm ums Herz. Das hübsche Mädchen war genauso ihr Kind wie der kleine Junge, den sie Arnold genannt hatte. Die beiden waren Zwillinge. Nicht ein Wort hatte Rosalinde jemals über ihre Schwangerschaft fallen lassen. Nur die Nonnen, die sie damals aufgenommen hatten, kannten ihr Schicksal und ihre Blutsverwandtschaft mit Agnes. Es war eine der Bedingungen gewesen, dass Agnes ihre Herkunft nicht erfahren durfte. Das Mädchen sollte rein und ohne Makel aufwachsen. Von den Nonnen, die dieses Geheimnis hüteten, weilten nicht mehr viele unter ihnen. Mit der Oberin waren es noch genau vier.

Und Arnold? Als Junge hatte er nicht in dem Frauenkloster bleiben können. Rosalinde hätte ihn so gern behalten, doch es ging nicht. Voller Liebe dachte sie jeden Tag an ihn und betete regelmäßig für sein Wohl. Damals musste sie schwören, ihr Schweigen niemals zu brechen, und daran hatte sie sich stets gehalten. Aber heute Nacht fühlte sie sich nicht mehr an dieses Versprechen gebunden. Sie würde all ihre Fehler der Vergangenheit wiedergutmachen. Rosalinde schloss die Augen und begann, das Wiegenlied zu summen. Dasselbe Lied, das sie sang, als sie ihre Kinder nach der Geburt in den Armen hielt. Das Lied, das sie manchmal heimlich in der Nacht an Agnes' Nachtlager gesungen hatte. Ihr Herz füllte sich mit Liebe. Sie griff ihren Mantel und schlich sich hinaus in die Dunkelheit.

* * *

Katharina von Weinfels hatte endlich eingewilligt und sich gemeinsam mit den Nonnen, die den Geheimgang kannten, in ein separates Schlafgemach begeben. Wernhart hatte vor der Tür Stellung bezogen und hielt Wache. Bastian hingegen verschanzte sich hinter einem Mauervorsprung, von dem aus er den Saal beobachten konnte, in dem Rosalinde schlief. Er wollte nicht, dass sie ihn bemerkte. Sie hatte ihn einfach zu oft an der Nase herumgeführt. Wenn er sie fragte, würde sie ihn vermutlich niemals zu Wilfried führen. Doch wenn sie glaubte, sie wäre unbeobachtet, vielleicht schon.

Es überraschte Bastian nicht sonderlich, als die Nonne kurz nach Mitternacht aus dem Schlafsaal kam und die Treppe nach unten stieg. Er hastete ihr auf Zehenspitzen hinterher. Rosalindes Schatten bewegte sich auf die Kapelle zu und schlüpfte hinein. Im ersten Moment war Bastian enttäuscht, weil die Nonne sich nicht aus dem Kloster schlich, sondern offenbar nur beten wollte. Er überlegte, wieder seinen Posten vor den Schlafgemächern zu beziehen, doch dann fiel ihm der Geheimgang ein. Er huschte zu einem Fenster und schaute ins Innere der Kapelle. Rosalinde kniete vor einem Kreuz und betete.

Bastian sah ihr eine Weile zu. In ihm wuchsen die Zweifel. Was, wenn Schwester Agnes sich irrte und Wilfried verwechselte? Vielleicht war es ein anderer Mann gewesen, mit dem sich Rosalinde auf dem Marktplatz getroffen hatte. Dann hockte er hier und beschattete Rosalinde, während der Mörder womöglich schon ins Kloster schlich, um sich sein nächstes Opfer zu holen. Es war längst nicht sicher, dass er es nur auf ältere Nonnen abgesehen hatte. Womöglich schlug er zu, wo sich eine Gelegenheit ergab.

Ungeduldig schritt er vor dem Kapellenfenster auf und ab. Er warf von Zeit zu Zeit einen Blick hindurch, jedoch bloß um festzustellen, dass Rosalinde immer noch vor dem Kreuz kniete. Gerade in dem Augenblick, als er beschloss, die Überwachung abzubrechen, begann Rosalinde zu summen. Es war das Wiegenlied. Alarmiert schaute er durch das Fenster und sah, wie die Nonne zu dem Gemälde der Heiligen Jungfrau Maria huschte und dahinter verschwand.

* * *

Er spielte mit dem Brandeisen in seiner Hand. Er war immer noch unschlüssig, ob er es im Feuer erhitzen sollte. Verdiente die Frau, die ihn in die Kälte dieser Welt hinausgestoßen hatte, einen solchen Tod? Unsicher zeichnete er die Linie der Hörner nach. Sie hatte ihm das Leben geschenkt, den ersten Atemzug und die Kraft, die ihn stets getragen hatte, wenn er kurz davor stand, aufzugeben. Wie viel Schuld trug sie an dem, was passiert war? Hatte sie überhaupt eine Wahl gehabt? Vielleicht nicht. Jedoch hatte sie auch in den Jahren darauf nichts unternommen. Nicht einen Versuch, ihn zu finden. Womöglich fehlten ihr dazu die Möglichkeiten. Aber hätte sie es nicht wenigstens probieren können? War da nichts in ihr, was sich Mutterliebe nannte? In seinem Kopf ertönte die Melodie aus seiner Kindheit. Er summte leise vor sich hin, nahm das Schwert und machte sich auf den Weg. Er hatte keine Ahnung, was ihn in dieser Nacht erwarten würde.

* * *

Agnes hatte fürchterliche Angst. Der Teufel würde wiederkommen. Sie spürte es mit jeder Faser ihres Körpers. Die Wolken am Himmel verdunkelten die Sterne und auch die schmale Sichel des Mondes. Sie stolperte über den Klostergrund, dem Schatten hinterher, der sich aus dem Klostergebäude hinaus in die Nacht geschlichen hatte. Eigentlich waren es sogar zwei dunkle Gestalten, doch sie war sich nicht ganz sicher. Vor ihr jedenfalls lief Bastian Mühlenberg. Seinen blonden Schopf hatte sie kurz aufleuchten sehen, als er an der Küche vorbeirannte. Dass er jemanden verfolgte, erkannte sie an der Art, wie er sich vorwärtsbewegte. Er rannte zur Kapelle, um dort durch ein Fenster zu spähen.

Was um Himmels willen ging im Inneren des kleinen Gotteshauses vor sich? Sie wusste es nicht. Doch als Bastian Mühlenberg schließlich in die Kapelle stürmte, beschloss sie, ihm zu folgen. Die Kapelle war menschenleer, aber sie fand eine Öffnung in der Wand. Ohne viel nachzudenken, stieg sie die schmale Treppe hinab, die sie tief unter die Kapelle brachte. Es war stockfinster und die Angst legte sich wie ein schweres Tuch über ihren Verstand. Was, wenn sie hier nie wieder herauskam? Wenn Bastian Mühlenberg sie direkt in die Arme des Teufels führte? Vielleicht war es ja sogar der Teufel selbst, der ihr in seiner Gestalt erschienen war und sie nun aus dem Kloster lockte. War sie dumm genug, um auf seine List hereinzufallen?

Agnes blieb atemlos stehen und verharrte lautlos in der Dunkelheit. Irgendwann machte sie doch ein paar Schritte weiter und plötzlich tat sich ein schwaches Licht in einiger Entfernung auf. Sollte sie lieber umkehren? Inzwischen wusste sie gar nicht mehr, warum sie überhaupt kopflos hinter dem Stadtsoldaten hergelaufen war. Auf einmal hörte sie einen durchdringenden Schrei. Ihr Herz krampfte sich auf der Stelle zusammen, denn sie erkannte die Stimme auf Anhieb. Sofort rannte sie los, um zu Hilfe zu eilen.

* * *

Schwester Rosalinde tastete sich durch den engen Gang, den sie bis vor Kurzem noch gar nicht gekannt hatte. In der rechten Hand hielt sie das Stückchen Pergament, das sie ihrem Sohn Arnold damals mitgegeben hatte. Ihr Herz pochte so schnell, dass ihr ein wenig schwindelig war. Wie rasch sich die Dinge doch manchmal änderten. Ihr Gefühlsleben war völlig aus den Fugen geraten, seit sie den Markt besucht hatte. Ein Mann mit dem Namen Wilfried stand plötzlich neben ihr, als sie Gemüse kaufen wollte. Niemals hätte sie einfach so mit einem Fremden gesprochen, aber er hatte ihr dieses Stückchen Pergament vor die Nase gehalten, und sie erkannte es sofort. Für einen Augenblick glaubte sie, dass Wilfried ihr verlorener Sohn wäre. Doch er hatte ihr seinen Namen genannt und erklärt, dass Arnold sich an einem ruhigen Ort mit ihr treffen wolle. Rosalinde fühlte sich der Ohnmacht nahe, so sehr nahm die Aussicht sie mit, ihren Sohn wiederzusehen.

»Warum ist er nicht mitgekommen?«, fragte sie Wilfried.

»Er möchte Euch nicht in Schwierigkeiten bringen«, hatte dieser erwidert.

Rosalinde begriff es kaum, dass Arnold sich um sie sorgte. Katharina von Weinfels würde sie bestimmt des Klosters verweisen, falls sie von ihrem Treffen erfuhr, und dann könnte sie den Rest ihrer Tage als Bettlerin oder Tagelöhnerin verbringen.

»Trefft mich an der großen Eiche hinter dem Kloster nach Mitternacht«, hatte sie zu Wilfried gesagt, und seitdem dachte sie an nichts anderes mehr.

Sie erreichte die Öffnung jenseits der Klostermauer und eilte auf den alten Baum zu. Schon von Weitem erkannte sie zwei Männer, die dort in der Dunkelheit auf sie warteten.

»Arnold?«, rief sie leise.

Tränen strömten ihr aus den Augen, als ein hochgewachsener Mann auf sie zutrat.

»Mutter«, brummte er mit tiefer Stimme.

Sie legte ihre Hände an seine Wangen und weinte.

»Ich habe jeden Tag für Euch gebetet, mein Sohn«, schluchzte sie. »Ich bin so froh, dass Ihr mich gefunden habt.«

Sie spürte seine Umarmung und ein leichtes Zittern, das durch seinen Körper ging.

»Es tut mir unendlich leid, dass ich Euch weggeben musste. Es hat mir das Herz gebrochen.«

»Ihr hättet mich nicht weggeben dürfen«, murmelte Arnold und drückte sie fester an sich. »Warum habt Ihr nie nach mir gesucht?«

»Ich wusste nicht, wo Ihr wart. Ihr wurdet mir fortgenommen, gleich nachdem Ihr das Licht der Welt erblickt hattet.« Rosalinde löste sich aus seiner Umarmung und betrachtete sein Gesicht. Weil es im Dunkeln lag, fuhr sie die Konturen mit den Fingerspitzen nach.

»Vergebt mir, mein Sohn«, flüsterte sie und musste schon wieder weinen.

* * *

Bastian hatte keine Schwierigkeiten, Schwester Rosalinde durch den Geheimgang zu folgen. Er hätte sie einholen können, doch er wollte wissen, ob sie sich wirklich mit Wilfried traf. Er sah, wie Rosalinde an der Klostermauer entlang Richtung Westen rannte. Mit eiligen Schritten strebte sie auf einen großen Baum zu. Bastian machte einen weiten Bogen, damit sie ihn nicht bemerkte. Er schlich sich von der anderen Seite an den Baum heran und erblickte zwei Männer, die neben Schwester Rosalinde standen. Einer von ihnen war tatsächlich Wilfried. Den anderen hatte er noch nie zuvor gesehen. Er näherte sich so weit, bis er ihre Stimmen hören konnte.

»Ich habe Euch den Namen des Klosters, meinen Namen und den Eurer Schwester mitgegeben, damit Ihr mich finden könnt. Mehr konnte ich nicht tun, glaubt mir«, sagte Rosalinde verzweifelt.

»Ihr habt mich fortgegeben und meine Schwester behalten. Was für eine Mutter seid Ihr?«, erwiderte der Fremde zornig.

»Die Nonnen konnten dich nicht aufnehmen und deshalb haben sie dich in fürsorgliche Hände gegeben. So sagten sie es mir.«

»Fürsorgliche Hände? Dass ich nicht lache«, stieß der Mann aus. »Ich stand mehr als einmal vor dem Hungertod. Einer Bettlerin haben sie mich anvertraut.«

»Es tut mir leid, mein Junge. Ich bin froh, dass Ihr den Weg zu mir gefunden habt. Mein Leben lang habe ich mich gefragt, was wohl aus Euch geworden ist.«

»Das kann ich Euch sagen. Jemand, der Rache übt für all das, was ihm angetan wurde.«

»Jetzt sagt mir nicht, dass Ihr es seid, der unsere drei Schwestern auf dem Gewissen hat«, rief Rosalinde entsetzt.

Der Fremde antwortete nicht.

»Sagt, dass Ihr damit nichts zu tun habt«, flehte Rosalinde und der Schmerz in ihrer Stimme war nicht zu überhören.

»Ich habe sie getötet, weil sie es nicht anders verdient haben. Es sind schlechte Menschen mit bösem Herzen. Sie tragen die Schuld daran, dass wir nie eine Familie sein konnten.«

»Lieber Herr im Himmel, bitte lass das nicht wahr sein«, stieß Rosalinde erschüttert aus. »Was habt Ihr nur getan, mein Junge! Was habt Ihr nur getan?«

Der Fremde erwiderte nichts.

»Es tut mir leid, mein Sohn, aber ich muss zurück

ins Kloster«, schluchzte Rosalinde und wandte sich zum Gehen.

Der Fremde hielt sie fest.

»Ihr verlasst mich nicht noch einmal«, zischte er böse und rammte ihr sein Schwert in den Bauch.

Rosalinde schrie auf und fiel hintenüber. Bastian sprang hinter dem Baum hervor und versetzte dem Mann einen Hieb auf den Schädel. Er brach auf der Stelle zusammen. Dann trat er Wilfried mit aller Wucht gegen das Knie und verpasste ihm einen Schlag in die Magengrube, sodass er stöhnend zu Boden sackte.

»Rosalinde«, rief Bastian und kniete sich neben sie.

»Ist schon gut«, wimmerte Rosalinde.

Bastian tastete ihre Kleidung ab und fühlte, wie das Blut aus einem Loch ihres Gewandes drang.

»Ich bringe Euch ins Kloster«, sagte er und hob sie vorsichtig hoch. Ihr Körper lag schlaff in seinen Armen.

»Rosalinde!«, schrie eine Frauenstimme. Zweige knackten in der Dunkelheit und eine zierliche Nonne kam auf sie zugerannt.

»Schwester Agnes?«, fragte Bastian. »Seid Ihr es?«

»Was ist mit Rosalinde?«

»Sie wurde verwundet. Ich muss sie sofort ins Kloster bringen. Helft mir!«

Schwester Agnes lief voraus. Bastian trug Rosalinde so schnell er konnte in die Klosterküche. Neben der Feuerstelle legte er die verletzte Nonne auf eine Decke und begutachtete ihre Wunde, aus der unaufhörlich Blut sickerte.

»Wir brauchen Hilfe. Ich hole die Oberin und Wernhart«, erklärte Bastian. »Jemand muss Josef Hesemann rufen. Ihr presst dieses Tuch auf die Wunde. Sie darf nicht so viel Blut verlieren.«

Schwester Agnes nickte und blieb neben Schwester Rosalinde sitzen wie ein Häufchen Unglück, während sie das bereits durchtränkte Tuch auf deren Bauch drückte.

* * *

»Warum nur seid Ihr dem Ruf dieses Teufels gefolgt, Rosalinde?«, fragte Agnes bebend. »Ihr wusstet doch, dass er Euch töten würde. Genau so hat er es auch mit Schwester Clementia getan, nachdem er sie zum Hafen gelockt hatte. Weshalb habt Ihr Euch mit ihm getroffen?«

Die blassen Lippen von Rosalinde bewegten sich nur langsam. Agnes senkte den Kopf, um sie verstehen zu können.

»Arnold ist Euer Bruder. Ich bin Eure Mutter, mein Kind. Du bist mein Schatz, meine Tochter. Ich liebe dich mehr, als Worte es jemals beschreiben könnten.«

Agnes war sich nicht sicher, ob sie richtig verstanden hatte.

»Ihr seid meine Mutter?«, fragte sie mit rasendem Herzen.

Rosalinde nickte schwach und reichte ihr die knorrige Hand. »Ich durfte es Euch nicht sagen, Agnes. Es tut mir leid. Ich habe immer versucht, für Euch da zu sein.«

Agnes schlang den Arm um Rosalinde. »Ich liebe Euch auch, Mutter. Seid tapfer, gleich kommt Hilfe.«

Rosalinde schüttelte erschöpft den Kopf. »Das Leben strömt aus mir heraus, mein Kind. Ich werde immer bei Euch sein, egal wohin Ihr geht. Denkt an mich, wenn Ihr mich braucht, und ich werde da sein. Und verzeiht Eurem Bruder. Ich konnte ihn nicht behalten, aber ich habe auch ihn geliebt.«

»Mutter!«, schrie Agnes, denn plötzlich bewegten sich Rosalindes Lippen nicht mehr und das Licht, das eben noch in ihren Augen geschienen hatte, war verloschen. Vor ihr lag Rosalinde und doch war sie es nicht mehr. Etwas fehlte. Agnes schossen die Tränen in die Augen, als ihr klar wurde, dass Rosalindes Seele in den Himmel hinaufgeschwebt war. Trotzdem presste sie weiter das Tuch auf die Wunde. Vielleicht kehrte sie ja zurück. Der liebe Gott im Himmel musste Erbarmen haben. Sie hatte sich immer eine Mutter gewünscht. Und jetzt, wo Agnes sie gerade gefunden hatte, da konnte Gott sie ihr doch nicht entreißen.

»Schwester Rosalinde!«, stieß die Oberin aus und sank neben ihnen nieder. Bastian Mühlenberg und einige Nonnen blieben stehen und sahen schweigend dabei zu, wie die Oberin Schwester Rosalindes Augen schloss. Sie sprach ein Gebet und die anderen Nonnen stimmten mit ein. Nur Agnes brachte kein Wort über die Lippen. In ihrem Kopf herrschte Durcheinander und ihr Herz schmerzte wie nie zuvor. Sie drückte Rosalinde einen Kuss auf die Stirn und verabschiedete sich stumm von ihrer Mutter. Dann erhob sie sich und ging auf Bastian Mühlenberg zu.

»Bringt mich zu meinem Bruder«, bat sie ihn.

* * *

Zwei Wochen später

Bastian öffnete die Kerkertür und ließ Agnes eintreten. In der Ecke hockte Arnold, der Agnes so ähnlich sah, dass Bastian für einen Moment der Atem stockte. Er schloss die Tür ab und warf die Schlüssel dem Wachsoldaten zu.

»Lasst Agnes wieder heraus, sobald sie fertig ist«, befahl er und wandte sich Wernhart zu, der mit verschränkten Armen neben ihm stand.

»Sie sind unverkennbar Bruder und Schwester«, flüsterte er ihm ins Ohr.

»Ich wusste ja gleich, dass mit dieser Agnes etwas nicht stimmt. Ich bin mir auch immer noch nicht sicher, ob nicht noch mehr dahintersteckt, als wir bis jetzt wissen.«

Bastian erwiderte nichts. Arnold Seybold hatte alle Morde gestanden. Er war es auch gewesen, der die Oberin in der Nacht von Elviras Tod auf den Kopf geschlagen hatte. Es war reines Glück, dass Bastian in der Nähe gewesen war, ansonsten wäre Katharina von Weinfels wahrscheinlich Schlimmeres geschehen. Arnold Seybold hatte seit Jahren auf Rache gesonnen. Nachdem er als Baby von einer Bettlerin aufgenommen worden war, hatte ihn im Alter von neun Jahren ein fahrender Kaufmann zu sich geholt und ihm zu einer ordentlichen Ausbildung verholfen.

Arnold Seybold hätte etwas aus seinem Leben machen können. Der alte Kaufmann hatte ihm ein kleines Vermögen vermacht. Doch die Frau, die Arnold heiraten wollte, bekam er nicht, weil er ihren Eltern nicht gut genug war. Statt sich nach einem anderen Weib umzusehen, zog er von Hass getrieben durchs Land. Er wollte alle töten, die schuld an seinem Schicksal waren. In Arnolds Augen waren das die Nonnen, die damals beschlossen hatten, ihn der Bettlerin anzuvertrauen.

Er heuerte Wilfried an, der für ihn die Brandeisen schmiedete und allerlei Botengänge übernahm. Edwin Helmer und Berthold Wankum halfen Arnold, das Kloster auszuspionieren. Außerdem bot Arnold Berthold eine hohe Summe Geld an, wenn er ihn im Zweifel decken würde. Sie entdeckten den geheimen Zugang, durch den Arnold daraufhin einige Male ins Innere des Klosters eingedrungen war. Auf diesem Weg ermordete er Schwester Margaretha und legte seiner leiblichen Schwester das Teufelszeichen aufs Nachtlager. Später wollte er sich ihr zu erkennen geben, aber dazu kam es nicht mehr. Als ihm die Sache zu heiß wurde, weil Bastian das Kloster mit seinen Männern bewachen ließ, griff er zu einer List. Er lockte Schwester Clementia mithilfe einer Nachricht zum Hafen. Clementia hatte sich nicht in einen Mann verliebt. Sie dachte, sie würde auf ihren Bruder treffen, einen gesuchten Verbrecher, den sie jahrelang nicht gesehen hatte. Arnold war es gelungen, einen Brief von ihm an Clementia abzufangen. Deshalb kannte er die Geschichte ihres Bruders. In seinem Namen schickte er ihr einige Nachrichten und schlug schließlich den Treffpunkt im Hafen vor.

Mit Schwester Elvira hatte Arnold noch leichteres Spiel gehabt. Er wusste von Berthold und Edwin genau, wann und wo sie die Reste aus der Klosterküche an die Armen von Zons verteilte. Womit er nicht gerechnet hatte, war der Anblick seiner Mutter, die Elvira durch den Geheimgang gefolgt war. Von diesem Augenblick an hegte Arnold nur noch einen Wunsch. Er wollte Rosalinde treffen. Also schickte er Wilfried vor, der ihr auf dem Marktplatz das Stück Pergament überreichte, das sie ihm als Baby mit auf den Weg gegeben hatte. Sie schlug daraufhin selbst einen Treffpunkt vor. Das Treffen geriet aus den Fugen, als die alte Rosalinde entgegen Arnolds Vorstellungen entsetzt über seinen Rachefeldzug gewesen war. Sie verstand ihn nicht, und als sie genug hatte und ins Kloster zurückwollte, zog Arnold sein Schwert und stach zu.

Bastian wusste, dass Arnold Seybold den Tod seiner Mutter zutiefst bereute. Er hatte genau das zerstört, was er eigentlich zurückholen wollte. Und nun blieben ihm nur seine verzweifelte Zwillingsschwester und das Warten auf den Henker.

»Ich danke Euch, dass ich meinen Bruder noch einmal sehen durfte«, sagte Agnes plötzlich.

Bastian war so in Gedanken versunken gewesen, dass er sie gar nicht neben sich bemerkt hatte.

»Gern geschehen«, erwiderte er. »Es tut mir sehr leid für Euch.«

Agnes nickte mit Tränen in den Augen. Sie sah verändert aus, ohne die Nonnentracht und mit offenen Haaren. Vor ihm stand eine wunderschöne junge Frau.

»Wollt Ihr wirklich nicht in die Obhut des Klosters zurückkehren?«, fragte Bastian zweifelnd.

»Ich gehöre nicht dorthin. Jetzt, wo Schwester Rosalinde tot ist, würde ich sie im Kloster jeden Tag schmerzlichst vermissen. Alles dort erinnert mich an sie. Außerdem wurde ich in Sünde gezeugt. Mein Herz ist nicht so rein wie das der anderen Klosterschwestern. Der Herr hat mir in der Kapelle nie geantwortet. Der Grund ist klar, ich muss meine eigene Bestimmung finden, und die liegt nicht hinter diesen Klostermauern, sondern hier draußen.« Sie deutete mit leuchtenden Augen auf die Stadt. »Dort wird sich mein Schicksal erfüllen. Ich kann mich im Haushalt verdingen und habe auch schon etwas in Aussicht.«

Bastian behagte die Vorstellung nicht, dass eine mittellose Frau sich allein in der Fremde durchkämpfen musste. Obwohl er etwas anderes mit dem Schmuckstück in seiner Tasche vorgehabt hatte, holte er die Silbermünze hervor und drückte sie Agnes in die Hand.

»Damit werdet Ihr die erste Zeit über die Runden kommen. Bleibt eine brave Frau, Agnes, und falls Ihr Hilfe braucht, ich bin immer für Euch da.«

»Danke«, sagte Agnes und betrachtete die Münze. »Wer ist Clara?«

Bastian fühlte, wie ihm die Hitze ins Gesicht schoss. Er sah Anna und ihre Tochter vor seinem inneren Auge. Vielleicht waren die beiden nur ein Produkt seiner Fantasie. Aber in letzter Zeit hatte er immer wieder von ihnen geträumt. Hätte er einen Wunsch frei gehabt, so wäre er gern mit ihnen zusammen gewesen. Weil sich dieser Wunsch jedoch nicht erfüllen ließ, hatte er vom Schmied eine Silbermünze prägen lassen. Den Namen von Annas Tochter auf der einen Seite und die Mühle von Zons auf der anderen. Er hatte einfach eine Verbindung zu Anna und Clara herstellen wollen und eine Münze schien ihm dafür geeignet. Zumindest hatte er mit dieser Münze etwas erschaffen, das er anfassen konnte. *Clara*, dachte er und lächelte, denn in seinen Träumen hatte sie seine dunkelbraunen Augen geerbt.

»Es gibt Geheimnisse, die behält man am besten für sich«, flüsterte er Agnes zu und schloss ihre Hand um die Münze. »Sie gehört Euch. Schließt Clara dafür in Eure Gebete ein.«

Agnes nickte und legte ihre Hand auf die Klinke.

»Hier ist noch etwas, wartet. Arnold wollte, dass Ihr diese Truhe an Euch nehmt. Sein Hab und Gut ist darin verwahrt.« Bastian winkte einen Wachsoldaten herbei.

»Ihr tragt die Truhe für Agnes«, sagte er und übergab ihm die Truhe.

»Ich danke Euch für alles.« Agnes schenkte Bastian ein warmes Lächeln und verabschiedete sich.

Bastian sah ihr hinterher und wünschte ihr nur das

Beste. Es würde nicht leicht für sie werden, sich ein neues Leben außerhalb der Klostermauern aufzubauen.

»Was machen wir mit Wilfried?«, fragte Wernhart und klapperte mit den Kerkerschlüsseln.

»Er kommt vor das Schöffengericht, schließlich hat er einem Mörder geholfen.«

»Und was ist mit Edwin und Berthold?«

»Die auch. Die drei werden ihre gerechte Strafe bekommen, genauso wie Arnold«, erwiderte Bastian und erhaschte einen letzten Blick auf Agnes, die gerade um eine Ecke verschwand. Er sah zum Himmel hinauf und dachte an Anna und ihre Tochter.

»Möge das Glück stets mit Euch sein!«, flüsterte er und hoffte, dass Anna ihn hörte.

XVIII

GEGENWART

Clara schlief friedlich. Anna lächelte und strich ihr zärtlich über die Wange. Dann ließ sie sich auf das große Bett neben Emily fallen und freute sich, dass sie endlich Zeit zum Reden hatten. Seit ihre Tochter auf der Welt war, sahen sie sich nicht mehr so oft wie früher. Deshalb wollte Anna jeden Augenblick ihres kleinen Ausflugs genießen.

»Schlaf ruhig ein bisschen und ruhe dich aus«, sagte Emily, doch Anna schüttelte den Kopf.

»Nein. Lass uns ein wenig quatschen, solange Clara schläft. Ich brauche unbedingt mal wieder unseren Austausch.« Anna richtete sich auf und blickte zu ihrer besten Freundin hinüber.

»Bist du mit deiner Reportage weitergekommen?«

Emily zuckte mit den Achseln. »Nicht so weit, wie ich es mir gewünscht hätte. Wenn ich ganz ehrlich bin, ist es manchmal schwierig, sich zu konzentrieren, sobald Clara richtig aufdreht. Ich bin nicht halb so weit gekommen, wie ich eigentlich geplant hatte. Macht aber nichts. Ich liebe es, Zeit mit der kleinen Clara zu verbringen. Außerdem bin ich ja im Urlaub.«

»Da geht es dir wie mir.«

»Ich habe für Oliver ein paar Informationen zu dem Wiegenlied zusammengefasst und ihm zugeschickt.« Emily zeigte Anna die Notizen und summte dabei die Melodie.

»Suse, liebe Suse heißt es. Wobei der Text erst mehr als zweihundert Jahre später hinzukam. Die Melodie stammt jedenfalls aus dem fünfzehnten Jahrhundert.«

»Das Lied kenne ich. In den Aufzeichnungen der Oberin wird ebenfalls von einem Wiegenlied berichtet. Ich konnte aber den Namen nicht herausfinden«, erwiderte Anna.

»Das habe ich auch bereits versucht. Da es keinen Text gibt und niemand die Noten festgehalten hat, werden wir es wohl nie erfahren. Oliver hat mir übrigens eine Zeichnung von der möglichen Tatwaffe geschickt und mich gefragt, ob ich damit etwas anfangen kann. Ist natürlich streng vertraulich. Und er hat noch ein Brandmal erwähnt, ein Teufelssymbol.«

Anna betrachtete die Zeichnung von einem breiten Schwert, und obwohl sie so müde war, dass ihr fast die Augen zufielen, schoss eine Erinnerung in ihr hoch.

»Wo hast du die Kopien von dem Tagebuch?«, fragte sie aufgeregt.

»Welches meinst du?«

»Das Tagebuch dieser Oberin aus dem Franziskanerkloster.«

Emily deutete auf einen Stapel Papier auf dem Sessel. »Es müsste obenauf liegen.«

Anna schnappte sich den Stapel und blätterte durch die Seiten, bis sie die Skizze von Bastian Mühlenberg fand, die ihr zuvor aufgefallen war.

»Es muss ja nichts zu bedeuten haben, aber findest du nicht, dass sich die Schwerter auf den Zeichnungen ähneln?«

Emily lachte auf. »Schwerter sehen doch eigentlich immer ziemlich gleich aus.« Als sie die Skizze in die Hand nahm, verschwand allerdings das Lächeln aus ihrem Gesicht.

»Du hast recht«, murmelte sie verblüfft. »Die Klinge ist auch außergewöhnlich breit. Das ist schon seltsam.«

»Ich habe mir den Tagebucheintrag genau durchgelesen. Eine Nonne namens Margaretha wurde mit sieben Schwertstichen ermordet. Danach folgten zwei weitere Opfer, ebenfalls erstochen. Eines wurde in den Rheinauen gefunden, das andere hinter dem Kloster. Es gab wohl einen Geheimgang, der aus der Klosterkapelle nach draußen führte.« Anna erwähnte ihren Traum von Bastian Mühlenberg lieber nicht. Emily sollte nicht denken, sie wäre völlig durchgeknallt. »Jedenfalls wurden die Nonnen gebrandmarkt.« Anna fischte eine Zeichnung von Bastian Mühlenberg aus den Unterlagen, die ein Gesicht mit zwei Hörnern zeigte.

»Sagtest du nicht, Oliver hätte etwas von einem Teufelsmal gesagt?«

Emily betrachtete das Bild und wurde blass. »Das gibt es ja nicht. Sieben Stiche, das breite Schwert, ein

Wiegenlied und nun auch noch dasselbe Brandmal? Das kann kein Zufall mehr sein.«

»Wäre es möglich, den Rest des Tagebuchs aufzuspüren? Bestimmt haben Katharina von Weinfels oder Bastian Mühlenberg den Namen des Täters notiert.«

Emily sprang auf und öffnete ihren Laptop. »Du hast Glück. Ich habe eine Kollegin gebeten, im Stadtarchiv nachzuschauen. Sie hat mir die Kopien schon geschickt.«

* * *

»Wie sah das Schwert aus? Hast du ein Foto gemacht?«, wollte Oliver wissen.

Klaus tippte sich an die Stirn. »Was denkst du denn, es war kaum Zeit. Die Toilette befindet sich im Erdgeschoss. Ich bin runter in den Keller, hab mich umgesehen und bin sofort wieder hoch. Da gab es keine Gelegenheit, noch ein schönes Foto zu machen.«

»Hatte es eine breite Klinge?«

Klaus schnaufte hinter dem Steuer und brachte den Wagen abrupt vor einer roten Ampel zum Stehen.

»Es war ein Schwert. Keine Ahnung. Zeig mal her.« Er schaute sich die Skizze von der Spurensicherung an. »Ja, ich denke schon, dass es so ähnlich aussieht.«

In diesem Moment verkündete Olivers Smartphone mit einem Piepen, dass eine neue Nachricht eingegangen war. Er öffnete die E-Mail von Emily und überflog sie. Anschließend klickte er auf den ersten Anhang.

»Oder sah es aus wie dieses?« Er hielt Klaus die Zeichnung unter die Nase.

»Willst du mich ärgern? Die Dinger sehen absolut identisch aus.«

Oliver seufzte. »Genau das ist unser Problem, mit der Mordwaffe kommen wir offenbar nicht weiter.« Er schluckte seinen Ärger hinunter. Ihm wäre es lieber gewesen, der Mörder hätte eine Pistole benutzt. Die zugehörigen Patronen hätte man eindeutig identifizieren können. Mit einem Schwert hingegen verhielt es sich so ähnlich wie mit einem Messer. Sofern die Klinge keine Kerbe oder irgendein anderes spezifisches Merkmal aufwies, konnte niemand die Waffe zweifelsfrei zuordnen. Da halfen auch die exakten Maße nichts.

»Ich denke, wir müssen Hugo Meier ebenfalls gründlich unter die Lupe nehmen. Hast du gemerkt, wie kräftig der Kerl ist?«, fragte Klaus und steuerte den Parkplatz des Polizeireviers an.

»Er hat keine Verbindung zum dritten Opfer, aber ich lasse mich gerne eines Besseren belehren«, gab Oliver zurück und überprüfte die weiteren Nachrichten auf seinem Handy. Die beiden Polizeistreifen, die Torben Markowitz und Lukas Wachholz in regelmäßigen Abständen observierten, hatten bisher nichts Auffälliges gemeldet.

»Hör zu, du weißt ja, es ist schon spät. Wenn du nichts dagegen hast, mache ich mich auf den Heimweg. Sonja wird sich freuen.« Klaus drückte Oliver die Autoschlüssel in die Hand und entfernte sich in Richtung seines eigenen Wagens.

»Schönen Feierabend«, rief Oliver ihm hinterher und ging ins Polizeigebäude. Er hatte keine Lust, in die leere Wohnung zu fahren. Alles darin erinnerte ihn an Emily, und so konnte er die Zeit nutzen, um ihre E-Mail ein wenig intensiver zu studieren. Zudem hatte er noch etwas anderes vor. Er brauchte Gewissheit. Doch weil die Aktion nicht ganz legal war, zögerte er. Er würde sich kurz Zeit lassen, darüber nachzudenken, und dann entscheiden, ob er die Sache durchzog oder nicht.

Als er an seinem Schreibtisch saß, las er Emilys Nachricht abermals. Sie hatte ihm eine Zusammenfassung zu einer Mordserie aus dem Mittelalter geschickt. Im Zonser Franziskanerkloster waren vor gut fünfhundert Jahren mehrere Nonnen ermordet worden, allesamt mit sieben Schwertstichen. Die Leichen von Christiane Markowitz und Mareike König wiesen ebenso viele Einstiche auf. Bei Lutz Markowitz waren es hingegen nur drei. Er las weiter und hielt erstaunt inne, als er von einem Teufelskopf erfuhr, mit dem die Nonnen gebrandmarkt worden waren. Er öffnete den zweiten Anhang der E-Mail und betrachtete das Brandmal. Etwas in ihm begann zu vibrieren. Er verschlang den restlichen Text und stellte enttäuscht fest, dass nirgendwo stand, an welcher Stelle des Körpers sich das Brandmal bei den ermordeten Nonnen befand. Am Ende des Tagesbucheintrages notierte er sich einen Namen und gab ihn in die Suchmaschine seines Internetbrowsers ein. Als er die Ergebnisse überflog, klingelte sein Handy. Die Streife vor Torben Markowitz' Wohnung wollte ihn erreichen. Schnell hob er ab.

»Bisher nichts Auffälliges«, berichtete ihm der Polizist mit gelangweilter Stimme. »In der Wohnung brennt kein Licht und vor dem Haus hat gerade ein Wagen geparkt. Ein Paar ist ausgestiegen und hineingegangen. In dem Aufgang leben zehn Parteien. Bei Markowitz ist es jedenfalls dunkel geblieben.«

»Ist er denn überhaupt zu Hause?«, fragte Oliver.

»Wissen wir nicht. Wir sind seit knapp zehn Minuten hier und würden jetzt weiter unsere Route fahren. In sechzig Minuten sehen wir wieder nach.«

»In Ordnung«, sagte Oliver und ärgerte sich über Hans Steuermark, dem eine Vierundzwanzig-Stunden-Überwachung zu aufwendig war. Stattdessen fuhr nur jede Stunde eine Streife bei den Verdächtigen vorbei. In der Zwischenzeit konnte alles Mögliche geschehen. Er erkundigte sich bei der anderen Streife nach Lukas Wachholz, in dessen Wohnung zumindest Licht brannte. Von dort wurde ihm jedoch auch nichts Neues gemeldet. Oliver druckte sich die Ergebnisse seiner Internetsuche aus, sammelte die Zettel zusammen und griff die Autoschlüssel. Wenn Torben Markowitz wirklich nicht zu Hause war, sollte er die Gelegenheit wohl nutzen.

* * *

Annette umklammerte die Mappe mit ihrer Adoptionsurkunde. In ihr arbeitete es pausenlos. Warum hatten ihre Eltern nie die Wahrheit gesagt? Wieso hatten sie sie ihr ganzes Leben lang belogen?

Hatte sie nicht das Recht darauf, zu erfahren, wer ihre biologischen Eltern waren und wieso sie nicht bei ihnen aufgewachsen war? Lebten sie noch oder waren sie tot? Und vor allem, wusste ihr Bruder Bescheid? Hatten alle aus der Familie es gewusst, nur sie nicht? Sie musste unbedingt mit Torben sprechen. Er war fünf Jahre älter als sie und musste ja mitbekommen haben, dass ihre Mutter damals nicht mit ihr schwanger gewesen war. Und Torben? Sie hatte die Unterlagen gründlich durchsucht, aber wie es aussah, war Torben das leibliche Kind ihrer Eltern. Von ihm hatte sie jedenfalls keine Adoptionsurkunde gefunden.

Gerold parkte vor dem Wohnblock, in dem Torben wohnte, und riss Annette aus ihren Gedanken.

»Soll ich mit reinkommen?«, fragte er und sah sie abermals mit diesem sorgenvollen Blick an.

Annette überlegte eine Weile und nickte schließlich. Da Torben bekanntermaßen zu Wutausbrüchen neigte, war es vielleicht sogar klug, wenn Gerold mitkam. In der Eile hatte sie nicht an die Pistole gedacht, und wenn sie allein hineinging, wäre sie ihrem Bruder hilflos ausgeliefert. Sie glaubte zwar nicht, dass er ihr wirklich wehtun würde, aber ihre Hand konnte sie dafür nicht ins Feuer legen.

Gerold stieg aus und öffnete ihr die Autotür. Er reichte ihr die Hand und half ihr aus dem Wagen. Sie war so durcheinander, dass sie das Gefühl hatte, zu schwanken. Gerold bot ihr den Arm an und sie ließ sich dankbar zur Haustür führen. Die Tür stand einen Spaltbreit offen, sodass sie nicht klingelten, sondern sofort in den Hausflur eintraten.

»Torben wohnt im Erdgeschoss«, erklärte Annette und drückte den Klingelknopf neben seiner Wohnungstür.

Mit jeder Sekunde, die sie wartete, pochte ihr Herz schneller. Hinter dem Türspion schien kein Licht, und in dem Moment, in dem sie sich fragte, ob er überhaupt zu Hause war, hörte sie Schritte. Die Tür öffnete sich.

»Annette?« Torben hatte Augen so groß wie Unterteller. Er trat wankend zur Seite und ließ sie und Gerold herein.

»Ich muss mit dir reden«, sagte sie und deutete knapp auf Gerold. »Mein Auto ist kaputt. Ein Freund hat mich hergebracht.«

Torben nickte und bat sie ins Wohnzimmer. Annette lief nervös vor dem Couchtisch auf und ab. Die Mappe mit der Adoptionsurkunde presste sie an ihre Brust.

»Ist … ist was passiert?« Torben lallte die Worte mehr, als dass er sie sprach.

Annette blieb stehen und sah ihm tief in die Augen.

»Ich bin adoptiert. Wusstest du das?«

* * *

Es erschien ihm unglaublich, wie das Schicksal ihn führte, ja regelrecht den Weg für ihn ebnete. Es war, als folgte er einer unsichtbaren Linie, die ihn an sämtlichen Hindernissen vorbeilotste. Er konnte sein Glück kaum fassen.

Dieses Mal würde er noch viel schneller am Ziel sein als bei seiner letzten Aufgabe. Er konnte sich ein Lächeln nicht verkneifen, dabei war die Angelegenheit ernst.

Er erinnerte sich noch gut, wie er unter dem Tod seiner Großmutter gelitten hatte. Wie er auf ihrem Dachboden hockte und ihre Sachen aufräumte. Am Ende brachte er es nicht fertig, auch nur ein Stück wegzuwerfen. Er hatte sie sehr geliebt und als Kind viel Zeit mit ihr verbracht. Ihre Habseligkeiten zu entsorgen, wäre ihm vorgekommen, als würde er sie Stück für Stück auslöschen. Erinnerungen waren alles, was ihm blieb, und dieser Dachboden schien sie zu konservieren. Die verstaubte Truhe unter dem Fenster war ihm zuerst gar nicht aufgefallen. Doch nachdem er sie geöffnet hatte, wusste er sofort, dass ihr Inhalt von größter Bedeutung war. Noch nie hatte er solch einen edlen Samtstoff gesehen. Dunkelrot und mit einem Wappen verziert, das einen sich erhebenden weißen Löwen zeigte. Eingewickelt darin lag ein Schwert. Es musste einst einem bedeutenden Adligen gehört haben. Wie seine Recherchen ergeben hatten, handelte es sich mutmaßlich um den Besitz einer Familie, die im Mittelalter zum Kölner Hochadel zählte. Auf dem Boden der Truhe fand er ein weiteres Schmuckstück, ein Holzkreuz. Zu seinem Erstaunen ließ es sich öffnen und ein Blatt Pergament fiel heraus. Es enthielt eine Auflistung an Namen, mit denen er zunächst nichts anfangen konnte. Erst später, als er die Geschichte – seine Geschichte – durchdrungen hatte, da wurde ihm klar, dass es für ihn einen Platz im Leben gab, einen Sinn, den er erfüllen musste. Und nun stand er hier vor diesem Mann, der so zugedröhnt war, dass er sich kaum auf den Beinen halten konnte. Es würde ein Kinderspiel werden und danach bliebe nur noch ein einziger Name auf seiner Liste übrig.

* * *

Oliver lenkte seinen Wagen an den Straßenrand und hielt an. Er wählte die Nummer der Streife, die in regelmäßigen Abständen bei Torben Markowitz vorbeifuhr.

»Sind Sie bei Markowitz in der Nähe?«, fragte er, obwohl er vermutete, dass es noch mindestens dreißig Minuten dauerte, bis sie wiederkamen. Doch Oliver wollte auf Nummer sicher gehen. Er musste sich diese Schwerter ansehen, denn vielleicht handelte es sich um die Tatwaffe. Allerdings hatte er keinen Durchsuchungsbeschluss und Markowitz' Anwalt blockierte zudem jede Anfrage von ihnen. Wenn er schnell ein Ergebnis haben wollte, musste er selbst nachsehen. Dumm wäre nur, dabei von den eigenen Kollegen erwischt zu werden.

»Nein. Wir brauchen noch fünfundzwanzig Minuten. Gibt es Neuigkeiten?«

»Keine«, erwiderte Oliver. »Nur eines noch. Können Sie mir den Namen des Fahrzeughalters nennen? Sie sprachen doch vorhin von einem Pärchen, das den Hauseingang betreten hat.«

»Kleinen Moment«, sagte der Kollege von der

Streife. Oliver hörte ein Funkgerät knistern. Jemand redete, aber er konnte nichts verstehen.

»Das Fahrzeug ist auf den Namen Gerold Seybold zugelassen. Wir melden uns, wenn wir das nächste Mal vor Ort sind und etwas bemerken.«

»Danke«, sagte Oliver und legte auf. In seinem Kopf ratterte es. Den Namen Seybold hatte er schon einmal gehört. Nein. Er hatte ihn gelesen, in dem Tagebuchauszug der Oberin. Hastig durchwühlte er die Unterlagen, die er auf den Beifahrersitz geworfen hatte.

»Das gibt es doch nicht«, murmelte er alarmiert, als er die Textstelle fand. Ein Arnold Seybold hatte vor mehr als fünfhundert Jahren drei Nonnen des Zonser Klosters niedergemetzelt, und jetzt stand ein Wagen, der auf denselben Nachnamen zugelassen war, vor dem Haus eines Tatverdächtigen. Und dann war da noch der Vorname. Oliver glaubte, ihn zu kennen. Er wusste bloß nicht mehr, woher. Verdammt. Er musste sich erinnern. Trotz der späten Stunden wählte er Klaus' Nummer.

»Weißt du, wann wir zuletzt den Namen Gerold gehört haben?«, fragte er, bevor Klaus überhaupt *Hallo* sagen konnte.

»Gerold?«, stieß Klaus überrascht aus. »Verflucht noch mal, Oliver. Wo zum Teufel steckst du?« Klaus schnaufte ins Telefon und brüllte: »Nein. Sag mir nicht, du willst in die Wohnung von Torben Markowitz. Steuermark dreht dir den Hals um. Du wirst suspendiert und machst dich strafbar. Das war eine ganz dumme Idee von mir. Hörst du? Du drehst sofort um und fährst nach Hause.«

Oliver schwieg. Klaus hatte recht. Aber er konnte sich nicht dazu überwinden, umzukehren.

»Gerold«, wiederholte er. »Vor dem Haus parkt ein Gerold Seybold. Der Nachname ist derselbe wie der des Täters im Mittelalter. Da die Tatwaffe offenbar ein Schwert ist und damals auch ein Schwert war, könnte alles miteinander zusammenhängen. Und außerdem hat der Täter die Nonnen ebenfalls mit einem Teufelssymbol gebrandmarkt.«

Klaus seufzte am anderen Ende der Leitung. »Na schön. Lass mich einen Blick in meine Notizen werfen.«

Oliver hörte ein Rascheln, gefolgt von dem Tippen auf der Tastatur eines Laptops.

»Ich hab es«, ertönte schließlich wieder Klaus' Stimme durchs Telefon. »Wir haben ihn ganz am Anfang der Ermittlungen kennengelernt. Gerold Seybold hat die Kinder von Annette Markowitz abgeholt. Die Töchter sind im Kindergarten miteinander befreundet. Erinnerst du dich?«

Oliver sah den großen dunkelhaarigen Mann auf der Stelle vor sich. Wenn Gerold Seybold Annette Markowitz kannte, dann möglicherweise auch ihren Bruder. Was zur Hölle hatte er hier zu suchen?

»Ich gehe mal nachsehen«, sagte er.

Klaus stöhnte. »Warte wenigstens, bis ich vor Ort bin oder die Verstärkung.«

Oliver legte auf. Er konnte nicht länger im Wagen ausharren. Er startete den Motor und parkte hinter Seybolds Auto. Die Fenster der Wohnung, die zur Straßenseite lagen, waren nicht erleuchtet und die Tür zum

Hausflur stand offen. Vor der Wohnungstür von Torben Markowitz blieb er stehen und lauschte. Zunächst herrschte Stille, aber schon im nächsten Moment hörte er Annette Markowitz.

»Nein, Torben. Bitte, tu das nicht!« Ihre Stimme zitterte vor Angst.

Oliver hatte keine Ahnung, was Annette Markowitz um diese Uhrzeit von ihrem Bruder wollte und was Gerold Seybold hier zu suchen hatte. Er überlegte zu klingeln, doch ein lauter Schrei drang im selben Moment durch die Tür. Oliver schnappte sich den Schlüssel vom Türrahmen, schloss ohne zu überlegen auf und stürmte mit vorgestreckter Waffe in die Wohnung.

»Keine Bewegung«, brüllte er, obwohl er sah, dass es bereits zu spät war.

. *

Kurz zuvor

Annette sah die Antwort in Torbens Gesicht. Trotzdem wiederholte sie ihre Frage: »Wusstest du, dass ich adoptiert bin?«

Torben rollte mit den Augen. »Wieso kommst du ausgerechnet jetzt damit?«, brauste er auf und wankte bedrohlich auf sie zu. »Sag bloß nicht, du hast es nicht gewusst!«

»Habe ich nicht«, schluchzte sie und klopfte auf die

Mappe in ihrer Hand. »Ich habe die Adoptionsurkunde gerade erst auf dem Dachboden gefunden. Warum hast du mir nie etwas gesagt?«

Torben lachte verbittert auf. »Nie etwas gesagt? Du solltest es erfahren, wenn du alt genug bist. Ich konnte ja nicht ahnen, dass Mutter dich nie aufgeklärt hat. Aber falls du dich erinnerst, ich habe dich immer *Lieblingskind* genannt. Da hättest du ja mal drüber nachdenken können. Mutter und Vater haben dir doch alles vorn und hinten reingeschoben. Ich war vollkommen Luft für sie. Du warst ja das arme kleine Ding, das gerettet werden musste. Im Gegensatz zu mir, der ich sowieso da war, haben sie dich ausgesucht. Stunden haben wir im Kinderheim verbracht, bis du zu uns nach Hause durftest, und ganz ehrlich: Ich verfluche diesen Tag.«

Annette sah den Hass in Torbens Augen und erwiderte nichts. Im Augenblick war einfach alles zu viel für sie. Sie konnte nicht glauben, dass er ihr diese wichtige Information verschwiegen hatte.

»Ich wünschte, Mutter hätte noch ein eigenes Kind kriegen können. Vielleicht wäre ich dann nicht ganz so in den Hintergrund geraten. Aber ich war ja schuld daran, dass sie nicht mehr schwanger werden konnte. Bei meiner Geburt gab es Komplikationen. Wusstest du das?« Er schüttelte heftig den Kopf und warf ihr einen kalten Blick zu. »Natürlich nicht. Dich hat ja nie irgendetwas außer dir selbst interessiert. Hättest du nur ein Mal gefragt, wer weiß, womöglich hättest du erfahren, woher du eigentlich stammst.«

Annette konnte ihre Tränen nicht länger zurückhalten. »Kennst du meine leiblichen Eltern?«, wollte sie wissen.

Aber Torben zuckte nur mit den Schultern. »Nein.«

Er taumelte auf sie zu, und für einen Moment befürchtete sie, er wollte sie schlagen, doch er legte ihr nur den Arm um die Schulter. »Tut mir leid, Schwesterherz. Ich bin ziemlich auf Drogen. Können wir morgen weitermachen, bevor ich mich um Kopf und Kragen rede?«

Sein Atem stank nach Alkohol. Seine Finger hatten sich schmerzhaft in ihr Fleisch gekrallt. Sie wand sich aus seinem Griff und überlegte, wozu er im Drogenrausch fähig wäre.

»Hast du unsere Eltern getötet?«, fragte sie leise.

Torben fing an zu grinsen. Offenbar verstand er ihre Frage nicht.

»Nein, hat er nicht«, ertönte es in ihrem Rücken.

Erst jetzt fiel ihr Gerold wieder ein. Sie hatte ihn in der Aufregung ganz vergessen. Überrascht fuhr sie herum.

Gerold Seybold hatte seinen Mantel geöffnet. Etwas blitzte auf und ein pfeifendes Geräusch ertönte über ihrem Kopf. Torben riss sie beiseite und stellte sich vor sie. In diesem Moment begriff Annette, dass Gerold ein riesiges Schwert durch die Luft wirbelte. Seine Miene hatte sich zu einer hässlichen Fratze verwandelt. Sie erkannte ihn überhaupt nicht wieder.

»Was tust du da, Gerold?«, fragte sie entsetzt.

Tatsächlich nahm Gerold das Schwert herunter.

»Habe ich dir nicht gesagt, dass du nichts unternehmen sollst?«

In Annettes Kopf ratterte es. »Du warst das mit dem Zettel an meiner Windschutzscheibe?«, fragte sie und verstand überhaupt nichts mehr.

Gerold sah sie finster an und begann, ein Kinderlied zu summen. Er wirkte vollkommen wirr, nicht im Ansatz wie der Mann, der sie eben noch hergefahren hatte. Er baute sich vor ihnen auf, das Schwert nach wie vor in der Hand.

»Ich will euch eine Geschichte erzählen, dann kapiert ihr vielleicht, worum es hier geht.« Seine Stimme schwankte gefährlich.

Annette hielt lieber den Mund und hörte Gerold zu.

»Vor langer Zeit gab es einmal ein Mädchen. Das wurde schwanger, doch der Vater des Kindes hat es nicht geheiratet. Also wurde das Mädchen in ein Kloster geschickt, wo es schließlich zwei Kinder gebar. Einen Jungen und ein Mädchen. Das Mädchen wuchs in dem Nonnenkloster auf, aber den Jungen wollten die Nonnen nicht behalten. Er wurde in einer finsteren Nacht ausgesetzt. Die Mutter hielt den Kleinen auf dem Arm und summte ein Wiegenlied, weil er lauthals brüllte. Alles, was sie ihm mitgab, war ein Stückchen Pergament mit Angaben zu seiner Herkunft. Eine Bettlerin erbarmte sich des Jungen und zog ihn auf. Als er alt genug war, übergab sie ihm das Pergament und erzählte ihm seine Geschichte.« Über Gerolds Gesicht huschte ein Hauch von Bedauern.

»Annette, es tut mir leid, dass es ausgerechnet deine

Angehörigen trifft. Aber du brauchst keine Angst zu haben, denn du stammst nicht von dieser Familie ab.« Er warf Torben einen eisigen Blick zu.

»Er hingegen schon. Jede dieser bösartigen Nonnen hatte Geschwister und der gute Torben ist ein Nachfahre aus einer dieser Familien. Ich kann es ganz genau sagen. Katharina von Weinfels, die Oberin, hatte neben einer Schwester, die sich ebenfalls dem Herrn verschrieben hatte, noch einen Bruder. Das ist sozusagen Torbens direkter Vorfahre. Sie und die anderen Nonnen haben dafür gesorgt, dass wiederum mein direkter Vorfahre ausgesetzt wurde und nicht das Leben führen konnte, das ihm zustand. Und deshalb wird der gute Torben jetzt dafür bezahlen. Er gehört zu dieser verdammten Blutlinie und als Nachfahre wird er nun für diese Untat büßen. Ich vollende, was mein Vorfahre Arnold Seybold damals nicht vollbringen konnte. Denn die Bastarde haben ihn einfach aufgehängt.« Gerold schüttelte den Kopf und aus seinen Augen sprühte der Wahnsinn. »Erst nahmen sie sein Leben fort und dann haben sie es beendet.«

Gerold fixierte Torben mit einem irren Blick und wirbelte abermals mit dem Schwert herum. Ihr Bruder riss die Arme hoch, als wollte er das Schwert mit bloßen Händen abwehren.

»Nein, Torben! Bitte tu das nicht!«, rief Annette und drängte sich dazwischen. »Du darfst nicht mit ihm kämpfen. Er hat ein Schwert.«

Torben stieß sie beiseite und stürzte sich auf Gerold. Sofort schrie er laut auf. Blut tropfte auf den Teppich.

Eine riesige Wunde klaffte in Torbens Bauch. Ihr Bruder sackte zusammen, als wäre er eine leere Hülle. Gerold holte erneut aus und setzte zum nächsten Hieb an, als jemand ins Zimmer stürmte und brüllte: »Keine Bewegung!«

* * *

Oliver sah zuerst das viele Blut auf dem Teppich und Torben Markowitz, der sich am Boden krümmte. Jegliche Farbe war aus seinem Gesicht gewichen. Seine Schwester hockte neben ihm, starr vor Angst.

Gerold Seybold schwang ein Schwert durch die Luft und war drauf und dran, weiter auf den wehrlosen Mann zu seinen Füßen einzustechen. Mit einem riesigen Satz war Oliver bei Seybold und schlug ihm das Schwert aus der Hand. Es landete zwei Meter entfernt an der Tür, genau wie Olivers Pistole, die ihm aus den Fingern gerutscht war.

Seybold stieß einen Schrei aus und rammte ihm die Faust in den Magen. Dann hechtete er wie ein Wahnsinniger zur Tür. Oliver bekam ihn am Fuß zu fassen. Der massige Körper des Mannes ging zu Boden. Oliver sprang auf ihn, doch im gleichen Moment rollte sich Seybold zur Seite und entwand sich seinem Griff. Er richtete sich auf und traf Oliver mit voller Wucht am Kinn. Grelle Blitze durchzuckten Olivers Sichtfeld. Er hatte nur einen einzigen Gedanken: Der Kerl durfte nicht an seine Pistole gelangen.

Halb blind schlug er auf Seybold ein. Wieder und wieder, bis jemand dazwischenbrüllte.

»Keine Bewegung!« Klaus sprang herbei und versetzte Seybold mit dem Griff seiner Pistole einen Schlag auf den Hinterkopf. Seybold verdrehte die Augen und sackte zusammen.

»Verflucht, Oliver! Habe ich nicht gesagt, du sollst verdammt noch mal auf mich warten?«

»Torben!«, kreischte Annette Markowitz plötzlich. »Wir brauchen einen Krankenwagen!«

Oliver kam auf die Füße und nahm ein Kissen von der Couch, das er auf die Stichwunde presste, während Klaus Gerold Seybold Handschellen anlegte. Das Getrampel von Stiefeln im Flur kündigte die Verstärkung an.

»Wir brauchen einen Arzt!«, rief Oliver.

Vier bis an die Zähne bewaffnete Polizisten stürmten das Wohnzimmer. Zwei warfen sich auf Seybold. Der dritte eilte Oliver zu Hilfe und der vierte brachte Annette Markowitz nach draußen.

»Lassen Sie mich durch«, rief eine strenge Stimme. Kurz darauf erschien der Notarzt mit zwei Rettungshelfern und leistete erste Hilfe. Oliver machte Platz und sah, wie der Arzt versuchte, die massive Blutung zu stoppen. Eine Transportliege wurde hereingerollt, ein Zugang in die Vene des Verletzten gelegt und dann wurde Markowitz eilig hinausgeschoben.

»Fragen Sie später nach«, rief ihm der Arzt zu, noch bevor Oliver eine Frage stellen konnte. »Wir müssen uns beeilen, sonst hat er keine Chance.«

Oliver blickte ihm geschockt hinterher. Dann hob er seine Pistole auf und betrachtete das Schwert, das daneben lag. Blut klebte an der blank polierten Klinge. Torben Markowitz hatte eine erhebliche Menge verloren. Oliver konnte nur hoffen, dass er durchkam.

EPILOG

Zwei Wochen später

O liver hätte alles dafür gegeben, noch im Bett liegen bleiben zu können, doch er hatte eine wichtige Sache zu erledigen. Gestern war der Bericht aus dem Labor angekommen, und so gern er auch mit Emily den Tag gemütlich begonnen hätte, es konnte nicht warten.

»Tut mir leid, mein Schatz. Ich muss los. Du hast eine tolle Reportage geschrieben. Selbst Hans Steuermark war beeindruckt.« Oliver drückte ihr einen Kuss auf den Mund und sprang auf.

Die letzten Tage waren hektisch gewesen, aber immerhin hatten sie die Mordfälle restlos aufgeklärt. Gerold Seybold hatte sein Geständnis unterschrieben und würde das Gefängnis höchstwahrscheinlich nicht mehr lebend verlassen. In seinem Wagen hatten sie ein Brandeisen mit dem Teufelsgesicht und einen Gasbrenner gefunden und in seinem Haus eine Truhe mit den Namen der Nonnen, die damals entschieden hatten, einen kleinen Jungen fortzugeben. Seybold hatte akribisch die Familienstammbäume dieser Nonnen zusammengetragen und die Nachfahren ihrer Geschwister aufgespürt. Auf mehreren Seiten hatte er alle Kinder und Kindeskinder bis zum heutigen Tag aufgelistet. Offenbar hatte er vorgehabt, die kompletten Abstammungslinien auszulöschen.

Auch Emily hatte gründlich recherchiert. So hatte sie festgestellt, dass die Namen auf Seybolds Liste die jener Nonnen waren, die damals als die Ältesten bezeichnet worden waren. Dieser enge Kreis des Klosters hatte beschlossen, den Jungen, den die Nonne Rosalinde geboren hatte, wegzugeben. Das Mädchen, die Zwillingsschwester Agnes, durfte hingegen im Kloster bleiben. Der Junge mit dem Namen Arnold kehrte als Erwachsener zu dem Kloster zurück und rächte sich an einigen der Nonnen, die für diese Entscheidung verantwortlich gewesen waren. Da er jedoch wegen seiner Gräueltaten am Galgen aufgehängt wurde, konnte er seinen Racheplan nicht vollenden. Das Schwert, mit dem er die Nonnen erstochen hatte, ein Brandeisen und eine Liste mit den Namen versteckte er vor seinem Tod in einer Truhe. Diese Truhe nahm Agnes, die später dem Klosterleben den Rücken gekehrt hatte, an sich und vererbte sie von Generation zu Generation weiter, bis sie schließlich bei Gerold Seybold landete.

Nachdem Gerold Seybold auf dem Dachboden seiner verstorbenen Großmutter die Truhe gefunden hatte, studierte er die Geschichte seiner Vorfahren akribisch. Er hatte wochenlang das Kreisarchiv in Zons besucht und sich dort belesen. Seybold kam zu dem Schluss, dass er direkter Nachfahre von Schwester Agnes war, und beschloss, den Racheplan ihres Zwillingsbruders Arnold zu vollenden.

Seybold war in seinem Leben immer wieder gescheitert und gab offenbar diesem weit zurückliegenden Ereignis die Schuld an seinem Versagen. Er bestritt seinen Lebensunterhalt mit Aushilfsjobs und ging die Beziehung mit der Freundin von Annette Markowitz nur ein, um näher in den Dunstkreis ihrer Familie zu gelangen. Als er die Eltern von Annette Markowitz ermordete, erfuhr er von der sterbenden Mutter, dass Annette adoptiert war. Deshalb attackierte er sie nicht. Mareike König hatte weniger Glück, sie stammte aus der Familie der Nonne Bertha ab. Ihr Vorfahre war Berthas Bruder gewesen. Immerhin hatten sie Seybold gestoppt, bevor er das letzte Opfer töten konnte, das auf seiner Liste stand und aus der Familie der siebten Nonne abstammte.

Seybold steigerte sich in seine Rachepläne hinein und fand heraus, welche Familie das Wappen auf der Samtdecke führte, in die das Schwert aus der Truhe eingewickelt war. Gerold Seybold glaubte, dass diese Decke einst dem unbekannten Vater von Rosalindes Kindern gehört hatte. In seiner Fantasie entstammte dieser Mann einem alten kölnischen Adelsgeschlecht.

Oliver steckte den Laborbericht ein und schüttelte ungläubig den Kopf. Sie hatten einen psychiatrischen Gutachter mit Seybold sprechen lassen, der diesem psychopathische Züge mit einem erheblichen Mangel an Empathie und vor allem einen stark ausgeprägten Narzissmus bescheinigt hatte. Oliver verließ leise die Wohnung und fuhr mit dem Dienstwagen zum Gefängnis, um mit Seybold zu reden. Es gab noch offene Fragen, die er beantwortet haben wollte.

Gerold Seybold wartete bereits im Gesprächsraum auf ihn. Er saß auf einem grauen Plastikstuhl mit ungekämmten Haaren. Seine Hände waren an die Tischplatte gekettet. Als er Oliver sah, strahlte er ihn an. Offenbar schien er nicht die geringste Reue für seine Taten zu empfinden.

»Ich begrüße Sie, Herr Bergmann. Wie kann ich Ihnen denn heute helfen?«

Oliver nickte Seybold knapp zu und zog sein Notizbuch aus der Tasche. Er schlug es auf und überflog seine Fragen, bevor er begann.

»Warum haben Sie eigentlich Ihre weiblichen Opfer mit sieben Schwertstichen getötet und das männliche mit dreien?«

Oliver ahnte die Antwort bereits, doch er wollte es aus Seybolds Mund hören.

»Das fragen Sie sich noch nach all der Zeit, die vergangen ist?« Seybold blickte ihn von oben herab an. »Nun, ich hatte mehr von Ihnen erwartet, aber natürlich helfe ich Ihnen gerne weiter. Sieben Stiche, weil sieben Namen auf der Liste stehen. Ich fand sieben sehr passend. Schon das Alte Testament spricht von siebenfacher Vergeltung. Und genau so sollten diese abgründigen Weiber sterben. Mit dem Mal des Teufels auf der Hand für das Böse, das sie angerichtet haben. Ich habe sie aufs Bett gelegt und ihnen das Wiegenlied vorgesungen, damit sie wussten, wofür sie bestraft wurden.«

Oliver nickte, seine zweite Frage hatte sich erledigt. Das Brandmal stellte demnach offenbar ebenfalls eine Bestrafung dar.

»Warum haben Sie Lutz Markowitz getötet? Er war doch nur angeheiratet und stammte von keiner Familie dieser Nonnen ab.«

Gerold Seybold schlug sich gegen die Brust. »Er war ein böser Mensch. Hat seine Frau ständig malträtiert. Ich habe es beobachtet und an dem Abend, als ich Christiane Markowitz töten wollte, kam er mir zudem in die Quere. Er ist ungefähr eine Stunde früher aus der Kneipe heimgekehrt als üblich. Drei Schwerthiebe waren genug für dieses Scheusal.«

»Und warum haben Sie ausgerechnet Annette Markowitz mit zu ihrem Bruder genommen? Sie ist doch adoptiert. Weshalb sollte sie mit ansehen, wie Torben Markowitz stirbt? Und woher wussten Sie überhaupt von der Adoption?«

Gerold Seybold schüttelte den Kopf. »Das war Schicksal. Ihr Auto hat schlappgemacht, und sie bat mich, sie zu fahren. Die Gelegenheit konnte ich mir nicht entgehen lassen. Ich brauchte mich nicht wie bei den anderen als Postbote zu verkleiden, sondern bin einfach mit Annette in die Wohnung marschiert. Ich wollte nicht, dass sie leidet, aber der Hurensohn hatte es nicht verdient, weiterzuleben.« Er seufzte. »Ich habe gehört, er hat überlebt?«

Oliver nickte. »Glücklicherweise ist Torben Markowitz aus dem Koma erwacht und wird sich wieder vollständig erholen. Ihm musste ein Teil des Darms entfernt werden, aber er wird trotzdem normal weiterleben können.«

Über Gerold Seybolds Gesicht huschte ein Schatten. Oliver holte das Ergebnis der Laboruntersuchung aus der Tasche. »Ich habe noch schlechte Nachrichten für Sie«, begann er und machte eine Pause, damit Seybold auch begriff, dass er etwas Wichtiges zu sagen hatte. Oliver schob den Bericht zu ihm hinüber. »Sie sind kein Nachfahre aus einem Kölner Adelsgeschlecht. Da ist kein Tropfen adliges Blut in Ihnen.«

Gerold Seybold starrte den Zettel ungläubig an.

»Aber das Schwert, es war in ein Samttuch mit dem Wappen eingewickelt. Das muss doch eine Bedeutung haben.«

Oliver zuckte mit den Achseln. Es war ihm völlig egal, ob in Gerold Seybolds Adern adliges Blut floss oder nicht. Denn dieser Mann war nur eines: ein brutaler und kaltblütiger Killer. Er gehörte weggesperrt, und zwar für immer.

Oliver erhob sich und sagte: »Den Zettel können Sie behalten.«

Als er draußen vor dem Gefängnis stand, atmete er die frische kühle Luft ein. Er blickte auf die Uhr und wählte Emilys Nummer.

»Für ein gemeinsames Frühstück hat es heute Morgen nicht gereicht. Aber wie wäre es gleich mit einem Mittagessen? Und bring doch Anna mit. Ich habe etwas für deine Freundin.«

Oliver lächelte in sich hinein und stellte sich Annas Gesicht vor, wenn er ihr die Münze zeigen würde. Die Spurensicherung hatte sie in einer weiteren Kiste von Gerold Seybolds Dachboden gefunden, und Hans Steuermark hatte die Münze freigeben, weil sie kein Beweisstück darstellte. Die Münze hatte eine Prägung, die Anna interessieren dürfte. Ihr Ehemann war ein Nachfahre des Stadtsoldaten Bastian Mühlenberg. Und eben dieser hatte vor mehr als fünfhundert Jahren eine silberne Münze prägen lassen, die wie auch immer in dem Besitz von Seybolds Großmutter gelandet war. Die Rückseite der Münze zeigte die Flügel der Zonser Mühle und die Vorderseite einen Namen. Oliver hatte keine Erklärung hierfür. Aber in wunderschönen zierlichen Buchstaben stand dort der Name von Annas Tochter: Clara.

ENDE

NACHWORT DER AUTORIN

Liebe Leserin, lieber Leser,

ich möchte mich bei Ihnen dafür bedanken, dass Sie meinen Roman gekauft und gelesen haben. Ich hoffe, Ihnen hat die Lektüre gefallen und Sie hatten ein spannendes Leseerlebnis. An dieser Stelle habe ich insbesondere für die historisch interessierten Leserinnen und Leser noch folgende Anmerkungen:

Die meisten Orte, die im Thriller beschrieben werden, existieren tatsächlich. Die handgezeichnete Karte, die Sie ganz vorne im Buch finden, stellt den historischen Stadtkern von Zons dar. Genauso werden Sie die Stadt vorfinden, wenn Sie ihr einen Besuch abstatten. Schauen Sie doch dann einmal in der Tourist-Information gegenüber dem Kreismuseum an der Schloßstraße vorbei. Sie werden dort einen ähnlichen Plan erhalten.

Die ältesten bekannten deutschen Wiegenlieder stammen aus dem 13. und 14. Jahrhundert, wie auch die Melodie des im Buch zitierten Liedes »Suse, liebe Suse«. Erstmalig niedergeschrieben wurde der Text in der Liedersammlung »Des Knaben Wunderhorn« von Clemens Brentano und Achim von Arnim zwischen 1805 und 1808. Weder der Komponist der Melodie noch der Urheber des Textes sind bekannt. Der Komponist Engelbert Humperdinck verwendete übrigens die erste und dritte Strophe dieses Wiegenlieds in seiner Oper »Hänsel und Gretel«.

Die Vorstellungen über die Gestalt des Teufels sind uneinheitlich, genau wie die Namen, die ihm die Menschen im Laufe der Zeit gegeben haben: *Luzifer* (aus dem Lateinischen: Lichtbringer), *Diabolos* (aus dem Griechischen: *Verwirrer*) oder auch *Satan* (aus dem Hebräischen: *Ankläger*). Im Christentum wird der Teufel als der oberste Gegenspieler Gottes betrachtet, der versucht, die Menschen in Versuchung zu führen und von Gott abzubringen. Dabei wird der Teufel oft als Personifizierung des Bösen und der Sünde dargestellt.

Es gibt viele verschiedene Darstellungen des Teufels in Kunst und Literatur, und seine Gestalt und sein Name variieren je nach kulturellem Hintergrund und historischer Epoche. Während Luzifer im Frühmittelalter noch als Flügelwesen mit Flammenhaar und engelsgleicher Gestalt im blauen Gewand dargestellt wurde, veränderte er sich ein paar Jahrhunderte später immer mehr in die uns heute bekannte hässliche menschen-ähnliche Gestalt mit Hörnern, Hufen und Schwanz.

Mitte des siebzehnten Jahrhunderts gab es in Zons auf dem Platz neben dem Juddeturm ein Franziskanerkloster, das jedoch nicht von Nonnen, sondern von Mönchen unterhalten wurde. Die Franziskanerinnen kamen erst im neunzehnten Jahrhundert in die Stadt und lebten auch nicht im ehemaligen Mönchskloster, sondern im Kloster »Zur heiligen Dreifaltigkeit«, das den Rheinturm, das Zollhaus und die angrenzenden Gebäude umfasste. Dort betrieben sie eine Mädchenschule. Obwohl Zeitpunkt und auch Ort historisch nicht exakt übereinstimmen, habe ich mir die Freiheit genommen, im Roman von einem Frauenkloster zu erzählen. Ich hoffe, die so entstandene Geschichte war spannend zu lesen.

Die Figuren im Buch sind frei erfunden. Ich möchte dennoch nicht ausschließen, dass der eine oder andere Charakter Ähnlichkeiten mit heute lebenden Personen aufweist. Dies ist jedoch keinesfalls beabsichtigt.

Wenn Sie an Neuigkeiten über anstehende Buchprojekte, Veranstaltungen und Gewinnspielen interessiert sind, dann tragen Sie sich in meinen klassischen E-Mail-Newsletter oder auf meiner WhatsApp-Liste ein:

- **Newsletter: www.catherine-shepherd.com**

- **WhatsApp: 0152 0580 0860** (bitte das Wort *Start* an diese Nummer senden)

Sie können mir auch gerne bei Facebook, Instagram und Twitter folgen:

- www.facebook.com/Puzzlemoerder
- www.twitter.com/shepherd_tweets
- Instagram: autorin_catherine_shepherd

Natürlich freue ich mich ebenso über Ihr Feedback zum Buch an meine E-Mail-Adresse:

kontakt@catherine-shepherd.com

Zum Abschluss habe ich noch eine persönliche Bitte. Wenn Ihnen dieses Buch gefallen hat, würde ich mich über eine kurze Rezension freuen. Keine Sorge, Sie brauchen keine ›Romane‹ zu schreiben. Einige wenige Sätze reichen völlig aus.

Sollten Sie bei *Leserkanone*, *LovelyBooks* oder *Goodreads* aktiv sein, ist natürlich auch dort ein kleines Feedback sehr willkommen. Ich bedanke mich recht herzlich und hoffe, dass Sie auch meine anderen Romane lesen werden.

Ihre Catherine Shepherd

WEITERE TITEL VON CATHERINE SHEPHERD

Zons-Thriller Band 1 bis 4

Zons-Thriller Band 5 bis 8

Zons-Thriller Band 9 bis 12

Laura Kern-Thriller Band 1 bis 4

Laura Kern-Thriller Band 5 bis 7

Julia Schwarz-Thriller Band 1 bis 4

Julia Schwarz-Thriller Band 5 bis 7

STADT ZONS AM RHEIN

Die kleine Stadt Zons – ehemals Zollfeste Zons genannt – liegt am Niederrhein direkt bei Dormagen im Rhein-Kreis Neuss, fast genau in der Mitte zwischen Düsseldorf und Köln. Auf der anderen Seite des Rheins liegt Düsseldorf-Urdenbach. Beide Orte sind durch eine Fährverbindung über den Rhein miteinander verbunden. Zons ist eine der am besten bewahrten mittelalterlichen Städte mit einer im ganzen Rheinland einzigartigen, gut erhaltenen Befestigungsanlage aus dem 14. Jahrhundert, sozusagen das Rothenburg des Rheinlands.

Die kleine Stadt Zons blickt auf eine lange und bewegte Geschichte zurück:

Ebenso wie in das heutige Gebiet der Stadt Köln und der benachbarten Stadt Neuss kamen die Römer auch in die Nähe von Zons. Dies hat man jedenfalls bei Ausgrabungen festgestellt, nach denen es bei Zons einen römischen Friedhof und ein Militärlager der Römer gegeben hat.

Gesichert ist ebenfalls die Erkenntnis, dass Zons im Jahr 1373 das Stadtrecht erhalten hat. Der Kölner Erzbischof Friedrich von Saarwerden hatte zuvor im Jahr 1372 den Rheinzoll vom Gebiet des heutigen Neuss nach Zons verlagert. Zons wurde daraufhin durch Mauern und Gräben befestigt. Im Zentrum der befestigten Ortschaft befanden sich wohl etwa einhundertzwanzig Häuser. Im 15. Jahrhundert war der seinerzeitige Ausbau von Zons abgeschlossen. Die Bevölkerung war im Wesentlichen im Ackerbau, der Viehzucht und in den Bereichen Bier-, Wein- und Getreidehandel tätig. Daneben existierten Handwerksbetriebe, Ziegeleien sowie Woll- und Leinenwebereien. Zwischen dem 15. und dem 17. Jahrhundert gab es offenbar einen moderaten Wohlstand in der Stadt.

Das 17. Jahrhundert war keine gute Zeit für Zons. 1620 gab es erneut einen schweren Brand in der Stadt, von dem der Überlieferung nach nur wenige Häuser verschont blieben. Auch der Dreißigjährige Krieg hat durch entsprechenden Beschuss in Zons schwere Spuren der Zerstörung hinterlassen. Die Pest schwächte das Städtchen in mehreren Wellen, z. B. 1623 und 1666. Im Jahr 1794 eroberten die Franzosen Zons. Es gehörte nunmehr zu Frankreich und war bis 1814 im Kanton Dormagen des Arrondissements Köln beheimatet.

1815 ging Zons an die Preußen über und wurde dem Kreis Neuss sowie 1822 dem Regierungsbezirk Düsseldorf zugeordnet. Bereits seit 1900 ist Zons ein beliebtes

Ausflugsziel. 1975 wurde Zons Teil von Dormagen. Zons nannte sich daher ab diesem Zeitpunkt Feste Zons. Seit 1992 darf Zons sich wieder Stadt nennen, allerdings handelt es sich hierbei nicht um eine eigenständige Gemeinde im Rechtssinn, sondern um einen Titel, den man Zons aufgrund der hohen historischen Bedeutung gewährt hat. Heute hat Zons über 5.000 Einwohner und gehört als Stadtteil von Dormagen zum Rhein-Kreis Neuss.

Weitere Informationen über Zons finden Sie auf: www.zons-am-rhein.info oder auf der Facebook-Seite www.facebook.com/zonsamrhein. Vielleicht schauen Sie sich das schöne Zons einmal persönlich an. Einige der Plätze, die in diesem Buch eine Rolle spielen, sind auch heute noch gut erhalten.

Die Autorin Catherine Shepherd (Künstlername) lebt mit ihrer Familie in Zons und wurde 1972 geboren. Nach Abschluss des Abiturs begann sie ein wirtschaftswissenschaftliches Studium und im Anschluss hieran arbeitete sie jahrelang bei einer großen deutschen Bank. Bereits in der Grundschule fing sie an, eigene Texte zu verfassen, und hat sich nun wieder auf ihre Leidenschaft besonnen.

Ihren ersten Bestseller-Thriller veröffentlichte sie im April 2012. Als E-Book erreichte »Der Puzzlemörder von Zons« schon nach kurzer Zeit die Nr. 1 der deutschen Amazon-Bestsellerliste. Es folgten weitere Kriminalromane, die alle Top-Platzierungen erzielten. Ihr drittes Buch mit dem Titel »Kalter Zwilling« gewann sogar

Platz Nr. 2 des Indie-Autoren-Preises 2014 auf der Leipziger Buchmesse. Seitdem hat Catherine Shepherd die Zons-Thriller-Reihe fortgesetzt und zudem zwei weitere Reihen veröffentlicht.

Im November 2015 begann sie mit dem Titel »Krähenmutter« eine neue Reihe um die Berliner Spezialermittlerin Laura Kern (mittlerweile Piper Verlag) und ein Jahr später veröffentlichte sie »Mooresschwärze«, der Auftakt zur dritten Thriller-Reihe mit der Rechtsmedizinerin Julia Schwarz.

Mehr Informationen über Catherine Shepherd und ihre Romane finden sich auf ihrer Website:

www.catherine-shepherd.com